LÉON SÉCHÉ

—

ÉTUDES D'HISTOIRE ROMANTIQUE

—

Alfred de Musset

II

Les Femmes

(Documents inédits)

PARIS

SOCIÉTÉ DV MERCVRE DE FRANCE

XXVI, RVE DE CONDÉ, XXVI

—

MCMVII

ALFRED DE MUSSET

CHAPITRE PREMIER

GEORGE SAND

I. — L'année des fous. — Une conversation avec Mme Lardin de Musset. — La superstition des chiffres. — Le 7 et le 9 dans la vie de certaines personnes. — Comme quoi le voyage de Venise s'accomplit sous de fâcheux auspices. — Union mal assortie de Musset et de George Sand. — Conception de l'amour de George Sand. — Rôle de Sainte-Beuve entre elle et Musset. — Premières effusions de George Sand. — Le phénomène de la *possession* chez Alfred de Musset. — Son premier amour à dix-huit ans. — Contradictions de George Sand dans *Elle et Lui*. — Une des causes du drame de Venise.

II. — Les trois versions de ce drame. — Aucune d'elles ne contient la vérité tout entière. — Pièces à conviction qui doivent être écartées du débat. — Les dictées d'Alfred de Musset à son frère. — Que penser des accusations qu'elles renferment ? — Les hallucinations du poète. — Ses vers sur la scène d'*Indiana* où Noun reçoit Raymond dans la chambre de sa maîtresse. — La clef des romans *Elle et Lui, Lui et Elle*, et *Lui*. — Les lettres de George Sand à Pagello prouvent qu'elle avait trahi Musset. — Elle ne l'en soigna pas moins comme une mère. — Explication de ces contradictions. — Les Jolies des amours romantiques.

III. — Une lettre de Guttinguer à Sainte-Beuve. — Épigraphe d'Alfred de Musset pour le roman de *Lélia*. — Ses vers intitulés *Inno ebrioso*. — Influence littéraire de George Sand sur Musset. — *Une Conspiration en 1537*, rapprochée de *Lorenzaccio*. — Corrections faites par Alfred de Musset à certains passages du roman d'*Indiana*. — Souvenir qu'il garda toute sa

vie de sa liaison avec George Sand. — Le *Souvenir* de Fontainebleau et le *Souvenir des Alpes.* — *La Nuit d'octobre* et
le pasteur Eugène Bersier.

I

L'année 1833 fut, dans l'histoire du Romantisme,
quelque chose comme l'année des fous.

On dirait vraiment qu'à certaines heures il passe un
vent de folie sur toute une catégorie d'individus, quand
ce n'est pas sur tout un peuple. Les poètes du Cénacle qui, jusqu'en 1830, avaient édifié le monde par
leur conduite exemplaire, se dévergondèrent en même
temps, et leur vie causa toutes sortes de scandales.

Après avoir fait exclusivement la chasse à l'idée,
ils se mirent à pourchasser la femme. Victor Hugo, le
premier, profita du carnaval de 1833 pour attacher
une princesse de théâtre à son char de triomphe (1).
— Sainte-Beuve, qui lui devait tant, ne se crut quitte
envers lui que le jour où il l'eut remplacé dans le cœur
de sa femme. — Alfred de Vigny, que sa mère avait
mis en garde contre les comédiennes, se livra corps et
âme à la plus terrible de toutes. — Alfred de Musset,
pour être plus sûr de George Sand, s'en fut à Venise,
avec elle. — Bref, en cette année 1833, qui fut malgré
tout si féconde (2), les plus sages perdirent la tête. Et
ce fut à jamais fini du Cénacle de *Joseph Delorme :*
l'amour en dispersa tous les membres.

(1) Cf. le chapitre de notre *Sainte-Beuve* intitulé *Juliette Drouet.*
(2) C'est, en effet, dans le courant de l'année 1833, que Victor Hugo
fit représenter *Lucrèce Borgia* et *Marie Tudor ;* que Musset publia en
librairie *le Spectacle dans un fauteuil* et, dans la *Revue des Deux
Mondes, André del Sarto, les Caprices de Marianne* et *Rolla ;* que
George Sand publia *Lélia* et que Sainte-Beuve termina *Volupté.* Seul,
Vigny ne produisit rien cette année-là.

Je ne recommencerai pas ici l'histoire des amants de Venise. Nous en avons tous les oreilles rebattues, et j'en ai déjà parlé moi-même assez longuement dans mon livre sur Sainte-Beuve. Mais il y a des choses qu'on a laissées dans l'ombre, qui méritent d'être mises au jour; il y en a d'autres que l'esprit de parti des Sandistes et des Mussettistes a embrouillées comme à plaisir, qui demandent à être tirées au clair. C'est à cela que se bornera ma tâche.

Un jour que je causais avec Mᵐᵉ Lardin de Musset, je lui posai ila question suivante : Pourriez-vous me dire quelles étaient les circonstances de mauvais augure dans lesquelles, selon votre frère Paul, se serait accompli le voyage de Venise ?

Elle me répondit :

— Avez-vous la superstition des chiffres?

— Qu'entendez-vous par là, Madame ?

— Croyez-vous, par exemple, que le 7 et le 9 aient une influence réelle dans la vie de certaines personnes?

— Si j'y crois ! et comment ferais-je pour n'y pas croire, quand ces chiffres cabalistiques ramènent incessamment dans ma vie la joie et la peine — surtout la peine ? J'ai cinquante ans passés. Lorsque je regarde derrière moi, je m'aperçois que tous les miens, père, mère, tante, frère et sœur, sont morts un 9, que mes enfants sont nés le 9, le 19 et le 29, et que, sans l'avoir fait exprès, j'ai habité quatre ou cinq maisons portant les nᵒˢ 7 ou 9. Aujourd'hui encore, quand je voyage en chemin de fer, huit fois sur dix le wagon que je prends est numéroté à l'un de ces chiffres. Si je descends dans un hôtel, je suis à peu près sûr qu'on me donnera la chambre 7 ou la chambre 9 ! Et vous me demandez si j'ai la superstition des chiffres!...

— Eh bien, Monsieur, répondit Mme Lardin de Musset, mon frère Paul avait cette superstition, et je me souviens parfaitement qu'il me dit un jour : « Ce voyage de Venise avait été décidé et commencé sous trop de fâcheux auspices pour n'avoir pas fini d'une façon lamentable.

— Et quels étaient ces auspices?

— Vous allez voir ! En 1833 nous habitions tous ensemble au n° 59 de la rue de Grenelle. Cette maison nous porta malheur. C'est là que, le 7 avril de l'année précédente, la mort nous prit mon pauvre père, et que, le 9 décembre 1833, George Sand vint nous enlever Alfred. Elle habitait alors quai Malaquais, n° 19, et, depuis le 29 juillet de cette année, elle était la maîtresse de mon frère. Je l'ai su par une note de son carnet de poche.

Ce n'est pas tout : le jour de leur départ pour l'Italie, Alfred, qui était encore plus superstitieux que Paul, ne put s'empêcher de faire cette remarque que la diligence qu'ils devaient prendre occupait le treizième rang dans la cour des Messageries ; et George Sand de lui dire : « Que vous êtes enfant de croire à ces bêtises-là ! » — Bêtise ou non, la diligence était à peine sortie de la cour qu'elle renversa un porteur d'eau. Et ce maudit voyage fut marqué d'un bout à l'autre par toutes sortes d'incidents plus ou moins fâcheux. A Florence, comme Alfred était d'avis d'aller jusqu'à Rome, et que George Sand inclinait pour Venise, ils jouèrent ces deux villes à pile ou face (1),

---

(1) Ce détail est confirmé par Georges Sand, dans *l'Histoire de ma vie,* cinquième partie, chap. III.

et ce fut Venise qui l'emporta. Vous savez le reste. Mais ce à quoi vous n'avez probablement pas fait attention, c'est qu'ils arrivèrent à Venise le 19 janvier 1834 et qu'Alfred rentra en France le 29 mars de cette année!... Que dites-vous de cette cascade de 9?

— Evidemment, c'est très curieux, et je ne suis pas surpris que cela vous ait frappés, vous et les vôtres. A votre place, je n'aurais pas manqué de faire cette remarque, car, encore une fois, je crois comme vous à la destinée, et que l'homme est une marionnette dont une main invisible tire les ficelles.

La destinée! la fatalité!... Si l'on cherchait quelle fut sa part dans le drame de Venise, on verrait qu'elle pesa lourdement sur l'homme et la femme qui en furent les héros et les victimes. Il semble même qu'ils aient été choisis tout exprès pour faire son jeu. Lorsque deux êtres vicieux, mais disparates et n'ayant entre eux aucun point de rapport, s'accouplent ensemble, il est bien rare que cet accouplement soit de longue durée, — chacun d'eux ne songeant qu'à secouer sa chaîne, une fois sa passion satisfaite.

George Sand ne convenait pas plus à Musset que Musset ne convenait à George Sand. Il se peut que les lettres françaises aient bénéficié de cette union mal assortie ; ce qu'il y a de sûr, c'est que l'un et l'autre en portèrent le poids, toute leur existence.

George Sand avait de l'amour une conception toute particulière. Pour elle, ce n'était guère qu'une source inépuisable de romans à thèse. La curiosité de l'esprit avait beaucoup plus d'empire sur elle que le plaisir des sens (1). Elle rechercha tout de suite et toujours

(1) Dumas fils disait d'elle : « Mme Sand a de petites mains sans os, moelleuses, ouateuses, presque gélatineuses. C'est donc fatalement une

les hommes de vive imagination ou à grandes idées qui pouvaient lui fournir des sujets d'étude. Les critiques de profession ne lui disaient absolument rien. Elle accepta pendant quelque temps le bras de Gustave Planche, parce qu'il avait le bras long à la *Revue des Deux Mondes* et que sa conversation l'intéressait, mais elle tenait à ce qu'on sût autour d'elle qu'il n'avait jamais été et ne serait jamais son amant, et elle s'était empressée de l'écrire à Sainte-Beuve, dont « l'âme de prêtre » lui inspirait confiance. Sainte-Beuve, avant de recevoir sa confession, s'était figuré qu'elle voulait l'attirer chez elle pour lui donner la place encore chaude de Mérimée, et n'avait pas répondu à ses premières avances. Non qu'il la dédaignât, mais il était alors amoureux d'une reine, et cette passion malheureuse suffisait pour le moment à son bonheur. Le malentendu cessa dès qu'ils se furent expliqués. Ce que George Sand attendait de lui, ce n'était pas de l'amour, c'était une direction et des conseils. Et ces conseils étaient d'une nature assez singulière. Il s'agissait de lui dire à qui elle devait livrer la clef de son cœur. Un autre que Sainte-Beuve eût décliné le rôle qu'elle voulait lui faire jouer. Lui s'y prêta avec une complaisance parfaite, en psychologue que rien ne doit scandaliser et pour qui tout est matière à analyse. George Sand, à première vue, lui avait produit l'effet d'être très sensuelle : il pensa que Musset était de force à la satisfaire. Mais elle le trouva trop dandy. Dumas, qu'il lui offrit ensuite, lui aurait

curieuse excessive, trompée, déçue dans ses incessantes recherches, mais non une passionnée. C'est en vain qu'elle voudrait l'être, elle ne le peut pas; sa nature physique s'y refuse. (Lettre au *Figaro* du 16 décembre 1896.)

plu davantage, mais il était trop sans-façon, elle ne voulait pas être retournée comme un gant ou comme un lapin. — Et Jouffroy ? lui demanda Sainte-Beuve. — Assurément ce nom-là commandait le respect, mais à la réflexion elle jugea que l'amour n'avait pas besoin de tant de métaphysique. — Alors pourquoi ne prenez-vous pas Musset ?

Justement ils devaient dîner ensemble, quelques jours après, chez les *Frères-Provençaux*. Le hasard — à moins que Sainte-Beuve n'eût fait le mot à Buloz, qui offrait ce dîner à ses collaborateurs — le hasard les ayant placés côte à côte à table, George Sand eut tout le temps d'observer Musset. Le dandy, qui était en belle humeur, se montra tout à fait charmant. Comme il avait lu et même annoté le roman d'*Indiana*, il en parla d'abondance, moins en critique, cela va sans dire, qu'en admirateur. George Sand, de son côté, lui fit l'éloge des *Caprices de Marianne*, qui venaient de paraître dans la *Revue*, et lui dit qu'on lui avait demandé s'il était Octave ou Cœlio. Tant et si bien qu'on se quitta ravis l'un de l'autre.

Le lendemain, on profita du moindre prétexte pour se visiter et pour s'écrire. Musset, tout feu, tout flamme, et que la lecture de *Lélia* en épreuves (1) avait transporté d'admiration, fit ses offres de services à George Sand. « Je puis être, lui disait-il, si vous m'en jugez digne, non pas votre ami, — c'est encore trop moral

(1) *Lélia* parut à la fin de juillet 1833, Mme Martellet a conservé l'exemplaire que George Sand avait offert à Alfred de Musset. Le premier tome portait cette dédicace : *A Monsieur mon gamin d'Alfred*, GEORGE ; le second : *A Monsieur le vicomte Alfred de Musset, hommage respectueux de son dévoué serviteur*, GEORGE SAND. — De la sorte l'auteur satisfaisait les deux amours-propres de Musset : celui de l'amant et celui du gentilhomme, toujours fier de sa noblesse.

pour moi, — mais une espèce de camarade sans conséquence et sans droits, par conséquent sans jalousie
et sans brouilles, — capable de fumer votre tabac, de
chiffonner vos peignoirs et d'attraper vos rhumes de
cerveau en philosophant avec vous sous tous les mar-
ronniers de l'Europe moderne. Si, à ce titre, quand
vous n'avez rien à faire ou envie de faire une bêtise
(comme je suis poli!) vous voulez bien de moi pour
une heure ou une soirée, au lieu d'aller, ce jour-là, chez
Madame une telle faisant des livres, j'aurai affaire à
mon cher Monsieur George Sand, qui est désormais
pour moi un homme de génie. — Pardonnez-moi de
vous le dire en face : je n'ai aucune raison pour vous
mentir (1). »

Il était, en effet, très sincère en écrivant ces lignes.
Il le fut toujours, et c'est par là qu'il prit toutes les
femmes qui l'ont aimé. D'où vient donc qu'il les a
rendues toutes si malheureuses ? Quand on les interroge, elles répondent invariablement qu'il y avait en
lui deux hommes bien distincts qui se combattaient. Il
en convenait lui-même le premier. « Je subis, disait-
il un jour à George Sand, le phénomène que les
thaumaturges appelaient la *possession*. Deux esprits
se sont emparés de moi. Y en a-t-il réellement un bon
et un mauvais? Non, je ne le crois pas : celui qui
t'effraie, le sceptique, le violent, le terrible, ne fait le
mal que parce qu'il n'est pas le maître de faire le bien,
comme il l'entendrait. Il voudrait être câlin, philosophe, enjoué, tolérant; l'*autre* ne veut pas qu'il en
soit ainsi. Il veut faire son état de bon ange : il veut
être ardent, enthousiaste, exclusif, dévoué, et comme

(1) *Correspondance de George Sand et d'Alfred de Musset.*

son contraire le raille, le nie et le blesse, il devient
sombre et cruel à son tour, si bien que les deux anges
qui sont en moi arrivent à enfanter un démon (1). »

Lélia avait-elle pressenti ce démon, qu'elle ne vit
d'abord dans la conduite de Musset à son égard que
« rouerie et orgueil affecté »? Peut-être. Ce qu'il y a
de sûr, c'est qu'elle ne lui céda qu'après une résistance relativement longue et qu'elle ne tarda pas à
s'en repentir. Quant à lui, il fut si heureux de sa
conquête qu'il la célébra dans les vers suivants :

Te voilà revenu dans mes nuits étoilées,
Bel ange aux yeux d'azur, aux paupières voilées,
Amour, mon bien suprême et que j'avais perdu !
J'ai cru pendant trois ans te vaincre et te maudire,
Et toi, les yeux en pleurs, avec ton doux sourire,
Au chevet de mon lit, te voilà revenu.

Eh bien ! deux mots de toi m'ont fait le roi du monde.
Mets la main sur mon cœur, la blessure est profonde ;
Elargis-la, bel ange, et qu'il en soit brisé !
Jamais amant aimé, mourant pour sa maîtresse,
N'a, dans des yeux plus noirs, bu la céleste ivresse,
Nul, sur un plus beau front, ne t'a jamais baisé (2).

J'ai cru pendant trois ans !... Qu'est-ce à dire? Ce
n'est pas une raison parce que Paul de Musset ne
souffle mot de cette intrigue dans la biographie de
son frère, pour que je n'en dise rien à mon tour. Sachez donc qu'à dix-huit ans Alfred aima passionnément une femme qui avait nom Mᵐᵉ Groisellier; que
cette femme, au bout de deux ans, lui faussa compagnie pour une cause ou pour une autre, et qu'il portait
encore son deuil quand il rencontra George Sand.

(1) *Elle et Lui*, p. 278.
(2) S'il faut en croire les *Souvenirs littéraires* de Maxime du Camp,
ces vers auraient été composés au bain, le 2 août 1833.

Mme Karénine prétend même (1) que c'est le souvenir
de Mme Groisellier qui inspira *la Nuit d'octobre*, mais
je me sépare d'elle carrément sur ce point et je puis
affirmer que les vers fameux :

> Honte à toi qui la première
> M'as appris la trahison !

ne s'adressaient, dans la pensée du poète, qu'à l'auteur d'*Indiana*.

Quoi qu'il en soit, Musset avait eu le temps de se
refaire une sorte de virginité durant les trois années
qu'il pleura cette belle inconnue, et je ne m'étonne
plus qu'au mois de septembre 1834, six mois après le
drame de Venise, il ait écrit de Bade à George Sand :
« A mon George, mon premier, mon dernier amour ! »
Si cet amour-là ne fut ni le premier ni le dernier en
date, il est le seul qui n'ait pas été un simple caprice
et qui ait laissé dans sa vie une trace ineffaçable.

Un mois après s'être donnée à son « gamin d'Alfred »,
George Sand écrivait à Sainte-Beuve, intrigué de son
silence :

« ... Je me suis énamourée, et cette fois très sérieusement d'Alfred de Musset. Ceci n'est plus un caprice,
c'est un attachement senti... Il ne m'appartient pas
de promettre à cette affection une durée qui vous la
fasse paraître aussi sacrée que les affections dont vous
êtes susceptible. J'ai aimé une fois pendant six ans (2),
une autre fois pendant trois (3), et maintenant je ne
sais ce dont je suis capable. Beaucoup de fantaisies
ont traversé mon cerveau, mais mon cœur n'a pas été

(1) Cf. sa *Vie de George Sand*.
(2) Aurélien de Sèze (de 1825 à 1830).
(3) Jules Sandeau.

aussi usé que je m'en effrayais : je le dis maintenant parce que je le sens (1)... »

Retenons bien ce petit bout de lettre, on y surprend déjà en flagrant délit de contradiction — je n'ose dire de mensonge — le romancier de *Elle et Lui*. George Sand dit, en effet, dans ce roman, que son amour avec Musset n'avait pas duré plus d'une semaine. « Le septième jour de leur bonheur fut irrévocablement le dernier (2). » Alors que signifiaient ses confidences à Sainte-Beuve, et pourquoi, le 21 septembre suivant, éprouvait-elle le besoin de les compléter dans les termes que voici :

« Je suis heureuse, très heureuse : mon ami. Chaque jour je m'attache davantage à lui ; chaque jour je vois s'effacer enfin les petites choses qui me faisaient souffrir ; chaque jour je vois mieux briller les belles choses que j'admirais. Et puis encore, par-dessus tout ce qu'il est, il est *bon enfant*, et son intimité m'est aussi douce que sa préférence m'a été précieuse... Après tout, voyez-vous, il n'y a que cela de bon sur la terre (3). »

On ne se contredit pas de la sorte, quand rien ne vous y oblige. Or, il n'est pas douteux, et je le regrette pour elle, qu'en écrivant *Elle et Lui* George Sand s'était proposé d'accabler un mort. Tâche indigne de son talent et de son caractère ! Je ne m'étonne donc pas qu'elle ait manqué envers Musset de générosité et de justice. Mais elle aurait dû se souvenir qu'il y a des morts qui ressuscitent et que tout ce qu'on a écrit a des chances de rester. Avait-elle oublié ses

(1) *Revue de Paris*, du 15 novembre 1896.
(2) *Elle et Lui.*
(3) Sainte-Beuve : *Portraits contemporains*.

lettres à Sainte-Beuve ? C'est possible : elle avait si peu de mémoire ! Mais Sainte-Beuve, qui savait le prix de ce genre de confidences, les avait précieusement conservées. Elles sortirent un jour de ses cartons, quand personne ne s'y attendait, et il se trouva que le confesseur trahit cette fois sa pénitente.

Et qu'on ne dise pas, pour l'excuser, qu'à la distance qui la séparait des événements George Sand pouvait fort bien se méprendre, en 1859, sur la nature du sentiment qu'elle avait eu pour Musset, en 1833. Le temps, avec son recul impitoyable, a beau changer la perspective des choses et notre manière de les envisager, il est incapable d'effacer de notre cœur le souvenir de ceux que nous avons réellement aimés, ne fût-ce qu'un jour. Il est vrai qu'il y a différentes façons d'aimer. Savons-nous, par exemple, quelle était la part du cœur, de la tête et des sens dans « l'attachement senti » de George Sand pour celui qu'elle appelait tour à tour son enfant, son ami et son frère ? Quand on réfléchit à l'extrême facilité avec laquelle elle se donnait et se reprenait, on a peine à croire qu'elle ait jamais aimé autrement que de tête ou pour le plaisir sensuel. Le cœur n'est pas une auberge ouverte à tout venant. J'accorde que celui qui essuie les plâtres n'est pas toujours le locataire définitif. L'amour, comme la plupart des choses de la vie, demande une initiation, un certain apprentissage. Mais malheur à qui s'imagine qu'on peut le renouveler perpétuellement comme on fait d'une garde-robe. Le cœur s'use assez vite à ce jeu, et lorsque le cœur est usé, c'est fini de l'amour, il reste tout au plus les sensations. Or, je me souviens qu'un jour, à Venise, George Sand dit à Musset : « Nous ne nous aimons plus, nous ne nous sommes pas aimés! » Preuve indéniable que le cœur n'était entré pour rien dans son « attachement senti », et qu'elle avait été une fois de plus la dupe de son imagination dépravée. George Sand, à mon avis, n'a jamais aimé d'amour que ses enfants. Elle a été une mère très dévouée, une excellente mère. Je crois qu'elle aurait fait le bonheur de Musset s'il s'était contenté de l'aimer à peu près comme telle.Mais il n'était pas homme,tout « gamin » qu'il était, à se contenter des bagatelles de la porte.

Avec lui, c'était tout ou rien. La femme qui lui avait cédé ne s'appartenait plus. Quel que fût son tempérament, elle devait faire tous ses caprices. Quand sa fringale de chair le prenait, et cela lui arrivait souvent, tant pis si elle n'était pas disposée! il lui faisait des scènes terribles : elle ne l'aimait pas, elle en aimait un autre; il était jaloux même de son passé.

« Tu m'as reproché, dans un jour de fièvre et de délire, lui écrivait George Sand, le 15 avril 1834, de n'avoir jamais su te donner les plaisirs de l'amour. J'en ai pleuré alors, et maintenant je suis bien aise qu'il y ait quelque chose de vrai dans ce reproche. Je suis bien aise que ces plaisirs aient été plus austères, plus voilés que ceux tu trouveras ailleurs. Au moins tu ne te souviendras pas de moi dans les bras des autres femmes (1)!... »

Habemus confitentem! George Sand vient de nous révéler dans ces quelques lignes une des causes du drame de Venise. Essayons de pénétrer les autres.

(1) *Correspondance de George Sand et d'Alfred de Musset.*

II

Nous possédons trois versions de ce drame, sans compter les autres documents qui s'y rapportent, comme *les Lettres d'un voyageur, la Confession d'un enfant du siècle* et *l'Histoire de ma vie*. Ces trois versions sont, par ordre de date, *Elle et Lui* (1), *Lui et Elle* (2) et *Lui* (3). Aucune de ces versions ne contient la vérité tout entière. Celle qui s'en rapproche le plus est incontestablement la version de Paul de Musset, encore faut-il en bonne justice écarter du débat les deux ou trois pièces à conviction que Paul Mariéton, agissant au nom de Mme Lardin, y a versées à seule

(1) *Elle et Lui* parut d'abord dans la *Revue des·Deux Mondes*, des 15 janvier, 1er et 15 février et 1er mars 1859, et la même année chez Hachette en 1 vol. in-12, de 311 pages, imprimé chez Lahure.
Voici la clef du roman qui contient très peu de personnages :

Mademoiselle Thérèse Jacques.........	George Sand.
Laurent de Fauvel...................	Alfred de Musset.
Dick Palmer......................	Pagello.
M. de Verac.....................	Alfred Tattet.
Le prince D.....................	?
Le comte de D....................	le baron Dudevant.
Vicentino.......................	Antonio.
Un petit garçon...................	Maurice Sand.

(2) *Lui et Elle*, publié d'abord, comme nous l'avons vu au tome précédent, dans *le Magasin de librairie*, en avril et mai 1859, parut chez Charpentier en 1860. En voici la clef :

Olympe de B.......................	George Sand.
Edouard de Falconey...............	Alfred de Musset.
Diogène........................	Gustave Planche.
Jean Cazean....................	Jules Sandeau.
Pierre.........................	Paul de Musset.
L'éditeur......................	Buloz.
Caliban........................	Boucoiran.
Hercule........................	Laurens.
Le docteur Palmerillo............	le docteur Pagello.
Edouard Verdier..................	Alfred Tattet.
Hans Flocken....................	L'abbé Liszt.

(3) On trouvera plus loin la clef de ce roman qui fut publiée dans *le Messager de Paris*, en août et septembre 1859, et parut en 1860 à la Librairie nouvelle.

fin de confondre et d'écraser George Sand. Car,
alors même que leur authenticité serait établie, et
elle ne l'est pas, elles sont trop probantes pour n'être
pas quelque peu suspectes. Je veux parler des deux
récits soi-disant dictés par Alfred de Musset à son
frère au mois de décembre 1852. Paul Mariéton, qui
en a fait état, le premier, dans son livre, intitulé *Une
histoire d'amour*, a trop de critique pour n'avoir pas
remarqué au passage que ces dictées du poète étaient
postérieures de dix-huit ans ans aux événements qui
y sont racontés. Et c'est effectivement cette postério-
rité qui leur enlève la plus grande partie de leur
force. De quoi s'agit-il en somme? Des baisers échan-
gés entre George Sand et Pagello, au pied du lit de
Musset malade; — d'une tasse à thé dans laquelle ils
auraient bu l'un après l'autre, comme deux amants
qu'ils étaient; — d'une lettre que George Sand aurait
écrite une nuit à Pagello et qu'elle aurait mise dans
sa bouche et puis jetée par la fenêtre, au lieu de la
montrer à Alfred de Musset, qui l'avait surprise, la
plume à la main; — de la menace enfin qu'elle lui
aurait adressée à plusieurs reprises de le faire enfer-
mer dans une maison de fous, pour couper court à ses
espionnages et à ses scènes. Tout cela évidemment
serait très grave, si c'était prouvé, mais George Sand
y avait répondu d'avance en disant que, par moment,
Musset voyait double. Il est établi, en effet, par toutes
sortes de témoignages dignes de foi, qu'il était sujet,
dans ses crises de nerfs, à des hallucinations étranges,
qu'il lui arrivait parfois de rêver en plein jour et les
yeux tout grands ouverts. Lui-même semble nous en
avoir avertis dans *la Nuit de décembre*, où passe et
passe son propre fantôme, et je ne jurerais pas que

ses hallucinations de Venise, en admettant qu'elles aient eu lieu, ne lui soient venues de la stupeur que lui avait causée la scène d'*Indiana* où Noun reçoit Raymond dans la chambre de sa maîtresse. On connaît les vers que lui inspira cette scène, quelques jours avant de se lier avec George Sand :

> Sand, quand tu l'écrivais, où donc l'avais-tu vue,
> Cette scène terrible où Noun, à demi nue,
> Sur le lit d'Indiana s'enivre avec Raymond ?
> Qui donc te la dictait, cette page brûlante
> Où l'amour cherche en vain d'une main palpitante,
> Le fantôme adoré de son illusion ?
> En as-tu dans le cœur la triste expérience ?
> Ce qu'éprouve Raymond, te le rappelais-tu ?
> Et tous ces sentiments d'une vague souffrance,
> Ces plaisirs sans bonheur, si pleins d'un vide immense,
> As-tu rêvé cela, George, ou t'en souviens-tu ?
> N'est-ce pas le réel dans toute sa tristesse,
> Que cette pauvre Noun, les yeux baignés de pleurs,
> Versant à son ami le vin de sa maîtresse,
> Croyant que le bonheur, c'est une nuit d'ivresse,
> Et que la volupté, c'est le parfum des fleurs ?
> Et cet être divin, cette femme angélique,
> Que dans l'air embaumé Raymond voit voltiger,
> Cette frêle Indiana, dont la forme magique
> Erre sur les miroirs comme un spectre léger,
> O George ! n'est-ce pas la pâle fiancée
> Dont l'Ange du désir est l'immortel amant ?
> N'est-ce pas l'Idéal, cette amour insensée
> Qui sur tous les amours plane éternellement ?
> Ah ! malheur à celui qui lui livre son âme !
> Qui couvre de baisers sur le corps d'une femme
> Le fantôme d'une autre, et qui sur la beauté
> Veut boire l'Idéal dans la réalité !
> Malheur à l'imprudent qui, lorsque Noun l'embrasse,
> Peut penser autre chose, en entrant dans son lit,
> Sinon que Noun est belle et que le temps qui passe
> A compté sur ses doigts les heures de la nuit.
>
> Demain viendra le jour ; demain, désabusée,
> Noun, la fidèle Noun, par sa douleur brisée,
> Rejoindra sous les eaux l'ombre d'Ophélia ;
> Elle abandonnera celui qui la méprise

Et le cœur orgueilleux qui ne l'a pas comprise
Aimera l'autre en vain, — n'est-ce pas, Lélia ?

Cette scène poignante et que Musset a si bien rendue est, en effet, à peu de chose près, la scène à trois du drame de Venise.

Mais laissons de côté ces souvenirs littéraires et les accusations posthumes de Paul de Musset. Ne retenons que ce qui mérite d'être retenu. Il est malheusement certain que George Sand se donna à Pagello pendant la maladie de son compagnon de voyage. Elle a eu beau protester toute sa vie contre cette abomination, « le spectacle d'un nouvel amour sous les yeux d'un mourant (1) », cela ne saurait faire doute une minute pour ceux qui savent lire. Elle-même n'aurait pas crié si haut, si elle avait pu supposer que Pagello avait gardé dans ses tiroirs la fameuse lettre intitulée *En Morée*, qu'elle avait écrite sous ses yeux, un soir qu'elle était en rut, et qu'il n'avait pas eu l'air de comprendre, tant il était « stupide » ! Car cette femme, qui, à l'entendre, était incapable de procurer à ses amants les sensations que ses grands yeux leur promettaient, avait ses moments d'ardeur et de passion comme une autre. Elle était même terrible dans ces moments-là, si j'en crois la légende et ce que racontait Chopin sous le manteau de la cheminée !... Mais il n'y a pas que sa lettre *En Morée* qui l'accuse ; il y en a une autre d'elle à Pagello qui emporte la conviction et la condamnation du même coup. Cette lettre dit : « Aurons-nous assez de prudence et assez de bonheur, toi et moi, pour lui cacher encore notre secret pendant un mois ? Les amants n'ont pas de

(1) Lettre à Sainte-Beuve, 1861. *Cosmopolis* du 15 avril 1896.

patience et ne savent pas se cacher. Si j'avais pris une
chambre dans l'auberge, nous aurions pu nous voir
sans le faire souffrir et sans nous exposer à le voir
d'un moment à l'autre devenir furieux. Tu m'as dit de
lui pardonner ; la compassion que me causaient ses
larmes ne me portait que trop à suivre ton conseil ;
mais ma raison me dit que ce pardon était un acte de
faiblesse et d'imprudence, et que j'aurais bientôt sujet
de m'en repentir. Son cœur n'est pas mauvais et sa
fibre est très sensible; mais son âme n'a ni force ni
véritable noblesse. Elle fait de vains efforts pour se
maintenir dans la dignité qu'elle devrait avoir. — Et
puis, vois-tu, moi, je ne crois pas au repentir. Je ne
sais pas ce que c'est. Jamais je n'ai eu sujet de demander pardon à qui que ce soit; et quand je vois les
torts recommencer après les larmes, le repentir qui
vient après ne me semble plus qu'une faiblesse.

« Tu me commandes d'être généreuse, je le serai;
mais je crains que cela ne nous rende encore plus
malheureux tous les trois. Dans deux ou trois jours,
les soupçons d'Alfred recommenceront et deviendront
peut-être des certitudes. Il suffira d'un regard entre
nous pour le rendre fou de colère et de jalousie. S'il
découvre la vérité, à présent, que ferons-nous pour le
calmer ? Il nous détestera pour l'avoir trompé. — Je
crois que le parti que j'avais pris aujourd'hui était le
meilleur. Alfred aurait beaucoup pleuré, beaucoup
souffert dans le premier moment, et puis il se serait
calmé, et sa guérison aurait été plus prompte qu'elle
ne le sera maintenant. Je ne me serais montrée à lui
que le jour de son départ pour la France et je l'aurais accompagné. Du moment qu'il ne nous aurait
plus vus ensemble, il n'aurait plus eu aucun sujet de

colère et d'inquiétude, et nous aurions pu, lui et moi, arriver à Paris et nous y séparer avec amitié. Au lieu que nous serons peut-être ennemis jurés avant de quitter Venise. C'est le relâchement des nerfs après une crispation, c'est un besoin de pleurer après le besoin de blasphémer. Je ne peux pas être ainsi. Je ne peux pas être ainsi (*sic*). Tant que j'aime il m'est impossible d'injurier ce que j'aime, et quand j'ai dit une fois *je ne vous aime plus*, il est impossible à mon cœur de rétracter ce qu'a prononcé ma bouche. C'est là, je crois, un mauvais caractère : je suis orgueilleuse et dure. Sache cela, mon enfant, et ne m'offense jamais. Je ne suis pas généreuse, ma conscience me force à te le dire. Ma conduite peut être magnanime, mon cœur ne peut pas être miséricordieux. Je suis trop bilieuse, ce n'est pas ma faute. Je puis servir encore Alfred par devoir et par honneur, mais lui pardonner par amour ce m'est impossible (1)... »

Est-ce clair, et peut-on mettre davantage les points sur les i ? Après avoir lu cette page qui sue la vérité,

---

(1) Elle disait encore à Pagello dans cette lettre débordante de franchise et d'aveux : « Je ne crois pas que j'en puisse aimer un autre à présent, si je cessais de t'aimer. Je vieillis et mon cœur s'épuise, mais je puis devenir de glace pour toi d'un jour à l'autre. Prends garde, prends garde à moi ! Pour conserver mon amour et mon estime il faut se tenir bien près de la perfection... Mon cœur est-il pur comme l'or pour demander un amour irréprochable ? Hélas ! J'ai tant souffert, j'ai tant cherché cette perfection sans la rencontrer ! Est-ce toi, est-ce enfin toi, mon Pietro, qui réaliseras mon rêve ? Je le crois, et jusqu'ici je te vois grand comme Dieu. Pardonne-moi d'avoir peur quelquefois. C'est quand je suis seule et que je songe à mes maux passés que le doute et le découragement s'emparent de moi... Pourquoi t'ai-je rencontré si tard, quand je ne t'apporte plus qu'une beauté flétrie par les années et un cœur usé par les déceptions ? — Mais non, mon cœur n'est pas usé. Il est sévère, il est méfiant, il est variable, mais il est fort, ce passionné. Jamais je n'ai mieux senti sa vigueur et sa jeunesse que la dernière fois que tu m'as couverte de tes caresses... » (Paul Mariéton : *Une Histoire d'amour*, pp. 108-112.)

il n'est personne qui puisse garder l'illusion que, tout
en ayant donné son âme à Pagello, George Sand avait
su respecter son corps (1).

Et que lui avait donc fait son amant de la veille
pour mériter d'être trompé de la sorte?

Si nous ouvrons le roman de *Elle et Lui* nous voyons
que, dès leur arrivée en Italie, il se conduisit envers
elle en véritable « gamin ». Par exemple, au lieu de
rester près d'elle quand elle avait ses accès de fièvre,
il la laissait seule pour courir les musées, les théâ-
tres et les mauvais lieux, et, lorsqu'il revenait, c'é-
tait pour lui faire, entre deux vins, des scènes de
jalousie qui se terminaient le plus souvent par des
crises de larmes. Un jour même qu'il était rentré plus
tard qu'à l'ordinaire, elle remarqua qu'il avait ses
vêtements déchirés et la figure en sang. — Paul de
Musset, naturellement, ne souffle pas mot de cela,
mais il reconnaît qu'à peine débarqués à Gênes des
dissentiments d'ordre intime éclatèrent entre eux. —
Le livre de Louise Colet, qu'on a bien tort de mépri-
ser, comme document tout au moins, nous dit aussi
que, les trois quarts du temps, Albert (2) se promenait

---

(1) Et cependant M. Albert Lumbroso, qui a publié sur les Amants de
Venise une étude si documentée, ne peut pas croire à la trahison effec-
tive de George Sand. Je n'ai pas besoin de dire que M. S. Rocheblave
n'y croit pas non plus.

(2) Voici la clef des pseudonymes du roman de Louise Colet :

Antonia Bach.....................	George Sand.
Albert de Lincel...................	Alfred de Musset.
Stéphanie de Rostan...............	Louise Colet.
Frémont.........................	Buloz.
Léonce..........................	Gustave Flaubert.
Duchemin	Villemain.
René Delmart....................	Antony Deschamps.
Duverger........................	Béranger.
A. de Germiny...................	Alfred de Vigny.
A. Nattier......................	Alfred Tattet
Lord Melbourne..................	Lord Seymour.

seul dans Venise, qu'il fréquentait les danseuses de la Fenice, les cafés et les maisons de jeu, pendant qu'Antonia noircissait des rames de papier blanc pour le compte de Frémont, lisez Buloz. Car cette femme avait un encrier à la place du cœur, et le directeur de la *Revue des Deux Mondes* absorbait sa pensée. Elle écrivait le jour, elle écrivait la nuit. Avec deux tasses de lait, disait Musset, elle composait la moitié d'un volume. Avec une bouteille d'alcool ou de vin de Chypre, c'est à peine s'il pouvait accoucher d'une petite pièce de vers. Cela l'irritait contre lui et le rendait furieux contre elle. A chaque instant, lorsqu'il lui parlait d'amour, ou d'aller faire une promenade en gondole, elle lui disait sur un ton de reproche qu'il ferait bien mieux de travailler, que leurs ressources s'épuisaient et qu'ils se devaient à eux-mêmes de ne rien emprunter à personne. Il lui répondait sur le même ton qu'il n'était pas venu en Italie pour barbouiller du papier, mais pour jouir d'elle et des beautés du pays. Et elle avait raison, et il n'avait pas tort.

La comtesse de Vernoult.............	La Comtesse d'Agoult.
Hess...............................	L'abbé Liszt.
Dormois...........................	Eugène Delacroix.
Sainte-Rive........................	Sainte-Beuve.
Le Maître de la Maison..............	Charles Nodier.
Une jeune femme brune..............	Marie Nodier.
Le grand lyrique exilé..............	Victor Hugo.
La princesse X.....................	La princesse Belgiojoso.
Le grand virtuose sans cervelle.......	Frédéric Chopin.
Le bel Italien......................	Mariani.
Ledoux............................	Pierre Leroux.
Horace............................	Félicien Mallefille.
Un avocat bourré...................	Ledru Rollin.
La Comtesse aimée de Byron.........	La Guiccioli.
Deux ineptes poètes ouvriers.........	Reboul et Jasmin.
Labaumée..........................	Prosper Mérimée.
Sansonnet.........................	Viennet.
Damis.............................	Empis.
Amelot............................	Ancelot.

Un poète digne de ce nom ne travaille pas à l'heure ou à la journée. Il attend pour cela que la Muse le visite. Mais quand il flâne, le nez au vent et les mains dans ses poches, il ne faut pas le traiter de paresseux, il amasse des trésors pour l'avenir. Voilà ce que ne comprenait pas George Sand, qui était toujours prête et qui, toute sa vie, sans en être plus riche d'ailleurs, traça des sillons noirs sur des feuilles blanches, comme les bœufs qui labourent en creusant dans les champs. C'est alors que, fatigué des remontrances et de la froideur de sa maîtresse, il lui dit un jour qu'il ne l'aimait pas, et qu'elle lui répondit : « Nous ne nous aimons plus ! » Dans la bouche de Musset, le mot n'avait pas grande signification, car, au fond, il ne le pensait pas, et il l'avait à peine prononcé qu'il le rétractait ou le corrigeait par un mot tendre. Mais dans la bouche de George Sand, nous avons vu tout à l'heure que c'était un arrêt définitif. On sait le reste, et comment Pagello prit subitement la place d'Alfred dans le cœur de George. Du moment qu'elle n'aimait plus Musset, elle se croyait libre (1). Elle le soigna pourtant comme une bonne mère pendant la maladie qui faillit l'emporter, et quand il la quitta pour rentrer en France, elle en eut presque autant de chagrin que lui.

On a dit, pour expliquer toutes ces contradictions, que l'amour romantique était coutumier de ces folies. C'est pourtant, à ma connaissance, le seul cas de cette nature. Quand Alfred de Vigny se fut aperçu des infidélités de Marie Dorval, il s'éloigna, la mort dans l'âme — parce que l'honneur l'exigeait — et il ne

(1) Et c'est évidemment pour cela qu'elle s'est toujours défendue de l'avoir trahi.

la revit plus. Quand Mme Victor Hugo rompit avec Sainte-Beuve, après une liaison qui n'avait pas duré moins de sept ans (1), la rupture fut définitive et sans retour, sous ces espèces-là tout au moins. Musset n'avait pas quitté George Sand, et celle-ci l'avait à peine trahi que tous deux se tendaient de nouveau les bras à travers l'espace et se reprenaient — Pagello tenant cette fois la chandelle — pour se torturer, se quitter de nouveau (2) et se ressouvenir à tout jamais. Quel mauvais sort leur avait donc été jeté? La sœur du poète disait de George Sand que c'était une femme fatale (3).

(1) Cf. à cet égard le chapitre sur Mme Victor-Hugo dans notre *Sainte-Beuve* et aussi les vers suivants du poète des *Consolations* à Alfred de Musset :

L'amour vint sérieux pour moi dans son ivresse.
Sous les fleurs tu chantais, raillant ses dons jaloux.
Enfin, un jour tu crus! moi, j'y croyais sans cesse...
Sept ans entiers, sept ans!... Alfred, y croyons-nous?
L'une, ardente, vous prend dans sa soif et vous jette
Comme un fruit qu'on méprise après l'avoir séché ;
L'autre, tendre et croyante, un jour devient muette
Et pleure, et dit que l'astre en son ciel s'est couché !

(*Poésies complètes*, éd. Calmann-Lévy, t. II, p. 239.

(2) Je raconte au tome précédent, dans le chapitre de *l'Ami*, comment Alfred de Musset fut instruit de la trahison de George Sand. Personne, jusqu'à ce jour, pas même Paul Mariéton, si averti cependant, n'avait vu la main d'Alfred Tattet dans le dernier acte de ce mélodrame.

(3) Qui en douterait après avoir lu la lettre que Musset écrivait de Genève à Lélia, le 4 avril 1834, et celle qu'il adressait à son ami Tattet, le 3 août 1835?

Il disait dans la première :

« Le ciel nous avait faits l'un pour l'autre; nos intelligences, dans leur sphère élevée, se sont reconnues comme deux oiseaux des montagnes; elles ont volé l'une vers l'autre ; mais l'étreinte a été trop forte. C'est un inceste que nous commettions... Tu t'étais trompée. Tu t'es crue ma maîtresse, tu n'étais que ma mère... »

Il disait dans la seconde :

« Si vous voyez Mme Sand, dites-lui que je l'aime de tout mon cœur, que c'est encore la femme la plus femme que j'aie jamais connue... »

De son côté George Sand écrivait à Musset dans le courant de l'hiver de 1835 :

« Je ne t'aime plus, mais je t'adore toujours. Je ne veux plus de toi, mais je ne puis m'en passer... Adieu, reste, pars, seulement ne dis pas

Le peuple me semble avoir trouvé le mot de cette énigme, lorsque, dans son langage aussi brutal que pittoresque, il dit d'un homme qui ne peut guérir d'une femme « qu'il l'a dans la peau » ! Il fallait bien qu'il en fût ainsi pour que, toute sa vie, Musset ait rêvé de George Sand, et que, dans toute son œuvre, on la suive à la trace du sang qui coula sans cesse de sa blessure.

III

Je possède une lettre de Guttinguer à Sainte-Beuve, en date du mois d'octobre 1833, où il lui dit, entre autres choses : «... Je crains que notre ami ne laisse sa personnalité dans le lit de cette femme ».

En s'exprimant ainsi, Guttinguer était tout bonnement dupe des apparences. Il venait de lire *Lélia*, et comme il avait remarqué en tête du tome second une épigraphe empruntée au poème de *Namouna* (1), comme il avait lu dans le corps de ce roman des vers pas très bons, mais qui avaient tout de même un faux air de ceux de Mussaillon 1er (2), il en avait conclu tout de suite que les deux amants étaient en train de se

que je ne souffre pas... Mon seul amour, ma vie, mes entrailles, mon frère, mon sang, allez-vous-en, mais tuez-moi en partant. »
(1) Voici cette épigraphe :

　　Pourquoi promenez-vous ces spectres de lumière
　　Devant le rideau noir de nos nuits sans sommeil,
　　Puisqu'il faut qu'ici-bas tout songe ait son réveil,
　　Et puisque le désir se sent cloué sur terre,
　　Comme un aigle blessé qui meurt dans la poussière,
　　L'aile ouverte, et les yeux fixés sur le soleil ?

(2) C'est le nom que s'était donné Musset sur un album de caricatures dont il avait fait cadeau à George Sand et qui est aujourd'hui entre les mains de M. de Lovenjoul.

fondre et de collaborer ensemble (1). S'il y avait

(1) Voici ces vers qui n'ont été publiés au complet que dans la première édition de *Lélia :*

INNO EBRIOSO

Que le chypre embrasé circule dans mes veines !
Effaçons de mon cœur les espérances vaines,
     Et jusqu'au souvenir
Des jours évanouis dont l'importune image,
Comme au fond d'un lac pur un ténébreux nuage,
     Troublerait l'avenir !

Oublions, oublions ! La suprême sagesse
Est d'ignorer les jours épargnés par l'ivresse
     Et de ne pas savoir
Si la veille était sobre, ou si de nos années
Les plus belles déjà disparaissaient, fanées
     Avant l'heure du soir.

Qu'on m'apporte un flacon, que ma coupe remplie
Déborde, et que ma lèvre, en plongeant dans la lie
     De ce flot radieux,
S'altère, se dessèche et redemande encore
Une chaleur nouvelle à ce vin qui dévore
     Et qui m'égale aux dieux !

Sur mes yeux éblouis qu'un voile épais descende,
Que ce flambeau confus pâlisse ! et que j'entende,
     Au milieu de la nuit,
Le choc retentissant de vos coupes heurtées,
Comme sur l'Océan les vagues agitées
     Par le vent qui s'enfuit !

Si mon regard se lève au milieu de l'orgie,
Si ma lèvre tremblante et d'écume rougie
     Va cherchant un baiser,
Que mes désirs ardents sur les épaules nues
De ces femmes d'amour, pour mes plaisirs venues,
     Ne puissent s'apaiser.

Qu'en mon sang appauvri leurs caresses lascives
Rallument aujourd'hui les ardeurs convulsives
     D'un prêtre de vingt ans,
Que les fleurs de leurs fronts soient par mes mains semées,
Que j'enlace à mes doigts les tresses parfumées
     De leurs cheveux flottans.

Que ma dent furieuse à leur chair palpitante
Arrache un cri d'effroi ; que leur voix haletante
     Me demande merci.
Qu'en un dernier effort mes soupirs se confondent,
Par un dernier défi que nos cris se répondent
     Et que je meure ainsi !

Ou si Dieu me refuse une mort fortunée,

regardé de plus près, il aurait senti que ses craintes étaient vaines, et qu'en dépit des sept ans qu'elle avait de plus que Musset George Sand n'aurait jamais — littérairement parlant — d'autorité sur lui. Je ne vois pas, quant à moi, cette fille sermoneuse de Jean-Jacques, encore mal débarbouillée du *Contrat social* et de *l'Emile*, escamotant ce fils de Shakespeare qui s'amusait des caprices de son imagination et chantait de si drôles de choses à la lune. D'abord, quel est l'écrivain de ses amis sur qui George Sand ait exercé quelque influence ? Elle a passé sa vie à subir celle des autres. Et Musset, quand il la connut, avait déjà affirmé sa personnalité et donné sa mesure dans les deux genres d'ouvrages qui ont établi sa réputation, à savoir *les Contes d'Espagne et d'Italie*, *le Spectacle dans un fauteuil* et *les Caprices de Marianne*.

Guttinguer pouvait donc être tranquille : Musset laisserait peut-être dans le lit de George Sand du sang mêlé de larmes, mais son esprit en sortirait aussi libre, aussi original, aussi personnel qu'il y était entré. La preuve en est — mais l'auteur d'*Arthur* ne

> De gloire et de bonheur à la fois couronnée,
> Si je sens mes désirs,
> D'une rage impuissante immortelle agonie,
> Comme un pâle reflet d'une flamme ternie,
> Survivre à mes plaisirs,
> De mon maître jaloux, insultant le caprice,
> Que ce vin généreux abrège le supplice
> Du corps qui s'engourdit ;
> Dans un baiser d'adieu que nos lèvres s'étreignent,
> Qu'en un sommeil glacé tous mes désirs s'éteignent,
> Et que Dieu soit maudit.

M. Paul Mariéton ne croit pas que ces vers soient de Musset. De qui donc pourraient-ils être ? Pour ma part je ne doute pas qu'ils soient de lui, et si quelque chose pouvait me confirmer dans cette opinion, c'est le titre italien qui leur a été donné. Musset connaissait et parlait très bien la langue italienne. C'est même ce qui lui avait suggéré l'idée d'aller en Italie.

pouvait pas connaître ce détail topique — la preuve
en est qu'après avoir essayé de faire un drame avec
elle, il y renonça presque tout de suite, persuadé
qu'à lui seul il ferait mieux. George Sand, en 1831
ou 1832, pendant qu'elle était la maîtresse de Jules
Sandeau, avait conçu l'idée, en lisant Varchi, d'une
pièce historique en six scènes qui devait s'appeler :
Une Conspiration en 1537. Elle avait même écrit le
brouillon de cette pièce, qui se passait à Florence sous
Alexandre de Médicis (1), et M. Pierre Gauthiez, à qui
j'emprunte ces renseignements (2), dit que, sur le
revers de la dernière page, on voit encore le nom de
Jules en plusieurs endroits — ce qui indique que
« cette production est de la période julienne ». George
Sand avait emporté ce canevas en Italie, dans la pensée de le reprendre et de le développer avec Musset,
mais elle avait compté sans les incidents du voyage.
Musset ayant eu la curiosité, en traversant Florence,
de feuilleter les chroniques de la ville, y trouva le sujet
d'un autre drame, si bien que *la Conspiration de
1537* resta dans ses cartons. Cependant, comme
il faut toujours rendre à César ce qui appartient à

(1) Voici la liste des personnages de cette pièce.
Alexandre de Médicis, grand-duc de Florence.
Valori, commissaire apostolique.
Malatesta Roglione, commandant des forces militaires (?).
Le cavalier de Morsilj } officiers de la maison du grand-duc.
Le capitaine Cesena }
Giomo le Hongrois } écuyers du grand-duc.
Fernando l'Andalou }
Madonna Catterina, sœur de Lorenzo.
Rindo Altoviti, oncle de Lorenzo.
Michel del Tavolaccino, dit Scoroncolo, spadassin.
Giolio Capponi, citoyen de Florence.
Ecuyers, pages du grand-duc.
On voit qu'elle diffère complètement de celle du *Lorenzaccio* de Musset.
(2) Cf. *Lorenzaccio*, 1 vol. in-8°, chez Fontemoing, 1903. — Le manus-
crit de George Sand appartient à M. de Lovenjoul.

César, je dois reconnaître ici que le titre de *Loren-zaccio* est de l'invention de George Sand, ainsi qu'une ou deux tirades de la pièce de Musset; celle-ci, entre autres, qui est imprimée tout au long dans *les Sept Cordes de la lyre* : « La liberté, la patrie, le bonheur des hommes, tous ces mots résonnent à son approche comme les cordes d'une lyre, c'est le bruit des écailles d'argent de ses ailes flamboyantes ! les larmes de ses yeux fécondent la terre, et il tient à la main la palme des martyrs. »

Mais Alfred de Musset n'avait pas attendu cette occasion pour nous fournir la preuve de son indépendance d'esprit et de son sens critique. Il résulte d'un document publié par son frère, dans la *Revue des Deux-Mondes* du 1er novembre 1878, qu'au point de vue du style, bien loin d'avoir besoin des leçons de George Sand, il aurait pu lui en donner dès l'année 1832. Ce document n'est autre qu'un passage du roman d'*Indiana* que Musset avait corrigé sur la première édition, estimant que l'auteur avait abusé des adjectifs et des membres de phrases inutiles.

Exemple :

« Mais ces *vagues et passagères* distractions n'empêchaient pas que le colonel, à chaque tour de promenade, ne jetât un regard *lucide et profond* sur les deux compagnons de sa veillée *silencieuse*.

« Car sa femme avait dix-neuf ans, et si vous l'eussiez vue enfoncée sous le manteau de cette vaste cheminée de marbre blanc *incrusté de cuivre doré*, si vous l'eussiez vue *toute fluette, toute pâle, toute triste*, le coude appuyé sur la table grimaçante d'un landier de fer *poli*, elle *toute* jeune, au milieu de ce vieux ménage, à côté de ce vieux mari, semblable à une fleur née d'hier qu'on fait éclore dans un vase gothique *chargé de lourds fleurons de porcelaine,* vous eussiez plaint la femme du colonel Delmare, et peut-être le colonel plus encore que sa femme. »

Évidemment celui qui a souligné tous les mots de cette citation avait plus de goût que celle qui les a écrits.

L'influence littéraire de George Sand sur Musset fut donc à peu près nulle ; celle de Musset sur elle n'est guère plus appréciable ; mais si chacun garda l'instrument que la nature, aidée par l'art, lui avait donné, il n'en est pas moins vrai que, dans leurs œuvres — surtout dans celles du poète — le souvenir de leur liaison tient une place considérable.

Musset, qui ne guérit jamais entièrement du mal de Venise, avait senti dès le premier jour que sa passion pour George Sand lui ferait une sorte de tunique de Nessus. A peine avait-il quitté l'Italie qu'il exhalait cette plainte :

Il faudra bien t'y faire, à cette solitude,
Pauvre cœur insensé, tout prêt à se rouvrir,
Qui sais si mal aimer et sais si bien souffrir.
Il faudra bien t'y faire, et sois sûr que l'étude,

La veille et le travail ne pourront te guérir.
Tu vas pendant longtemps faire un métier bien rude,
Toi, pauvre enfant gâté, qui n'as pas l'habitude
D'attendre vainement et sans rien voir venir.

Et pourtant, ô mon cœur, quand tu l'auras perdue,
Si tu vas quelque part attendre sa venue,
Sur la plage déserte en vain tu l'attendras,

Car c'est toi qu'elle fuit de contrée en contrée,
Cherchant sur cette terre une tombe ignorée
Dans quelque triste lieu qu'on ne te dira pas (1).

(1) Ce sonnet a été publié par la *Revue de Paris,* du 1er novembre 1896.

Hélas! il ne put jamais se faire à la solitude. Et pourtant elle est sainte! disait Alfred de Vigny dans une crise à peu près pareille. Il avait beau remplacer l'infidèle par toutes sortes de marchandes d'amour, son fantôme lui apparaissait toujours à l'heure du berger, et dans toutes les circonstances douloureuses de sa vie il se retournait vers elle, comme si elle avait été la cause unique des chagrins qui lui arrivaient. Une seule fois il se moqua d'elle, et la moquerie n'était pas bien méchante : c'est dans l'*Histoire d'un merle blanc*, où elle joue le rôle de la merlette lettrée. Le plus souvent il la pleura, avec de vraies larmes, comme en témoignent ses admirables *Nuits*.

Traversait-il la forêt de Fontainebleau pour aller s'amuser à Augerville, à la vue du ravin de Franchard où, sept ans auparavant, il avait passé avec elle toute une nuit à la belle étoile et dans l'atroce vision que l'on sait, il éprouvait une telle émotion que, la respiration lui manquant, il était obligé de descendre de voiture. Quelque temps après, la rencontre de cette femme dans les couloirs du Théâtre-Italien faisait jaillir de son cœur, tel un flot de sang, les stances immortelles du *Souvenir*.

Dix ans plus tard, en 1851, *le Souvenir des Alpes* qu'il avait passées, en 1834, plus mort que vif, le prenait à son tour, et Mme Martellet, qui venait d'entrer à son service, raconte qu'il pleura deux ou trois jours en écrivant ces vers.

Ces regrets éternels, en dépit de leur amertume, valaient bien une larme des yeux noirs qui l'avaient si cruellement blessé. Cette larme, il l'attendit en vain pendant vingt-deux ans. Elle ne tomba même pas sur la pierre de son tombeau, mais à peine était-elle scel-

lée, qu'une voix s'éleva, dure, orgueilleuse et mépri-
sante, pour lui refuser jusqu'au pardon.

Qu'importe? le mensonge et l'injustice n'ont jamais
fait de tort qu'à ceux qui y ont recours. Comme le
disait un homme de Dieu (1) le lendemain de la publication de *Elle et Lui*, « les amis du poète peuvent se
consoler en lisant *la Nuit d'octobre*, George Sand n'effacera jamais ce qu'Alfred de Musset lui a laissé là ».

(1) Le pasteur Bersier (*Souvenirs* de Mᵐᵉ Martellet).

CHAPITRE II

LA « MARRAINE » D'ALFRED DE MUSSET

I

Alfred de Musset l'appelait « la plus petite de toutes ». Elle n'était pas grande, en effet. Montée sur un escabeau, c'est tout juste si elle allait à l'épaule de son frère, lequel n'avait guère plus de quatre pieds et quelques pouces. Autant dire que c'était une poupée. Mais une poupée comme on en fait peu, avec une main si mignonne que, posée sur le front de Musset, elle en couvrait la moitié à peine; un pied qui aurait rendu des points à celui de Cendrillon, et un esprit d'une vivacité !...

La nature ne lui avait refusé que la beauté du visage : on ne saurait tout avoir, et la grâce compense bien des choses, surtout quand elle est rehaussée de tous les charmes de l'intelligence. Mais c'était son pied de « mandarine » qui avait fait d'abord la réputation de Caroline d'Alton-Shée. Il était si petit que, dans la société choisie qu'elle fréquentait, on se disputait ses pantoufles pour en faire des objets d'étagère. Musset, qui n'en avait jamais tenu de cette pointure, terminait quelquefois ses lettres à sa « marraine » par cette formule de politesse : « Je donne à votre pied gauche une poignée de main. »

Cette minuscule et sémillante personne était venue au monde en 1803 et avait perdu son père à douze ans.

Quand elle en eut quinze, sa mère, qui avait déjà marié sa sœur aînée au baron Fauquez, lui dit un jour :

— Comment trouves-tu M. Maxime Jaubert?

— Je le trouve bien.

— Vraiment?

— En vérité.

— L'épouserais-tu?

— Autant lui qu'un autre.

— Eh bien, je te le donne.

M. Maxime Jaubert n'était pas le premier venu. Fils d'un avocat de Provence qui avait défendu Mirabeau dans un procès contre sa femme, il avait été élevé à Paris pendant la période révolutionnaire, et, après avoir accompagné en Egypte son frère aîné qui servait d'interprète au général Bonaparte, il avait été nommé par le Premier Consul substitut à la cour d'appel, l'année même de la naissance de Caroline d'Alton. C'était un magistrat d'une impartialité, d'une droiture inflexibles, et qui ne connaissait que son devoir. A preuve le fait suivant, que j'emprunte aux *Mémoires* du comte d'Alton-Shée.

Aux plus mauvais jours de la Restauration, le journal *le Constitutionnel* ayant été traduit devant le jury, son défenseur épuisa d'abord le nombre de ses récusations ; quand ce fut le tour du ministère public, M. Jaubert, alors avocat général, apercevant parmi les noms des jurés restants celui de Michaud, rédacteur de *la Quotidienne*, le récusa sans hésiter, et contribua ainsi à l'acquittement de la feuille libérale. Le lendemain le procureur général Bellart le faisait venir dans son cabinet :

— Êtes-vous traître? Êtes-vous fou? C'est vous, Jaubert, qui venez en aide aux ennemis du gouvernement, aux professeurs d'anarchie!

A cette furieuse diatribe, Jaubert étonné répondit avec une simplicité qui n'était pas sans grandeur :

— Mais, Monsieur, je ne pouvais cependant pas laisser juger *le Constitutionnel* par *la Quotidienne!*

Ses qualités, son caractère, avaient fini par lui conquérir l'estime de tous. Mais si, comme magistrat, il était sans peur et sans reproche, comme mari de

Mlle d'Alton, il laissait quelque peu à désirer, ayant vingt-quatre ans de plus qu'elle.

— Vous me remplacerez mon père ! lui dit-elle, quand il lui mit au doigt la bague de fiançailles.

M. Jaubert s'inclina respectueusement, mais où il redressa la tête, c'est lorsqu'elle lui dit, au moment psychologique :

— N'a-t-il pas été convenu, Monsieur, que je ne serais que votre fille ?

Cela ne faisait pas précisément son compte. Certes elle avait une jolie petite main, un pied charmant, une frimousse très spirituelle, mais enfin, comme dit Musset,

... lorsqu'on voit le pied, la jambe se devine...

Un beau jour, ou plutôt une belle nuit, il usa de ses droits par surprise — et, neuf mois après, il leur naquit une petite fille qui devint plus tard la marquise de La Grange.

Mme Jaubert était furieuse et menaçait de quitter l'intrus qui l'avait ainsi violentée.

— Que cela ne vous arrive plus, Monsieur ! Je ne peux pas dire maintenant que je suis votre fille ; mais il faut en prendre votre parti, sachez que d'ores et déjà je suis votre veuve !

Et comme M. Jaubert adorait sa poupée et avait horreur du scandale, il s'imagina qu'il avait, en tant que mari, l'âge de la retraite.

Ils n'en firent pas moins bon ménage.

M. Jaubert, de par sa situation, avait des relations magnifiques. Sa jeune femme en eut vite fait le tour et plus vite encore arrêté son choix. N'étant ni bégueule ni insensible aux compliments, elle alla de préférence où elle se sentait à l'aise et chez qui lui faisait fête.

Berryer avait la réputation d'être aussi galant que le Béarnais. Elle se laissa prendre au charme de sa parole et de ses belles manières, et bientôt on ne vit plus qu'elle au château d'Augerville. Augerville était une admirable propriété qui, comme bois, se ressentait du voisinage de Fontainebleau, et que la rivière de l'Essonne traversait dans toute sa longueur. Dès que le barreau lui laissait quelques loisirs, Berryer y accourait, suivi, à deux ou trois jours d'intervalle, — le temps de tout mettre en état, — d'une bande d'amis des deux sexes qui pas plus que lui n'engendraient la mélancolie. C'étaient, du côté des dames, Mme de V..., qui passait pour la reine de la main gauche, Mme Rupert, la comtesse Kalergis, la princesse de Lichtenstein, la comtesse de Vergennes, etc.; du côté des hommes, Eugène Delacroix, Alfred de Musset, Artaud de Montor, Belgiojoso, Géraldy, d'Alton-Shée, Chenavard, Frazer, Etienne Béquet, etc., etc. Le maître de céans avait fait imprimer sur tous les stores des portes et fenêtres : *Faire sans dire.* Cette sentence, qui rappelait celles des manoirs de la Renaissance, était prise par tout le monde au pied de la lettre. On « flirtait », du matin au soir, sous les peupliers d'Augerville, et plus d'une intrigue amoureuse s'y noua, qui dura beaucoup plus que les roses; mais personne n'avait l'air de s'en apercevoir, et le soir, en rentrant dans sa chambre, chacun posait le doigt sur sa bouche : *Faire sans dire* (1) !

(1) C'est évidemment cette sentence qui a inspiré à Musset le gentil proverbe intitulé *Faire sans dire*, qui figure dans ses *Mélanges de Littérature*. Le poète l'avait écrit, en 1837, pour le *Dodécaton*, publica-

Mᵐᵉ Berryer, qui connaissait son caractère volage, s'amusait des aventures galantes de son mari, comme Mᵐᵉ de Chateaubriand des caprices du sien. Ce n'est pas sans raison que le souvenir me revient ici du Chat et de la Chatte. S'il y avait quelque ressemblance entre Mᵐᵉ Berryer et Mᵐᵉ de Chateaubriand, il y en avait bien davantage entre le grand avocat et le grand écrivain.

Au point de vue politique ils étaient aussi légitimistes l'un que l'autre. « Madame, votre fils est mon roi ! » Ces paroles de Chateaubriand à la duchesse de Berry avaient été recueillies pieusement par Berryer qui s'en était fait une sorte de devise (1). Au point de

tion composée de douze morceaux de littérature, de douze écrivains différents.

(1) D'Alton-Shée raconte en ses *Mémoires* (t. I, p. 58) qu'en 1830, dès que le trône fut renversé, Chateaubriand se rendit un matin chez Berryer et lui dit en substance :

« La légitimité est morte et bien morte ; ce n'est pas Charles X ou la branche aînée des Bourbons, c'est la royauté qui s'en va : l'avenir est à la République. Il y a de grandes choses à faire, mais ce peuple bon, honnête, généreux, cette jeunesse ardente, vouée au culte de ce qui est élevé, ont besoin de direction ; vous parlez bien, je n'écris pas mal ; que penseriez-vous si nous leur apportions les idées d'ensemble qui leur manquent ? »

Berryer demanda vingt-quatre heures de *réflexion* ; après quoi, il dit à Chateaubriand que la question religieuse ne lui permettait pas d'accepter. Et d'Alton-Shée de conclure :

« Ainsi le catholicisme lui parut l'obstacle infranchissable. Qui oserait dire, pour l'opinion républicaine, la portée du concours de ces deux hommes, le nombre d'adhésions qu'ils auraient entraînées, les frayeurs qu'ils auraient dissipées, l'alliance qu'ils auraient maintenue entre le peuple et les classes supérieures ? Quelle eût été la chance de formation d'une République à laquelle, avec le concours acquis d'Armand Carrel et de ses amis, Chateaubriand aurait rallié toute la portion jeune et généreuse de la noblesse, Lamennais cette immense fraction du bas clergé, ignorante et pauvre, mais enthousiaste et avide de sacrifices, tandis que Berryer aurait dissipé les préventions et les craintes de la bourgeoisie aisée ? »

Hélas ! l'expérience du gouvernement de Lamartine, en 1848, répond à d'Alton-Shée. Chateaubriand et Berryer, en 1830, n'auraient pas été plus heureux que lui : la poire n'était pas mûre.

vue religieux, ils aimaient surtout la pompe et les
beautés du culte catholique. Quand Chateaubriand
allait à Jérusalem, on sait aujourd'hui que c'était
moins pour s'humilier au tombeau du Christ que pour
chercher des comparaisons et des images, Berryer,
quoique moins artiste, ne cachait pas son antipathie
contre la forme austère et sèche du culte calviniste.
« A la pensée seule, disait-il, de me trouver dans la
Genève protestante, entre MM. de Broglie et Guizot,
j'éprouve une oppression physique. Je me sens étouf-
fer (1). » Sainte-Beuve ne se trompait donc pas quand
il s'exprimait ainsi sur son compte : « Après tout,
ce n'était qu'un épicurien et un homme de plaisir,
enveloppé et revêtu d'un admirable virtuose de la
parole (2). » Il aurait pu ajouter : « d'un dilettante
comme il y en avait peu ». Berryer adorait les vers et
la musique — dont il disait qu'elle « fait vibrer les
cordes muettes ». — C'est pour cela qu'il attirait
Musset, Belgiojoso et Géraldy à Augerville. Il était
au comble de la joie quand le poète de *Namouna*, au
beau milieu d'une soirée, improvisait, entre deux coupes de champagne, quelque boléro, comme celui que
Mme Jaubert nous a conservé :

> Quand résonne ta castagnette,
> La plus leste et la plus coquette,
>   C'est Pépa, ma Pépita,
>   Mon beau lutin
>   Qui rit soir et matin.
>   Ah!... j'aime, j'aime...
> Ah ! ah !... j'aime cette enfant-là...
>
> Lorsqu'elle danse le dimanche,
> L'œil au vent, le poing sur la hanche

(1) *Souvenirs de Mme Jaubert*, p. 56.
(2) Note communiquée par Jules Troubat à d'Alton-Shée.

Ah ! Pépa, ma Pépita,
Tes beaux yeux bleus,
Comme ils sont amoureux !
Ah !... j'aime... j'aime...
Ah ! ah ! j'aime cette enfant-là.

Si jamais Pépa m'oublie
Si ma fleur, ma fleur chérie,
Tombe brisée ou flétrie :
Toi, mon âme, et ma joie et ma vie,
Tu pourras me trahir,
Et moi mourir !...

Mais quelle folie !
O ma maîtresse !
Tes yeux pleins d'ivresse,
Le Seigneur les a faits
Aussi purs qu'ils sont beaux, aussi doux qu'ils sont vrais.
Allons, ma belle,
Cœur brave et fidèle,
Le soleil est dans les cieux.
Viens danser, viens danser, et nous mourrons joyeux.

Ce boléro de Musset, chanté par Belgiojoso, est de
1840. Mais il y avait longtemps que le « filleul » avait
payé sa bienvenue au châtelain d'Augerville, car la
« marraine » était entrée en relations avec lui dès
1835 (son frère dit en 1836), et tout de suite elle l'a-
vait entraîné chez Berryer, sachant qu'ils étaient faits
pour se comprendre. J'ai eu la bonne fortune de tenir
dans mes mains l'original de la première lettre que
Musset ait écrite à Mme Jaubert. En voici la copie tex-
tuelle :

11 août 1835.

« Dieu soit béni ! vous m'écrivez une lettre absurde !
vous avez donc aussi, Madame, vos bons moments
comme nous autres ; oui, j'en atteste le ciel ! quand

vous avez écrit, votre fenêtre était ouverte, vos ro-
siers se dandinaient au vent, — vous étiez décoiffée,
— ou mal coiffée, — vous étiez sous quelque impression joyeuse de la chauve-souris qui, quoi qu'en dise
M. Serres, est le chef-d'œuvre de la création. Et il y
avait infailliblement à côté de vous des cirons qui dor-
maient dans un rayon de soleil. (Par parenthèse, les
cirons sont les plus heureux êtres de la terre : ils ne
vivent qu'un jour et ils le passent à valser.)

« Votre lettre est absurde et, par conséquent, charmante. Plus souvent que j'irai délayer mes benêts de
vers sur vos petites idées fraîches comme des roses!
n'en déplaise à ma Muse, il ne sera point rimaillé sur
votre charmante pensée du soir et du matin.

Mais ! ! ! d'après ce que vous me dites, comptez
bien que dorénavant je n'irai vous voir que le matin.

« Il faut que je vous compare à quelque chose, pour
vous dire une fois pour toutes que personne n'a le
quart autant d'esprit que vous, sans compter que vous
êtes jolie comme un ange. Voyons. Je vous compare
à une perle fine (quel vent il fait ! c'est insupportable,
ma lampe est toute exaspérée). Il y a bien de vous
dans une perle : — d'abord elles vivent dans l'eau;
— ensuite Heine n'a-t-il pas dit quelque part que la
poésie est la maladie de l'homme, comme la perle est
la maladie du pauvre animal appelé huître? Oui, les
perles sont des larmes devenues joyaux, vrais symboles de la poésie. Mais, bon ! je vous insulte de vous
comparer à la poésie. Vous valez bien mieux que nos
muses. (A propos de Muse, Delphine Gay vient de
mettre dans *les Débats*, à propos des vingt-cinq fusils,
une complainte à la Fualdès (1).)

(1) Cette complainte en l'honneur de Louise-Joséphine Rémy, âgée de

M'y voilà. Je vous compare à Titania, reine des fées (*Midsummer night's dream*) :

quatorze ans, qui fut une des victimes de l'attentat Fieschi, parut, en effet, dans *les Débats* du 11 août 1835, sous le titre : *la Jeune fille enterrée aux Invalides.* En voici les deux premiers et les deux derniers couplets :

I

Son humble parure était prête
Sur sa couche, dès le matin ;
Et, comme au plus beau jour de fête,
Elle était joyeuse... O destin !
Elle traverse avec audace
La foule, et dit : « Venez à moi,
« J'ai trouvé la meilleure place.
« D'ici l'on verra bien le Roi. »

II

Or, le Roi passait la revue,
Avec ses trois fils à cheval,
Et ce groupe attirait la vue
Du peuple inconstant et banal.
En France on aime à voir le maître,
Mais on n'était pas sans effroi ;
On disait que d'une fenêtre
On devait tirer sur le Roi.

. . . .

XI

Dors en paix, victime innocente
Immolée à la royauté !
Dors, la France reconnaissante
Rend hommage à ta pureté.
En voyant les fleurs de ta tombe,
Le peuple croyant d'autrefois
Aurait dit : « La sainte colombe
Plane encor sur le front des Rois. »

XII

Mais nous qui n'avons pour idoles
Que nos haines et notre orgueil,
Nous ne trouvons plus de symboles
Dans ce jeune et chaste cercueil.
Négateurs de la Providence,
Nous n'apercevons point la loi
Du Dieu qui veille sur la France
Et la sauve encor par le Roi.

So, good night, with lullaby !
Lulla, lulla, lullaby (decrescendo) !

« Vous amusez-vous déjà ? Je viens de Montmorency (1), j'ai perdu mes gants dans le lac d'Enghien
et mon mouchoir à Andilly. (Quel tapage les chats font
dans la cour !) Adieu, Madame. Je vous écris sans
trop savoir si ma lettre arrivera : je ne sais pas bien
l'adresse. La première fois que vous sentirez sous
votre bonnet lilas une petite divagation prête d'éclore,
écrivez-le-moi, je vous en supplie.

« Votre dévoué,

« ALFRED DE MUSSET (2). »

Entre la formule de politesse et la signature il y
avait un dessin à la plume où Alfred de Musset s'était
représenté en habit à queue de morue, chemise à
jabot, escarpins aux pieds et chapeau à la main, offrant,
la bouche en cœur sous un nez démesurément long,
ses respectueux hommages à une petite Colombine —
genre Willette — assise dans un fauteuil d'enfant, et
laissant paraître le bout de son pied sous sa robe,
tandis qu'un grand escogriffe, debout derrière Musset,
assiste impassible à la scène (3).

---

(1) Probablement de Bury.
(2) Cette lettre (inédite) était adressée à « Mme Jaubert, chez madame
la princesse de Belgiojoso, à la Jonchère, près Rueil ».
(3) C'est ce dessin que nous avons reproduit dans l'édition in-8° de cet
ouvrage. On sait qu'Alfred de Musset dessinait comme un ange et qu'il
avait donné à sa « marraine » un album de 51 croquis commencé en 1840,
pendant sa première grande maladie. (*Biographie d'Alfred de
Musset*, p. 247.) Mais ce qu'on ne sait pas, c'est que cet album,
communiqué à un ami, un jour, par Mme Jaubert, a été perdu et n'a
jamais été retrouvé. Ce ne sont pas, d'ailleurs, les seuls dessins qu'ait
exécutés Alfred de Musset. Il en avait donné toute une série à son cousin Adolphe de Musset, propriétaire du château de Lorey, dans l'Eure,
où il allait quelquefois passer ses vacances. Les dessins sont actuellement
entre les mains de Mme Mehl. Mme Lardin, sa sœur, en avait des cen-

Cette épître d'une humeur extravagante nous donne, avec le dessin dont elle est illustrée, une idée exacte de l'espèce de rapports que Musset entretenait avec Mme Jaubert. Il lui écrivait, dans le même temps, qu'elle avait trouvé le vrai nom du sentiment qui les unissait, en l'appelant « un sentiment sans nom ». Ce n'était, en effet, ni de l'amour, ni de l'amitié, mais quelque chose de plus et de moins, dont l'équivalent est assez difficile à définir. En le baptisant « Prince Café » et « Prince Phosphore de Cœur volant », elle lui avait donné le droit de la nommer sa « marraine » et de lui dire tout ce qui lui passait par la tête. Et ses lettres prouvent qu'il ne s'en faisait point faute. Les *Souvenirs* de Mme Jaubert auxquels elles sont mêlées sont, pour une bonne partie, des feuilles détachées du carnet de son cœur, — du cœur de Musset, cela va sans dire ! — On peut le suivre à travers toutes ses aventures romanesques, — de George Sand à la comtesse de Kalergis en passant par Rachel et la princesse Belgiojoso. « Je ne suis pas tendre, mais excessif », disait-il un jour. Oh ! oui, mais si les femmes qu'il courtisait avaient quelquefois lieu de s'en plaindre, la « marraine » n'était contente que lorsqu'il lui avait tout raconté par le menu. Au besoin, pour l'exciter, elle lui écrivait de la même encre. C'est grand dommage que la correspondance de Mme Jaubert avec son « fieux » ne nous ait pas été gardée. Cela aurait fait un ragoût d'une saveur incomparable.

Il lui écrivait un jour :

taines que j'ai vus chez elle, et à la vente de Paul, son frère, il a été vendu 11 numéros catalogués par Charavay (de 46 à 56), dont un album contenant dix dessins au crayon, se rapportant au voyage du poète en Italie.

« ... Au milieu de ma sotte vie, quand je lis une lettre de vous, je dois avoir un peu l'air d'un homme
empoisonné par la fumée de l'asphalte ou du tabac,
qui entrerait tout d'un coup dans un jardin, et qui
recevrait dans le nez un coup de vent plein de l'odeur
des roses (1). »

Et encore :

« Hélas ! marraine, ces riens charmants qui viennent de vous me sont bien chers. Ils me rappellent le
temps où je savais jouir de toutes ces petites perles
qui vous tombent des lèvres, quand vous riez, ou qui
pendent au bout de votre plume à chaque goutte d'encre que vous prenez. Je perds tous les jours l'esprit
qu'il faut pour être au monde (2). »

Que sont devenus ces « riens charmants » ? J'ai bien
peur qu'ils ne soient à tout jamais perdus, car Paul
de Musset nous dit qu'après la mort de son frère la
plupart des lettres féminines qu'il avait reçues furent
rendues aux signataires ou à leurs familles, et, du
moment que Mme Jaubert n'a pas intercalé ses lettres
dans celles de Musset, il y a de grandes chances pour
qu'elle les ait détruites. Mais si nous n'en avons pas le
texte, on peut tout de même en retrouver l'esprit entre
les lignes des réponses du « filleul », encore qu'elle y
ait, par ci, par là, pratiqué de larges coupures, comme
dans celle-ci, dont elle n'a publié, en ses *Souvenirs*,
que le premier paragraphe :

24 novembre 1842.

« Encore une raison qui fait que je vous réponds
tard, c'est parce que je vous garde pour la dernière,

(1) *Souvenirs de Mme Jaubert*, p. 18.
(2) *Œuvres posthumes*, p. 228. — Lettre du 31 juillet 1840.

— par gourmandise, — et, en vérité, si on se plaint de la nécessité des visites en hiver, on devrait se plaindre bien davantage de la nécessité des réponses en automne. C'est une des plus monstrueuses corvées que la nécessité de parler sans rien dire ait jamais fait inventer. En visite du moins, on n'a pas quatre pages blanches devant le nez, avec l'obligation d'inventer des éloges pour les remplir. On a la permission de regarder la porte et l'espérance que madame X... ou monsieur X... vous apparaîtra. Mais les gens qui sont ou croient être à la campagne abusent de l'absence. Et notez bien qu'on ne leur a pas plutôt répondu, à grand'peine, *à grand renfort de besicles*, comme dit Courier, que c'est exactement comme si on n'avait rien fait ; la réplique arrive, et au moment où on regarde dans le panier des lettres répondues avec la satisfaction d'un devoir accompli, on en trouve sur sa table de toutes fraîches, avec de beaux cachets tout neufs qui vous attendent d'un air galant. Seigneur Dieu !!! »

Suivait toute cette partie demeurée inédite.

« Je n'ai point été victime du piège que vous m'aviez tendu en m'écrivant avec la date de Paris. Non, Madame. Vous croyiez que je vous croirais et que je volerais à vos pieds. Non, Madame.

« En fait de nouvelles, deux choses seulement. Je suis brouillé avec Rachel, voici pourquoi. Il y a quelques jours, sortant des Français, pendant que monsieur son père était allé chercher un fiacre, elle donnait le bras à un plumitif quelconque.

« Sur quoi Buloz s'approche et lui dit :

— « Comment ! vous donnez le bras à ces gens-là ?

— « Bah ! répond-t-elle (*sic*), quand j'ai assez des gens, je sais le moyen de m'en débarrasser.

« Là-dessus elle cite mon nom et se vante tout bonnement que, si je ne viens plus chez elle, c'est qu'elle me l'a donné à entendre.

« Votre très humble serviteur de filleul, à qui ce propos a été soigneusement rapporté par ses meilleurs amis, n'a pas jugé bon de le supporter, ni de laisser dire qu'on le mettait à la porte. Il a pris la liberté d'écrire à la Princesse, très poliment, qu'elle en avait menti, qu'aucun motif ne l'autorisait à tenir un propos semblable et qu'il en était fort étonné. La Princesse ne s'est point montrée au-dessous de son sexe et de sa position. — Elle a répondu par un long poulet où elle nie formellement ce qu'elle avait dit devant trois personnes, mais en même temps elle ne manque pas de se trouver fort offensée, non pas de ce qu'on la soupçonne du propos tenu, mais de ce qu'il se trouvait dans ma lettre les paroles suivantes : « Permettez-moi de vous dire, Mademoiselle, une chose *que vous ignorez peut-être* : c'est qu'il est rare qu'un homme bien élevé dise ou fasse quelque chose d'assez inconvenant pour qu'on lui défende sa porte, etc., etc. »

« Il paraît que ce « que vous ignorez peut-être » n'a pas pu se digérer aisément. Et comme elle ne manque pas, pour son âge, d'une certaine manière d'être, elle m'a répondu que cette phrase n'était pas bien réfléchie pour un homme bien élevé, etc., etc.

« C'est-à-dire tout bonnement que nous nous sommes dit des injures, toujours très poliment, comme vous voyez. Sur ce, j'ai beaucoup réfléchi à ce que j'avais à faire et, après mûres réflexions, j'ai découvert et résolu que je ne ferais rien du tout. Qu'en pensez-vous?

« Vous me direz peut-être que j'ai tort ; mais c'est que vous ne connaissez peut-être pas l'avantage du « rien du tout ». Je m'en suis quelquefois servi, et je puis vous assurer qu'on peut le comparer dans certaines circonstances à « la puissance du *droit de présence* » et même à l'à-propos que vous estimez tant avec tant de raison.

« Certainement j'aurais dû m'excuser sans honte et tout en ayant l'air de me radoucir, demander le bout du doigt en signe de pardon. Mais je préfère de beaucoup le « rien du tout ».

« Et voyez. Je vous ai dit à Augerville mon embarras au sujet des lettres redemandées. Vous m'avez même aidé à chercher un biais. Après mûr examen, je vous ai déclaré que je ne bougerais ni n'écrirais. Eh bien, cela a réussi à merveille. G. S. (1) me sait de retour et, par mon silence, a tout compris très bien. Grande puissance du rien du tout !

« Ma seconde nouvelle est qu'il y a, dans la *Revue* (2), un article musical fort sot, du petit Blaze, où la Grisi est louée en style de Scudéri, au moins. Il y a entre autres cette phrase : « Les voix s'effeuillent comme les fleurs, etc., etc. », et « les clartés tièdes et pâlissantes du ciel des *Puritani* et de *Lucia*, etc., etc. »

« Tout cela est fait dans un très mauvais et même méchant esprit, non pas précisément contre Paolita (3), dont il n'est pas plus question que si elle n'existait pas,

(1) George Sand.
(2) La *Revue des Deux Mondes*.
(3) Mᵐᵉ Viardot, née Pauline Garcia.

mais il est y dit, par exemple, que le talent n'est rien
sans la beauté, et autres ordures. L'époux est venu se
plaindre à la *Revue,* et il avait raison. C'est une gau-
cherie que toutes ces opinions contradictoires sous la
couverture du même journal. Mme Sand et moi avions
parlé trop clairement dans un sens pour qu'il ne soit
pas choquant qu'on parle dans un autre. Buloz s'est
excusé, bien entendu, en disant qu'il ne s'en était pas
mêlé, et n'en avait seulement rien vu. Sur quoi V. (1)
a dit « qu'on lui avait dit que l'article était de M. de
M..., mais qu'il me croyait de trop bon goût pour le
supposer, quelque raison que je pusse avoir du reste
d'être moins bien disposé pour sa femme ». Ceci m'a
paru assez bizarre, et ne m'a pas du tout fâché.

« Il est trois heures du matin. Je n'y vois plus clair.
Ma lettre doit être absurde, mais je vous aime beaucoup ce soir. Je vous assure qu'il y a longtemps que
je ne vous ai tant aimée. Gardez pour vous mes petites cancaneries. Si Rachel me lance un coup d'œil à la
Hermione, je vous en ferai part (2).

« ALFRED DE MUSSET. »

N'eût-il pas été fâcheux que cette lettre fût perdue?
On connaît maintenant les raisons pour lesquelles
Mme Jaubert n'en avait pas imprimé la partie concer-
nant Rachel, George Sand et Pauline Viardot. Du
moment que Musset lui avait dit : « Gardez pour vous
mes petites cancaneries », elle n'avait pas cru devoir
les divulguer même après sa mort. Mais vous pensez
bien que cette lettre avait couru sous le manteau de

(1) M. Viardot.
(2) Ici un dessin où Rachel en péplum montre le poing à Musset assis
tranquillement dans un fauteuil de balcon. Nous l'avons reproduit en
fac-similé dans l'édition in-8° de cet ouvrage.

la cheminée : elle était trop spirituelle et trop amu-
sante pour que Mme Jaubert n'en fît pas profiter ses
amis. — Et, précisément, je remarque une chose qui
ne manque pas de piquant. Ces « petites cancaneries » du poète lui étaient adressées « chez Mme la
Princesse de Belgiojoso, à Port-Marly, route de Paris,
n° 10, près Saint-Germain », quelques semaines après
que les stances *Sur une morte* l'avaient brouillé à
fond avec la belle Milanaise (1). Comme elle dut se
frotter les mains en apprenant la prise de bec de
Musset avec Rachel !

Et voilà ce qui fait le charme de la correspondance
du « filleul » avec sa « marraine ». Retranchez-la de
ses œuvres posthumes, sa physionomie y perd du coup
ce qu'elle a de plus fantaisiste et de plus séduisant.
Quant à elle, encore une fois, on la retrouve non seulement à travers les confidences du « fieux », « déconfit ou non », mais encore dans ses propres *Souvenirs*,
qui n'ont qu'un défaut, celui de manquer d'ordre, et
dans ses lettres à son frère que je dois à la bienveil-
lante communication de Mme la comtesse d'Alton-Shée
et dont je vais citer les principaux passages. — N'oublions pas non plus que c'est Mme Jaubert qui a posé,
pour *le Caprice*, le personnage de Mme de Léry (2).

II

Caroline d'Alton-Shée avait sept ans de plus que son

(1) Ces stances parurent, en effet, dans la *Revue des Deux Mondes*, le
1er octobre 1842.
(2) Ce n'est pas, d'ailleurs, la seule fois qu'elle ait collaboré, de près
ou de loin, à l'œuvre du poète. On sait par l'introduction du conte de
Silvia qu'elle lui reprochait souvent sa paresse, et, dans le catalogue
des autographes et dessins provenant d'Alfred Musset et de son frère,
je vois (n° 80) qu'elle avait envoyé à Paul de Musset, en 1848, le plan
d'un proverbe.

frère Edmond, mais elle n'abusa jamais de l'autorité que lui donnait son droit d'aînesse. Bien loin de chercher à le dominer, elle mit toute jeune son bonheur à le servir. A la mort de leurs parents, elle l'avait placé sous la tutelle de son mari; mais, comme M. Jaubert était enclin à la sévérité, elle se substituait moralement à lui, chaque fois que cela était nécessaire. De là naquit entre le frère et la sœur une amitié particulièrement vive. Il faut dire qu'elle fut favorisée tout de suite par une communauté de goûts et de sentiments assez rare. Je ne vois qu'un article sur lequel ils ne s'accordaient pas, c'est la politique. Mais ils avaient le bon esprit de n'en jamais discuter.

D'Alton-Shée eut toujours le second Empire en horreur et ne pardonna jamais à la Chambre des pairs de ne pas avoir voté, comme lui, la mort du prince Louis-Napoléon, au lendemain de l'affaire de Boulogne. Mme Jaubert, sans avoir la moindre sympathie pour le gouvernement issu du Deux-Décembre, s'en accommodait tout de même, estimant que le régime qui lui laissait la liberté de tout dire avait du bon. En cela, malgré ce que lui disait Alfred de Musset, elle était beaucoup plus de la Chaussée d'Antin, où elle habitait, que du faubourg Saint-Germain, cher à son ami Berryer. Mais elle s'en souciait peu, ne connaissant que son plaisir.

Cependant — et cela encore est à son avantage — lorsque son frère était absent de Paris, elle se mettait en quatre pour le tenir au courant des événements politiques, — sans préjudice des autres.

Justement, il fut obligé, à la fin de 1848, d'aller faire une cure à Lyon, pour une maladie nerveuse qui lui affaiblissait la vue. C'était jouer de malheur, car il s'était jeté dans la mêlée des partis, à la suite de Lamartine qu'il adorait, et, depuis l'élection de Louis-Bonaparte à la Présidence, il ne vivait plus.

Voici donc ce que lui écrivait sa sœur :

[1848-1850]

9 août 1848. — « Paul de Molènes compte t'écrire sa nomination mardi. Il est tout réjoui du fait suivant : On lit sur le boulevard un énorme écriteau près Tortoni : « Madame Rupert, sœur de M. Thiers, ancien président du Conseil des Ministres, donne à dîner à 42 sous. » Molènes l'a lu. Tous les étrangers qui abondent sont plantés devant, épelant et riant. A part cette joie il ne sait que devenir ; sa mère part et il ne connaît plus une âme à Paris, qui est un vrai désert. »

[*Sans date*]

— « A l'instant, mon cher frère, je viens de recevoir ta lettre du 9. Elle est vraiment bien tournée, et si, lorsque tel épisode de ta vie se représente à ta mémoire, tu le jetais sur le papier en forme épistolaire, un jour nous y mettrions de l'ordre, et sans fatigue tu aurais fait quelque chose de bon, supposant toujours que tu t'adresses à moi ; cela apporterait de l'unité dans le tout, et se relierait à la collection que j'ai conservée.

« ... Jeanne (1) a été à la revue. L'ordonnance des fêtes est très bien entendue par le monde officiel, ordre parfait. La cavalerie en défilant poussait un « Vive Napoléon ! » De cette mer de têtes qui couvrait le Champ-de-Mars, pas une voix ne s'est fait entendre. J'ai vu vingt personnes qui le racontent ainsi.

(1) Sa fille, la marquise de La Grange.

La physionomie de gens qui assistent au spectacle : ni hostilité ni sympathie. Voyons ! On paie un cabinet avec le lit de sangle 35 francs par jour. Des gens sur la place Royale ont passé la nuit en fiacres dételés. Le cartonnage formant autel au milieu du Champ-de-Mars avec le clergé processionnant représentait à Jeanne un joujou de Claude (1) ; ce qui donnait de la réalité étaient des prêtres tombant de ci, de là, frappés sur leurs crânes nus par un soleil d'Afrique... J'ai été le soir chez Paulinette (2) entendre des trios. Ce monstre de Gounod ne se marie ni par amour, ni par argent ; dis-moi pourquoi.

— « Berthe a passé la journée avec Claude. Elle dit que quand on crie dans les rues : *Pois verts*, elle entend Frazer. »

— « Je n'ai pas joué de charade. Ce bruit parvenu à Knafre (3) s'était répandu, et à la soirée, quand j'entre, chacun m'exprime l'attente curieuse. Tu juges l'envie que cela me donne ; je témoigne de la bonne volonté, mais prudemment à l'écart, laissant les ardents s'élancer ; 2 heures du matin ont sonné, et je m'en suis tiré. M. (4) a joué pathétiquement M. Patte, un professeur allemand qui fait une leçon sur une patte d'animal anté-diluvien. Une longue canne figurait le tibia. Mme Aubernon, de sa troupe, l'interrompt, mais ne voulant pas prononcer le mot patte, elle adopte celui de membre, et la voilà s'extasiant : Comme il est gros ! Comme il est long ! ah ! quel membre ! Je n'en ai jamais vu un aussi intéressant. L'auditoire bien

(1) Sa petite-fille.
(2) Mme Viardot.
(3) Chenavard.
(4) Musset.

élevé ne soufflait mot. Mlle Ledieu ne manque pas
le coche et reprend : Monsieur le savant, les hommes
devaient être superbes à cette époque ? Et puis un
soupir (prenant le bâton) : C'est comme cela qu'il m'en
faudrait un ! Sans être pincée, j'avais chaud. Tu juges
de ce que les hommes se contenaient, au rire qui a
éclaté au plus léger prétexte. Laffitte en pleurait. Mais
voilà assez d'écritures !...

— « Hier est venu Barre (1) faire visite à mon goutteux (2). Parlé de son prochain mariage, d'appartement, etc., etc., puis me demande des détails sur
Mme Barre, semble calculer intérieurement le temps
qu'il peut respirer avant de gagner le grand cordon
de la corne. Arrive la belle... Comme Mlle Ledieu,
dans la charade, elle déclare qu'elle veut aller au
bastringue, à Mabille, qu'elle ne sort qu'en voiture, etc.
Je la prends à part. Que se passe-t-il ? « Il se passe
que j'ai une bonne amitié pour lui, et que je le hais
comme mari. Je le lui ai dit. Il a pleuré et répond
qu'il ne demande qu'à m'aimer sans retour... Ma foi,
il est prévenu, je ne m'engage à rien ! — Mais enfin
pourquoi dites-vous oui : — Mon père se ruine, c'est
positif, ma mère se désole, sa santé décline, elle n'ose
me presser, mais mon mariage sera un repos pour
l'avenir. »

— « Cher Fratellino, es-tu accouché d'une décision ?
Quand je songe à toi, je suis saisie d'un froid et d'un
ennui sympathique. Samedi j'ai dîné à Marly avec
Toutourne (3). Il était égayé par quinze jours de santé,
après quatre mois de crise de vessie entremêlée d'opéra-

---

(1) Le sculpteur. — Il a fait le buste de Musset qui décore sa tombe.
(2) M. Jaubert.
(3) Malitourne.

tions fort dangereuses. De la querelle entre le docteur
Véron et Persigny, le motif principal était que Véron
en dernier lieu ne se trouvait pas traité avec assez
de révérence. Il ne faut pas oublier que Véron —
ainsi que le dit Nestor (1) — est un grand lâcheur. Il
dit qu'une maîtresse qui demeure un jour absente
devient une étrangère. Cette guerre avec l'Elysée
n'empêchait pas, ce même samedi, que Nestor n'eût
réuni à table Persigny et le docteur Véron. D'Orsay
a été l'entremetteur... Toutourne prétend que le Président (2) change dix fois par jour de moyens en vue
de son seul but. Quant à Changarnier, mis à la tête de
40.000 hommes par l'Assemblée, personne n'y croit.
— Je dis à Toutourne : « Pourquoi ne placez-vous
pas vos portraits politiques dans *le Constitu*[*tionnel*]?
— Ah! Madame, vous mettez le doigt sur ma plaie!
Je reçois un fixe de Véron. Il faut que je lui donne de
temps à autre de la copie. Je suis fort en retard... On
prendrait mes portraits dans ce compte. » Tu vois
notre paresseux. Maintenant Véron fait ses articles
sans consulter : il a la tête tournée par la vanité, —
se croit aussi littéraire que politique, croit même qu'il
a fait ses classes.

— « Hier soir, concert de Sparre. Voix intacte,
admirable. 1.400 auditeurs. Tous les salons fondus,
toilette de bal. Côte à côte avec les deux Polonaises
(dont Mme Kalergis). Je les ai étudiées de fond en
comble : elles sont très jolies et à chacune on tient
compte de la beauté de l'autre...

— « L'autre jour Adlon (3) voit entrer, méconnais-

(1) Roqueplan.
(2) Louis-Napoléon.
(3) Belle-sœur de la marquise de La Grange.

sable, les cheveux effarés, Manin (1), qui lui saute au cou et l'embrasse. Il n'était pas trop fou, quoiqu'elle en ait conçu la crainte. Il s'échappait une minute d'auprès de sa fille, en proie à un accès furieux de folie épileptique éclos le jour même où nous devions le voir. Cinq nuits qu'il ne s'était couché, et vraiment, à son tour, le moral ébranlé par ce spectacle et la douleur. Il dit à Adlon : « Je me fesais un plaisir de rencontrer les personnes que vous m'aviez annoncées, c'est la seule distraction que je puisse accepter, elle m'est salutaire. Mais les accès se rapprochent, je cesse de faire partie de ce monde, oubliez-moi ; qu'on ne s'enquière pas, qu'on m'abandonne à mon malheur. » Et sans s'être assis, il est reparti. Il ne reçoit plus ses élèves, en sorte que la pénurie d'argent s'ajoute encore aux autres misères. Il faut se joindre à Comello (2), qui m'a dit avec une sorte de religiosité italienne qu'il priait tous les jours pour la mort de la jeune fille.

— « Une bonne lettre d'Aimée hier (3). Elle me conte sous le sceau du secret que dernièrement, causant avec Barre, il soutint la thèse que les hommes de mérite étaient bien nés, que, parti de bas, le talent demeurait incomplet, etc., etc. Aimée, avec une politesse exquise, songeant tout le temps au père de Barre, soutient le contraire. « Sorti du peuple, dit-elle, on peut parvenir à toute distinction. Je n'en excepte, continua-t-elle en riant, que les fils de portier. — Ah ! ne dites pas cela, s'écria Barre, mon père est fils de portier ! » Aimée prétend que, suant sang et eau, sans se troubler, elle a fait l'éloge *del padre*. La bouche

(1) Le grand patriote italien.
(2) Un ami de Manin et de d'Alton-Shée.
(3) Aimée d'Alton-Shée, qui devint la femme de Paul de Musset.

devait être pincée, si j'en juge par cette phrase qui termine son récit : « Pourtant nous n'aimons guère les portiers chez nous. » — Conclusion qui m'a tout à fait (1) [fait] éclater de rire. »

Mais voici venir le coup d'Etat. Ecoutons-la, elle va nous en raconter de toutes les couleurs :

[1851]

— « Le moment est assez intéressant pour que je te transmette les nouvelles, quand j'en ai. Carlier (2) a fait un mémoire où il représente la situation comme impossible, si on rapporte la loi du 31 mai, et refuse de demeurer si, en outre, on ne lui accorde l'expulsion de 20.000 individus à cette heure à Paris, — noyau d'insurrection prêt à mettre, dit-il, le feu aux quatre coins. Il dit qu'il faut provoquer et travailler les élections d'officiers de la garde nationale, avoir des chefs braves et dévoués ; il trouve la Province détestable et cinq départements, entre autres : le Doubs Saône-et-Loire, le Cher, la Nièvre, menaçants à tel degré qu'il n'y répond de la sûreté de personne. Il a fait prévenir M. de Montalivet que son château devait être incendié par le marquis de F... C'est lui qui vient de lire le susdit mémoire à notre ami M. T. — Dupin est si effrayé qu'il est enfin dans de petits souliers. Naturellement, Carlier demande l'état de siège desdits départements. A présent le Président est en face de ce

(1) Mᵐᵉ Jaubert avait souligné le mot : « fait », d'un double trait, pour se dispenser de le répéter.
(2) Préfet de police.

mémoire et de la démission de Carlier qu'il regarde comme sa planche de salut, et tiraillé par Emigne (1) qui sans cesse communique avec lui. Il y a lieu à ouvrir les paris; pour moi, je crois qu'il ne pourra se décider à l'initiative, sans songer que c'est décider que de ne point se décider, ainsi que l'a dit de Retz en pareille occurrence. Persigny, Abbatucci, Morny sont désignés du nouveau ministère. En attendant, le Président a confectionné son message à la Chambre, qu'il compte servir même sans changer de ministère et où, complètement agressif, il déclare que tout le bien qu'il a voulu a été empêché par ladite Chambre. Changarnier et les siens présentent de suite une loi qui déclare que tout fonctionnaire paiera de son bien et de sa personne l'admission d'un bulletin inconstitutionnel. Le message du prince de Joinville à la Chambre paraîtra le lendemain de celui du Président.

— « Une bonne scène est celle de Léon Faucher hors de lui se rendant samedi auprès du Président, et, sa petite canne à la main, d'un ton aigre lui disant : « Monseigneur, quelles sont les objections que vous faites contre la loi du 31 mai? Je suis prêt à les discuter. — Aucune, monsieur le ministre, je la trouve excellente, mais elle est contre moi, et cela suffit. »

« A: Fould seul persiste avec toutes les combinaisons. De Flers, qui, arrive de Londres, raconte à Faucher qu'un des plus riches banquiers de Londres lui a dit : « Fould est un escroc. Un ministre anglais qui se permettrait ces jeux de bourse serait immédiatement mis en jugement et déporté à Botany-Bay. » De suite, Faucher qui n'aime à distiller que des impertinences,

(1) Émile de Girardin.

dit à de Flers : « M'autorisez-vous à le répéter à Fould, en vous nommant, vous et le banquier ? — Ma foi, oui ! ».a dit de Flers.

«Comment Carlier a-t-il tourné ainsi ? Avec le coup d'Etat, il jouait un rôle important, il devenait ministre de l'Intérieur. Je suis sûr que toute son ambition est, en grandissant, de sortir de la police, tandis que dans le nouveau plan il y reste. Peut-être a-t-il acquis une connaissance du caractère du Président qui le fait jeter du côté de Changarnier, comme plus ferme. Somme toute, on sent la crise approcher, et il me semble que d'ici à un mois aura lieu ce que l'esprit s'est accoutumé à refouler en 1852. La *Presse* de demain te fera connaître la décision.

— « Il me semble que le Président cherche son ministre, à peu près comme le poète une rime difficile, et que de même il peut lui arriver d'exprimer le contraire de sa première intention, vaincu par la rime.

« Tu vois Morny figurer dans la liste article-bourse. Il ne se rattache à l'instruction publique que par sa calvitie et sa facilité de mœurs. A présent Allart est devenu son fidèle. Il remplace madame de ***... Il fait ses commissions et manie l'encensoir à faire puer l'encens une lieue à la ronde. Knafre disait, l'autre jour, en défendant à sa manière le Président : « Réfléchissez. Supposez depuis le 10 décembre Thiers ou Berryer à sa place et convenez qu'ils auraient fait plus de sottises. » C'est pourtant vrai.

— « Knafre allait dîner quand quelqu'un lui empoigne le bras. C'était Victor Hugo qui s'était fait mener jusqu'à la Conciergerie, où il allait dîner avec ses fils. Comme K. s'écriait : « C'est vraiment déplorable, etc., etc. — Du tout, dit V. H., c'est burlesque, c'est grotesque, et très heureux pour ces enfants qui seront nommés représentants l'année prochaine. » Il s'attend à être ministre, en ne le devant, dit-il, qu'à lui seul.

— « Tous ces temps derniers, il circule des bruits de coup d'Etat, c'est-à-dire d'une initiative quelconque de l'Elysée. Le vrai est, je crois, que le passe-temps du lieu est d'y distribuer les rôles, choisir le lieu de théâtre, décider des costumes, s'animer, se quereller, tout comme on fait dans les châteaux au sujet d'un projet de comédie dont on vit tout l'été. Mais n'avons-nous pas un beau jour joué *Madame Galochard* en Touraine? Cela permet parfois de redouter. — En ces alternatives de oui et non, le plus proche, l'intéressé lui-même ne pourrait jouer à la Bourse.

« En face de nous, sur la scène, était Persigny, bien pimpant auprès de mademoiselle Plunkette, — en loge, — qui n'a pas de goût pour lui. Il s'en plaint à Achille (1) qui répond : « Je puis bien lui donner un ordre de répétition, mais pas d'aller chez vous. Ces femmes sont pleines de fantaisie, dit-il fièrement : il ne faut pas croire!... »

4 octobre 1851. — « Mon frère, pas de lettre encore ce matin; mais j'écris pour que tu ne demeures pas trop longtemps sans nouvelles. Frazer en était venu chercher, des tiennes, hier. D'Albon et Narbonne lui ont conté qu'on parlait d'une brouille entre Chillot et Carlier, parce que le premier a parlé au Club du projet avorté, soutenant qu'il avait été près de s'exécuter. Fould était là. Il se retire et, un peu

(1) Achille Bouchet.

après, mande par ordonnance le parleur au ministère.
Là, tête à tête, il obtient certains détails, sur lesquels,
lui, Fould, base son attaque à l'Elysée, et fait avorter
la remise du projet. De là la brouille, au dire du
Jockey-Club. Nonon [?], de son ministère, dit qu'il y
a eu projet tellement sérieux que l'avortement n'en
est dû qu'au refus vigoureux du général Saint-Arnaud
d'y aider.

— « Ta lettre du dimanche m'a fait voir que je
t'avais servi à propos de la politique. Cher frère, voici
donc le ministère déraciné. Pas d'autres nouvelles ne
circulent que ce que te dit ton journal. Les uns disent
qu'Émigne sera ministre, les autres non, selon leur
goût, sans rien savoir... Le Maupas est ce fameux
cousin dont me parlait Rolle, l'hiver dernier, en
m'annonçant que je le verrais parvenir à tout après
être parti de rien, que son intrigue et son ambition
étaient sans limites et qu'il était à la lettre capable de
tout. Il me semble que novembre contiendra la crise
de 52, tandis qu'il y aura beaucoup de gens qui
attendront mai pour s'alarmer.

« Mme de Courval est venue passer deux heures
avec moi. Nous avons causé politique. Un de
l'Aigle qui quitte les d'Orléans lui a dit que tous
désiraient vivement la nomination de Joinville; la
duchesse d'Orléans comme les autres. Ils y sont tous
poussés en haine de Louis Bonaparte, dont rien ne
peut donner l'idée, à ce que dit de Laigle. C'est la
présence de cet homme au pouvoir qui les comble
d'humiliation. Joinville président serait à leurs yeux
la réhabilitation de la famille et du pays. A quoi
Mme de Courval ajouta plaisamment : « Il faut pourtant bien qu'ils comprennent que si on nomme

Joinville, c'est uniquement parce qu'il a rapporté les cendres de Napoléon. »

**

Là-dessus, Mme Jaubert, qui dans la politique n'appréciait et ne cherchait, comme on le voit, que les cancans et les bruits de coulisses, tourne la page d'une main preste, et, pour changer de conversation autant que pour désennuyer son frère, s'amuse à lui parler monde, littérature et théâtre.

— « Samedi à trois heures, je sortais de chez Henri Heine et j'ai saisi Adlon au débotté de fiacre et d'Augerville. Elle paraissait exaspérée par l'ennui d'avoir passé deux jours en plus que la dose qu'elle voulait accorder. Se jetant sur un fauteuil, elle a déclaré que c'était la dernière fois qu'elle allait à la campagne chez les autres. Les amours de Bébé (1) et Naïs se formulent à présent par une somnolence côte à côte, et quelques paroles attendries sur l'excellence des mets. Tutur (2) rendait le séjour odieux. Tout en lui s'est exagéré, et il n'y avait que du laid. C'était un raccommodement opéré par sa tante qui l'avait ramené après une longue brouille, et il distille la haine contre son père.

— « Il paraît qu'il y a eu un gros cancan sur Mme Vandervleit à Trouville où elle a fait la lionne avec son amie Mme Havin, qui l'imite au point de lui ressembler. Ta nièce se démène pour le tirer au clair, ayant toujours un peu d'antipathie contre la Vand[ervleit]! »

(1) Berryer.
(2) Arthur Berryer.

— « Je n'ai encore pu savoir l'anecdote Vander-vleit. Son amie Mme Havin a ramené son mari gros comme une aiguille à tricoter. Du ton dégagé, *maternel*, elle dit : « Les médecins ne donnent pas d'espoir. C'est le mariage qui l'a mis en cet état. Encore une moëlle ! »

— « On avait dit la fille de Manin morte. Mme Brenier court le condouloir. Mais point : elle trouve le père rayonnant, parce qu'il y avait trois jours sans crises. Comme elle contait cela à Adlon, se trouvait en visite un M. Michelot, l'air empesé, qui est à la tête d'un tas de bonnes œuvres. Il raconte, à son tour, qu'il connaissait une jeune fille extrêmement jolie épileptique. Un homme en devient épris et la demande en mariage. Sa mère lui divulgue la maladie. Il persiste. « Eh bien, Monsieur, vous la verrez durant une attaque, avant de conclure. » Le jeune homme persiste encore, et épouse la malade, il y a deux ans de cela. On se récrie, comme de juste, sur la belle trempe de cet amour. Adlon ajoute : « Le mariage l'aura sans doute guérie des attaques. — Du tout, répond sèchement M. Michelot. Je puis vous assurer (pinçant les lèvres) que le mal n'a pas cessé. » Adlon est très drôle contrefaisant le ton du personnage, voulant lui faire sentir l'inconvenante légèreté de son propos.

— « Hier Lucie (1), avec bonne mine, est venue me voir. Musset m'a promis une loge pour l'Odéon, première représentation d'*André del Sarto* (2). C'était la marquise qui m'en avait témoigné un vif désir, tenant tous les jours libres hors aujourd'hui, son

---

(1) Mme la marquise de Bedmar.
(2) Cette pièce fut représentée pour la première fois, au Théâtre-Français, le 21 novembre 1848, et reprise, à l'Odéon, le 21 octobre 1851.

mari partant demain matin, — et voilà qu'on donne
la pièce ce soir ! Ce sera Adlon qui aura le bénéfice
de cette contrariété.

— « Mardi soir, j'ai été avec Adlon et Éliza (1) à
la première d'*André del Sarto*. Tisserand a très bien
joué. Il met beaucoup de chaleur. Cela ressemble à un
monologue plus qu'à une pièce. Les autres rôles sont
remplis comme on pourrait le faire à Quimper-Coren-
tin. Il y a eu plein succès. Aux Français, les cinq actes
avaient été réduits à trois. Geffroy jouait à la glace.
C'était tombé. A présent il n'y a plus que deux actes.
Cela t'intéresserait à entendre, comme un musicien le
fait à une étude bien difficile et réussie sur le piano.

Vendredi 31 octobre 1851. — « Hier au soir, première représentation de *Bettine* au Gymnase, la nouvelle pièce d'Alfred de Musset. Il m'a envoyé une fort
bonne loge. Jeanne en sa faveur a rompu la rigueur
du deuil. Cela me paraît aussi joli que ses autres pièces. Le dénouement original. Enfin ses qualités et ses
défauts, ceux-ci peut-être un peu plus accentués. Le
public a été froid. Les Barre, Silvinet, Max (2) trouvaient des longueurs. Le parterre reprochait absence
de gaieté. Moi et nous, je puis dire, parlant de la
loge, nous y mettions peut-être un intérêt venant de
nous. Rose Chéri et Geffroy jouent à merveille, lui un
rôle de vieux marquis italien (3), elle la cantatrice. Un
nommé Lafontaine, mauvais calque de Bressant, fait
le rédacteur tant soit peu escroc. Il faudrait bien de
la légèreté et grâce naturelle pour effacer un certain

(1) Sœur d'Adlon.
(2) M. Jaubert, son mari.
(3) Ce marquis italien répondait assez bien au signalement du prince
Belgiojoso.

dégoût du personnage, lequel pendant un bon quart d'heure m'a fait suer sang et eau, attendu la désinvolture de ses manières en matière de jeu et d'argent.Or, je tremblais qu'il ne fût pas traité par l'auteur avec la sévérité nécessaire. Il n'en est rien, l'odieux de sa conduite est stigmatisé, et cela finit à souhait. L'auteur demandé, acclamé, mais on n'appelle pas cela un grand succès. Le public des Français aurait bien mieux goûté, mais l'actrice aurait manqué, à moins de Rachel. J'y ai vu Gautier, fais-toi lire son feuilleton.

— « J'ai appris par Barre qu'Alfred (1) était très découragé. « On a applaudi mon nom, a-t-il dit, c'est un succès d'estime! » Il voulait retirer la pièce. Enfin on l'a rejouée avec quelques coupures. J'ignore l'effet.

— « J'ai donc été au *Prophète*. L'Alboni ne crachait pas des pierreries comme la princesse gracieuse (2), mais des aunes de velours.

— « Le Sainte-Beuve nous met très en appétit de Michelet. L'antipathie de nature entre ces deux hommes est facile à saisir. L'un chemine au bord du fleuve, un parapluie d'une main, un microscope de l'autre. Michelet voyage en ballon avec une longue vue : ils ne peuvent guère se rencontrer (3). »

III

Je ne m'étonne plus, après tout ce qu'on vient de lire, si d'Alton-Shée aimait tant sa petite sœur. Encore ai-je omis, au bas de tous ces billets, les formules de politesse, et il y en a d'exquises, celle-ci, par exem-

(1) Alfred de Musset.
(2) La princesse Belgiojoso.
(3) Toutes ces lettres sont inédites.

ple : « Je crois que de mon cœur tu as la fève! » Et toujours « mon petit frère » par ci, « mon cher *fratellino* » par là. Beaucoup de recommandations, mais jamais de reproches. Ah ! si ! une fois, comme elle avait reçu de lui une lettre trop parfumée, elle lui adressa la semonce suivante :

« Je commence par te gronder de ce que ton papier sent tellement le patchouli que j'ai dû faire coucher ta lettre hors de ma chambre pour dormir, et, quand je pense que tu as écrit, cela sous le nez, je ne sais à qui m'en prendre. »

Pendant ce temps-là, comme il allait beaucoup mieux, elle disposait et arrangeait toutes choses en vue de son prochain retour :

« Nous voici dans notre nouveau gîte. Mme Beaune, avec la consigne de remettre tout à la même place, a très bien fait. Ton appartement est prêt : je crois que tu te trouveras bien dans ta chambre. On n'a pas de courants d'air des portes et le piano est sous la main. Elle a 8 centimètres de moins en large et 1 m. 32 de plus en longueur. On a recousu tout ce qui était dans l'alcôve et le tapis va. Les jalousies enlevées, le *closet* repeint, les porteurs, menuisier, peintre et tapissier montent à 60 francs. Reste le serrurier. »

Elle habitait alors rue Taitbout, dans la partie voisine du boulevard, si bien que son frère, qu'elle avait logé près d'elle, n'avait que deux pas à faire pour aller chez Tortoni, au Jockey-Club ou au *Café de Paris*, lieux ordinaires de ses plaisirs.

Peut-être demandera-t-on ce que devenait Maxime Jaubert, le magistrat intègre et le mari *in partibus*, au milieu de tout cela. Ce qu'il devenait? Mais il était heureux comme un roi sans couronne, depuis que sa petite femme l'avait envoyé coucher au grenier, car il avait eu le bon esprit de ne jamais se mettre martel en tête. A quoi cela lui aurait-il servi, du reste? D'abord, Mme Jaubert allait rarement dans le monde sans son Maxime, et de la sorte les apparences étaient sauves. Ensuite, comme il était devenu goutteux, elle lui prodiguait tous les soins qu'il pouvait désirer. C'est au point qu'un beau jour, le médecin lui ayant donné à entendre que l'air de la campagne serait propice à son malade, elle n'hésita pas à quitter la rue Taitbout, où pourtant elle l'avait « installé comme un prince », ses amis et son *fratellino*, pour aller habiter en Touraine, à cinquante lieues de Paris, un petit trou nommé Vernou, où elle avait découvert une propriété fort agréable. On ne dira pas, j'espère, que la « marraine » ne connaissait pas l'esprit de sacrifice ! Et cela dura non pas six mois, non pas un an, mais des années, tant que M. Jaubert eut la goutte. Or, cette vilaine maladie n'abandonne les gens qu'à la mort.

Vainement, chaque été, Berryer la rappelait sous les ombrages d'Augerville. Vainement le « fieux » lui répétait, dans toutes ses lettres, que Paris sans elle était désert. Elle répondait à Berryer que c'était à lui de venir vendanger à Vernou, et à Musset qu'elle n'irait à Paris que lorsqu'il ferait jouer une pièce nouvelle. Et le « fieux », qui depuis *Bettine* avait renoncé au théâtre, en était quitte pour aller passer quelques jours en Touraine, de loin en loin, chaque fois qu'il se rendait à Angers auprès de sa mère. Et Berryer, à qui elle manquait de plus en plus, s'arrangeait de façon à aller vendanger tous les ans chez la châtelaine de Vernou.

Tant et si bien que le pauvre « fieux » mourut en

1857, sans avoir reçu le baiser d'adieu de sa « marraine ». J'ignore s'il en eut du regret, mais je sais qu'elle en éprouva un vrai chagrin (1). Elle s'en consola du mieux qu'elle put en se liant avec Lanfrey et en contribuant à marier Paul de Musset, qu'elle aimait beaucoup, avec Aimée d'Alton, sa cousine germaine.

Enfin M. Maxime Jaubert mourut à son tour (2). C'était la délivrance pour lui et pour elle : elle aban-

(1) Elle ne cessa jamais de l'admirer et de le défendre. Quelques jours après la première représentation de la comédie : *On ne badine pas avec l'amour* (18 novembre 1861), elle écrivait à son frère :

« Jeanne m'a raconté une bonne séance chez Mme Dupuytren, où Mazères s'est mis à déblatérer sur Alfred de Musset. « *On ne badine pas*, une pièce ridicule !... » Et comme Blanche (a) se récriait : « Ah ! oui, dit-il, vous êtes de la petite clique de Mme Jaubert, qui soutient cet auteur-là. » Et Blanche de riposter : « Je suis dans la grande clique du public, qui aime et admire ce conteur. » — Et Lolotte de reprendre : « Le fait est qu'on ne comprend pas ce jeune garçon et cette fille au bord du ruisseau qui perdent leur temps à dire des niaiseries ! »

(2) On va voir par son testament l'affection profonde qu'il avait pour sa femme.

« Je recommande mon âme à Dieu et mon souvenir à mes amis et amies, notamment à ma fille, à mon beau-frère et à mon cher Edmond Morris.

« Je donne et lègue à ma bien-aimée Caroline-Dalton (*sic*) le peu de bien dont je puis disposer.

« Par ses soins éclairés et constants elle a prolongé ma vie, elle l'a embellie par son attachement, par sa haute raison, par son esprit et par ses talens.

« Elle a été admirable par le dévouement qu'elle a toujours montré à l'égard de sa fille, de son frère et de ma nièce. Quand le monde l'aura perdue je voudrais que l'on gravât sur la pierre qui couvrira sa dépouille ces mots qui furent appliqués au Sauveur : *transiit beneficiendo*.

« Je donne et lègue à ma petite Claudine ma montre de Breguet avec la chaîne d'or que sa mère me donna. Quand elle se mariera elle l'offrira à son mari comme un souvenir de moi.

« Je désire être enterré *sans cérémonie* dans le tombeau où repose le corps de mon frère et de ma mère. Si je meurs en province, dans le cimetière du village voisin, et je renonce aux honneurs militaires qui pourraient m'être rendus.

« Je ne crois pas avoir d'ennemis, et j'espère que, quand je compa-

(a) Mme Tissandier, mère des aéronautes.

donna Vernou, où elle n'avait plus rien à faire, et revint à Paris, qui déjà l'avait oubliée.

Mais son frère était toujours là, Berryer aussi. Le cher *fratellino* avait même trouvé le moyen, dans l'intervalle, de lui donner une belle-sœur charmante avec qui elle s'entendit à merveille. Quoi de plus? Du moment que son cœur et son esprit continuaient d'ê-tre occupés, elle n'en demandait pas davantage.

J'ai dit tout à l'heure qu'elle s'était liée avec Lan-frey; mais tout est relatif en ce monde, les liaisons comme le reste. Quand elle connut l'auteur des *Lettres d'Everard*, —c'était en 1861, — elle avait passé l'âge des passions et ne vivait plus que par l'esprit. De là un goût très prononcé pour cet écrivain philosophe qui brillait plus par l'intelligence que par l'imagina-tion, quoiqu'il fût très ardent de son naturel. Elle l'avait surnommé *Ferocino*, à la suite d'une querelle assez vive : le surnom était si bien trouvé qu'il l'avait adopté et signait ainsi les lettres qu'il lui adressait.

J'ai eu entre les mains toute une correspondance de lui avec d'Alton-Shée, du temps de l' « Année terri-ble ». Il faut l'entendre traiter M. Thiers, qui depuis …le nomma ambassadeur à Berne. Il déploie contre lui autant de véhémence et d'âpreté que dans son *Histoire de Napoléon I*ᵉʳ, contre l'Empereur, — peut-être en souvenir de l'*Histoire du Consulat et de l'Empire*.

raîtrai devant Dieu, il me rendra cette justice que j'ai toujours tâché de rendre dans tout le cours de ma longue carrière.

« A Saint-Germain-en-Laye le trente septembre 1854.

« MAX. JAUBERT. »

(Pièce communiquée par la famille.)

Mais, comme il était généreux, libéral et patriote, il eut bientôt fait de reconnaître qu'il avait été injuste envers lui. Après le coup d'État parlementaire du 24 mai, il résigna ses fonctions d'ambassadeur « afin de ne pas encourir la honte de lui survivre (1) ». Et, de ce jour, moins par ambition que pour demeurer fidèle à ses principes, il inclina de plus en plus à gauche. Nommé sénateur inamovible en 1875, grâce à l'appui de Gambetta, qui lui avait offert la préfecture du Nord pendant sa dictature de 1870, nul doute qu'il n'eût pris une place considérable dans les conseils du gouvernement, si la mort ne l'avait enlevé, au mois de novembre 1877, c'est-à-dire après l'écrasement de la politique du Seize-Mai. « Vous êtes tous deux épris d'une même cause ! » lui disait Mᵐᵉ Jaubert, pour légitimer sa conversion. Elle entendait par là que Gambetta et lui aimaient passionnément la liberté. Oui, mais il y a tant de façons de la servir !

Quoi qu'il en soit, il est assez curieux que Mᵐᵉ Jaubert, qui avait commencé par être royaliste, — comme son frère — ait fini par être républicaine, — comme lui. — Mais le cœur ne fut-il pour rien dans cette évolution? Pour ma part, sans avoir reçu des siens aucune confidence à ce sujet, je serais tenté de croire que son admiration pour Gambetta — son républicanisme par suite — datait du jour mémorable entre tous où elle avait entendu le grand tribun faire l'éloge de ce frère sur le bord de sa tombe (2). « La vérité sort du sépulcre », a dit je ne sais plus quel saint.

(1) Lettre inédite de Lanfrey à d'Alton-Shée, en date du 31 mai 1873.
(2) D'Alton-Shée mourut à Paris, le 22 mai 1874, et fut inhumé, le 24, au cimetière Montparnasse.

CHAPITRE III

LA PRINCESSE BELGIOJOSO

I

On l'appelait communément « belle et joyeuse », du

nom francisé de son mari ; mais si le prince ne faisait mentir aucun de ces adjectifs, la princesse ne les vérifiait qu'à moitié. *Belle* assurément, mais *joyeuse*, non, quoiqu'elle eût une vie aussi dissipée que possible.

Henri Heine, qui fut un de ses nombreux adorateurs et pour qui elle eut une pointe de sentiment, nous a laissé d'elle le joli portrait que voici :

« C'était un de ces visages qui semblent appartenir au domaine·poétique des rêves plus qu'à la grossière réalité de la vie. Des contours qui rappellent Léonard de Vinci, ce noble ovale, avec les naïves fossettes des joues et le sentimental menton pointu de l'école lombarde. La couleur avait plutôt la douceur romaine, l'éclat mat de la perle, une pâleur distinguée, la *morbidezza*. Enfin, c'était une figure comme on ne peut la trouver que dans quelque vieux portrait italien qui représente une de ces grandes dames dont les artistes italiens du xvie siècle étaient amoureux quand ils créaient leurs chefs-d'œuvre et auxquels pensaient les héros allemands et français quand ils ceignaient le glaive et passaient les Alpes (1). »

Mariée à 16 ans (2) au prince Belgiojoso et séparée

(1) *Reisebilder*, t. II.
(2) Elle était née à Milan, le 28 juin 1808, du marquis de Trivulce, descendant direct de ce Trivulzio qui fut maréchal de France au temps des guerres d'Italie et gouverneur de Milan pour le roi François Ier, et de la marquise Gherardini. Elle avait reçu à son baptême douze prénoms, savoir : Marie-Christine-Béatrice-Thérèse-Barbe-Léopoldine-Mathilde-Melchiora-Camille-Julie-Marguerite-Laure. Mais le prénom qu'elle adopta, de préférence à tout autre, fut celui de Christine. Je ne raconterai pas ici sa jeunesse à Milan. Je sortirais du cadre que je me suis tracé, sa vie ne m'intéressant qu'à partir de son arrivée à Paris, c'est-à-dire en 1831. Je dirai seulement quelques mots de ses commencements, en me servant des deux volumes que M. Raffaelo Barbiera lui a consacrés naguère sous le titre *la Principesse Belgiojoso, i suoi amici e nemici*, et *Passioni del risorgimento* (Milan, fratelli Treves, éd.). — Après avoir perdu son père à l'âge de quatre ans elle fut placée sous la

de lui peu de temps après, à cause de son inconduite, Christine Trivulce n'avait guère que 23 ans quand elle vint se fixer à Paris. C'était durant l'été de 1831, à la suite de l'insurrection des Romagnes, qu'elle avait fomentée elle-même, pendant que le prince agissait de son côté et soulevait la Lombardie. Car elle avait cela de commun avec lui qu'elle embrassa, toute jeune, la cause de l'indépendance italienne ; elle contribua même pour une bonne part à l'affranchissement de sa patrie. On a dit que Napoléon III avait fait la campagne de 1859 pour échapper au poignard des carbonari. C'est possible, mais soyez certains que la princesse (*la Jardinière*, comme on l'appelait là-bas, du nom qu'on avait donné aux carbonari femelles) ne fut pas étrangère à ce geste épique. N'avait-elle pas fait le voyage de Londres, après l'évasion de Ham du prince Louis, pour l'entretenir des destinées de l'Italie ? Et depuis qu'il avait étranglé la République romaine, ne l'avait-elle pas averti deux ou trois fois de prendre garde à lui ! *Femina sexu, ingenio vir*, disait d'elle Victor Cousin. Le fait est que si, physiquement, elle faisait honneur à son sexe, intellectuellement elle n'était pas indigne du nôtre. Tout en elle était viril : l'esprit, le caractère, même le cœur. Elle maniait le fusil et l'épée aussi bien que la plume, elle montait à cheval sans selle,

---

tutelle du marquis Visconti d'Aragona, que sa mère épousa en secondes noces, presque aussitôt. Le marquis d'Aragona, était lié non seulement avec Manzoni et Silvio Pellico, mais encore avec le comte Federico Confalonieri, qui fut l'instigateur du complot de 1821, où le marquis se vit impliqué avec tant d'autres. L'enfance et la jeunesse de Christine se passèrent donc au milieu de conspirateurs lettrés et de carbonari appartenant à la noblesse italienne. Son esprit en reçut une si forte empreinte qu'elle se voua à son tour à la cause de l'indépendance italienne et lui consacra sa vie et sa fortune.

Cf. également au tome précédent de cet ouvrage, le chapitre des camarades, § Belgiojoso.

comme les amazones et les cavaliers gaulois, et si elle inspira beaucoup de passions, elle n'aima que deux ou trois hommes, d'esprit véritablement supérieur.

Le premier en date fut Mignet. Quelques-uns ont cru que c'était Cousin. Ceux-là se sont trompés. Christine n'eut jamais qu'un goût relatif pour ce philosophe, quoiqu'il fût « de son espèce ». Certes, elle admirait ses talents d'orateur et d'écrivain et subit quelque peu son influence, mais jamais il ne fit remuer en elle la petite bête. Quand la belle Milanaise, réduite à la portion congrue par la confiscation de ses biens, logeait dans un grenier de la place de la Madeleine, c'est Cousin qui épluchait les légumes et qui surveillait le miroton, mais ce n'est pas lui qui faisait la chambre à coucher (1). Il était trop impétueux de son naturel et

(1) Le marquis de Floranges, qui fut un adorateur de la princesse Belgiojoso nous a laissé dans ses *Souvenirs* la description de son grenier :

« M'étant donc guidé tant bien que mal, en consultant les passants et les marchandes de fruits ou de fleurs installées en grand nombre dans ce quartier, sous leurs énormes parasols, j'arrivai devant une haute maison, et me risquai jusque chez le concierge que j'entendais gronder, tousser et cracher au creux de son réduit mal odorant. — « C'est bien ici, mon brave homme, lui demandai-je, qu'habite la princesse Belgiojoso ? — Princesse, me répondit-il en se mouchant, princesse, si vous voulez... En tout cas, elle habite au dernier étage, la pauvre petite dame. Et sûr que vous ferez bien d'aller la soigner, Monsieur, car elle n'en a pas pour longtemps, non! Ça fait pitié de voir une jeunesse avec une mine étique et des joues vertes. Elle a du mauvais sang, que je vous dis... » ... J'avais la gorge un peu sèche en arrivant au palier du cinquième et dernier étage. Je vis en face de moi une porte étroite sur laquelle, au lieu d'un nom, une pancarte portant ces mots : *La princesse malheureuse*. Au-dessous, retenue par un clou, pendait une lettre : « A M. le Marquis de Floranges. » J'ouvris le billet et je lus : « Je suis sortie, Monsieur, pour tâcher de vendre quelques éventails de ma façon. Le pain de l'exil est dur à gagner. Entrez sans crainte chez moi. Il n'y a ni verrous, ni chaîne à la porte des proscrits. A quoi bon ? »

« Je soulevai le loquet, je pénétrai chez cette étrange femme. Mon malaise était pénible en vérité : il me semblait figurer contre mon gré dans je ne sais quelle mélodramatique parade. Je cherchais le public et

surtout trop dominateur (1). Christine n'était pas de
celles qu'on bouscule ou qu'on prend d'assaut. Elle
se donnait à qui lui plaisait et savait attendre. Or
Mignet, avec ses airs de diplomate, son port noble,
ses manières distinguées, avait tout ce qu'il fallait pour
lui plaire. Il était beau, insinuant, très recherché des
bas-bleus qui avaient un salon, depuis la poétique
Mme d'Arbouville jusqu'à la terrible Mme d'Agoult, et,
comme tempérament, le contraire de la princesse.
Cela ne veut pas dire, remarquez bien, qu'il n'y eut
jamais entre eux le moindre désaccord ; il y eut même
des brouilles qui durèrent plus ou moins longtemps,
mais quel est le ciel d'amour qui soit toujours bleu ?
Mignet fut, en somme, la grande passion de la prin-

la baguette du souffleur. Le parfum de Cristina, que je reconnus
bien, imprégnait ce faux galetas d'exilée. Je dis faux, car tout, je vous
l'assure, y sentait l'apprêt. C'était de la misère pour poète lyrique.
Une miniature, posée sur un chevalet, montrait le visage ascétique de
la princesse, ses cheveux bleus, ses yeux immenses, ses lèvres closes,
sa physionomie admirable et hautaine. Mais elle avait encore, à ce qu'il
me parut, maigri et pâli s'il est possible. Plus loin un crâne béant et
desséché reposait sur un livre ouvert, dont je pus constater, en m'approchant, que les caractères étaient hébreux, — oui, hébreux ! Plus loin
encore gisait une guitare aux cordes brisées, puis des couleurs, une
palette ; puis un stylet fort aigu, posé bien en évidence sur une table
et partout enfin, partout des feuillets et des feuillets noircis par l'écriture de Cristina, d'épais manuscrits, des pages in-folio pleines de
ratures... La princesse Belgiojoso faisait donc des livres, de grands et
lourds livres ; non contente de conspirer, d'être belle, de savoir jouer
de la guitare et du couteau, de peindre des éventails, de laisser connaître à tout Paris que l'Autriche la persécutait, voici qu'elle lisait l'hé-
breu et composait des livres, et quels livres ! Des amas gigantes-
ques, vous dis-je, des pyramides de pages ! .. » *Souvenirs du marquis
de Floranges* (1811-1832) publiés par Marcel Boulenger. Librairie
Ollendorff, 1906.

(1) Elle lui resta pourtant fidèle toute sa vie. Le *Bulletin du Biblio-
phile*, du 15 octobre 1906, a publié une lettre de Victor Cousin en date
du 11 mai 1858, où il s'excuse de ne pouvoir dîner ce jour-là avec elle.
« J'ai pris hier un rhume qui s'est développé cette nuit ; il m'a mis
dans le plus piteux état. Impossible de songer à braver l'air du jour.
Il me faut garder le coin de mon feu, ne pas dîner et me coucher de
très bonne heure. Excusez-moi, et à bientôt, j'espère. Vous connaissez
bien mes sentiments ».

cesse, qui n'en eut que deux ou trois autres et une demi douzaine de caprices.

Balzac, qui, vers 1840, avait ses grandes et petites entrées chez elle (1), écrivait un jour à Mme Hanska : « Vous ne connaissez pas la princesse Belgiojoso ? Elle est, sous le rapport des Liszt et des Mignet, du siècle de Louis XV. Elle est enfin très impératrice, sans nul souci du passé, ne donnant ou ne laissant prendre aucun droit, tout en se donnant ou se prêtant, si vous voulez. C'est une courtisane, une belle Impéria, mais horriblement bas-bleu. Avant-hier, elle a quitté son cabinet pour me recevoir; elle est venue avec des taches d'encre à sa robe de chambre. Elle est très jugeuse, elle reçoit un tas de criticons qui ne peuvent plus écrire, depuis que les annonces et les feuilletons-romans ont tué la critique. »

Et encore :

« C'est la Belgiojoso qui a enlevé Liszt à Mme d'Agoult, comme elle a enlevé lord Nomanby à sa femme, Mignet à Mme Aubernon et Musset à George Sand... Liszt m'a fait dîner avec elle et m'a dit, à moi qui la savais avec Girardin, qu'il y avait entre elle et lui des liens indissolubles... Il est chez la princesse et si ostensiblement qu'il y retourne à onze heures et demie du soir, et qu'il le dit. Christine ne mérite pas plus d'égards (2). »

(1) Il était si bien avec elle, en 1844, que, lorsque parut *Modeste Mignon*, tout le monde crut que la belle étrangère à qui ce roman était dédié était la princesse Belgiojoso.

« Ah ! disait Balzac à Mme Hanska, le 9 avril de cette année, l'on m'a appris que tout Paris avait cru *Modeste Mignon* dédié à la princesse Belgiojoso. En voilà une aventure ! Rions en entre nous. Je dirai la nationalité de celle à qui j'ai dédié ce livre dans *la Comédie humaine.* »

(2) *Lettres à l'Etrangère*, t. II, p. 417, année 1844.

Et Sainte-Beuve écrivait à la même époque à Juste Olivier : « En

C'était dur, mais Balzac avait une langue dont il convient de se défier. Il est certain déjà que ce n'est pas la princesse qui détacha Musset de George Sand. Il se détacha tout seul.

A cette époque, la Belgiojoso, comme dit notre romancier, était rentrée en possession de sa fortune et menait à Paris un train royal. Après avoir habité quelques années rue d'Anjou, avec son mari, — car le patriotisme les avait rapprochés, sans les réconcilier entièrement (1), — elle avait loué pour elle seule, rue du Montparnasse, 28, à deux pas de chez Sainte-Beuve et de l'ancienne maison de Victor Hugo, un magnifique hôtel dont la porte en fer ouvragé attirait l'attention de tous les passants (2). Cette porte s'ouvrait sur un jardin délicieux où broutaient des chèvres blanches, et dans un coin duquel on voyait souvent, pendant la belle saison, assis sous un grand hêtre, celui que Chateaubriand a appelé *l'Homère de l'Histoire*. La princesse, en effet, s'était éprise du talent d'Augustin Thierry et l'avait logé chez elle après la mort de sa femme, pour mieux lui marquer son admiration respectueuse (3).

toute hâte réparation à la princesse Belgiojoso. Il paraît que ce n'est pas à elle que le roman de Balzac est dédié, mais à une dame russe, fille d'une terre esclave (il est vrai que l'Italie l'est aussi), Mme de Saméïlof. Ne la nommez pas au long. » (*Correspondance inédite de Sainte-Beuve avec M. et Mme Juste Olivier.*)

(1) Cela résulte d'une lettre que Belgiojoso écrivait à d'Alton-Shée au mois de mai 1839. Voir cette lettre au tome précédent, article Belgiojoso.
Le prince habitait le rez-de-chaussée de l'hôtel, et la princesse, le premier étage.

(2) La porte de cet hôtel existe encore. Quant à l'hôtel lui-même, il a été démoli ; il ne reste que le parc où l'on a élevé divers bâtiments qui servent de dépendances au collège Stanislas.

(3) Il habitait un petit pavillon contigu à l'hôtel, et la princesse veillait sur lui comme sur son père : « Quand elle lui adressait quelque affectueuse parole empreinte d'une compassion et d'une douceur parti-

Cet hôtel était situé au fond du jardin à droite, et n'avait de remarquable que les tourelles en fer de ses angles et les sculptures païennes de sa frise.

Intérieurement il était décoré avec plus d'originalité que de goût. La salle à manger était en stuc orné de peintures imitées des fresques et des mosaïques de Pompéi; le salon était tendu de velours d'un brun presque noir, parsemé d'étoiles d'argent, et les meubles recouverts de la même étoffe, si bien que, le soir, à la clarté des lustres, quand la princesse « au corps d'albâtre » faisait son apparition en robe noire décoltée, on eût dit une morte échappée d'un catafalque. La chambre à coucher, au contraire, était tendue de soie blanche et contiguë au cabinet de travail, lequel était tapissé de cuir de Cordoue, garni de meubles en chêne noirci et de tableaux de l'école byzantine.

Tel était le décor de théâtre dans lequel la princesse recevait ses amis. De ce nombre étaient Mignet et Victor Cousin, que Henri Heine avait baptisés *les deux perruches*, probablement parce qu'ils étaient inséparables, Bellini, Chevanard, Thiers, Ary Scheffer; Victor de Laprade, Henri Martin, Liszt et son disciple Salvator, le pianiste Dœhler, Peisse, Villemain, d'Alton-Shée, Frazer, Heine, Alfred de Musset et Augustin Thierry, que tout le monde entourait d'hommages.

Ses réceptions avaient lieu dans l'après-midi et dans la soirée. L'après-midi, elles étaient ouvertes et sans invitation spéciale. On causait poésie, peinture, musique, histoire, politique et même théologie, et la conversation se prolongeait jusqu'au moment du dîner.

culière, raconte Terenzio Mamiani, qui fut leur ami commun, on voyait s'échapper de ses paupières fermées des larmes si abondantes que chacun en demeurait attendri, et qu'on ne savait comment les faire cesser. »

6.

Ordinairement, c'était Henri Heine qui se chargeait d'amuser la galerie avec ses saillies d'enfant terrible et ses mots à l'emporte-pièce. Bellini avait été longtemps sa tête de Turc et chaque fois qu'ils se rencontraient chez la princesse, il se plaisait à le mystifier. Il faut dire que Bellini prêtait beaucoup à ce genre d'amusement. « Naïf, superstitieux, tendre, caressant, familier, n'ayant aucune idée des distinctions sociales, des convenances ou de la morale, il s'asseyait aux pieds des dames et penchait sur leurs genoux sa tête charmante. Il vivait dans l'amour, ne comprenant rien au delà ; chez lui, tous les degrés d'affection, et jusqu'à l'amitié, avaient comme un reflet de ce sentiment. » Un jour, en nombreuse compagnie, il aborde d'Alton-Shée, à qui j'emprunte cette anecdote, et du ton le plus simple :

— « Dis-moi donc, cher, quel est l'amant de la duchesse *** ?

Or la duchesse et son mari étaient présents. D'Alton-Shée feignit de ne pas entendre et ne put lui faire sentir l'inconvenance et le scandale de sa question. Il n'avait d'antipathie pour personne, excepté pour Henri Heine. Un jour, cet impitoyable railleur s'attacha à lui démontrer par une série de citations que tous les grands compositeurs mouraient à la fleur de la jeunesse. Peu à peu, Bellini perdit sa gaieté, et se tournant vers d'Alton :

Questo, con gli occhiali, è un jettatore.
(Celui-ci, avec les lunettes, est un jettatore.)

Quinze jours après, l'auteur du Pirate, de Norma et de la Somnambula mourait à trente-trois ans. « Il serait absurde de rendre Heine responsable de ce funeste hasard, dit d'Alton-Shée, mais il y a tout lieu

de croire que l'esprit frappé du pauvre malade dut
souvent, dans le délire de la fièvre, souffrir du regard
étrange et du rire méphistophélique du *jettatore* aux
lunettes. » A quelque temps de là, comme on lui parlait de cette mort quasi-foudroyante, Heine s'écriait
en riant : « Je l'avais prévenu ! » — Et d'Alton d'a-
jouter à cette anecdocte : « Jamais Heine n'a regretté
un trait blessant, pourvu qu'il fût bon ; il se regardait
comme irresponsable, la malice et la satire étant ses
fruits naturels. A ceux qui le blâmaient d'opposer des
trivialités aux images grandioses, aux idées élevées,
aux plus douces fleurs de poésie, il répondait : « Je
suis une choucroûte arrosée d'ambroisie (1) ! »

Mais tout le monde n'aimait pas ce plat allemand,
et si la princesse Belgiojoso en faisait ses délices,
Mignet le rejetait loin de lui et souffrait de la voir le
déguster avec passion. C'était surtout aux réceptions
du soir — lesquelles étaient réservées aux familiers et
aux intimes — que l'auteur d'*Intermezzo* faisait des
grâces et se mettait en dépense d'esprit. Pendant ce
temps-là, Christine était mollement couchée sur un
sopha, dans la pose abandonnée que Vidal a reproduite au pastel, le front couronné de fuchsias, sa fleur
favorite, et fumant le narghilé en compagnie de la
marquise de Bedmar et de la Guiccioli, l'ancienne maîtresse de Byron devenue la marquise de Boissy et la
bonne amie — pour un temps — du prince Belgiojoso.

Mais le beau Mignet demeurait quand même le dieu
de la maison et le maître du cœur, et pendant longtemps il fut à peu près le seul — j'excepte toujours
Cousin, à cause de la cuisine ou de la philosophie, —

(1) *Mémoires de d'Alton-Shée*, t. I, p. 110.

qui eût le privilège de suivre la princesse à la campagne, à Rueil, à Versailles, à Port-Marly — voire
ailleurs que chez elle, comme le prouve cette lettre
datée du château des Noyers (1), où elle était l'hôtesse du marquis de Marbois :

Août 1856.

« Chère madame Jaubert,

« Je suis dans un petit enfer. Notre société de femmes se compose de trois sorcières. Les hommes sont
d'abord MM. Cousin et Mignet, qui sont de mon
espèce, puis cet excellent M. de Marbois, un de ses
contemporains, et un secrétaire qui ne compte pas. Je
vis dans une atmosphère très épaisse de pantalons
noisette.

« Tout cela ne serait encore rien si je n'avais pas
mon tic. Mais je m'ennuie le jour et je souffre la nuit ;
c'est trop de douleur à la fois. J'ai pris la poudre de
M. Pétroz et j'ai été bien deux nuits de suite. Mais à
la troisième, c'est-à-dire la nuit dernière, le tic est
revenu. J'ai donc le tic et je n'ai plus de poudre, et
j'ai encore huit mortels jours à passer ici. Veuillez,
chère madame Jaubert, me renvoyer ma petite dose.
Dites à M. Pétroz que la douleur me prend au moment
où j'appuie ma tête sur l'oreiller. Si je ne me couche
pas, ou seulement si je me tiens assise sur mon lit,
je ne souffre pas à l'œil et au cou. L'œil et le nez
sont brûlants et secs pendant tout le temps que dure
l'accès.

« L'accès de cette nuit, qui a été moins fort que les
précédents, a duré environ d'une heure à deux ; les
autres accès ont été arrêtés par une application de

(1) Par les Tilliers-en-Vexain (Eure).

sianure (*sic*) de potasse, voir (*sic*) d'acide prussique ;
et j'ignore ce qu'ils seraient devenus s'ils avaient été
abandonnés à eux-mêmes. Toute secousse à la tête
m'est très mauvaise et je crois que la voiture m'a fait
du mal.

« Voilà une grande consultation que vous serez
assez bonne pour transmettre à M. Pétroz. Si M. Pétroz
pouvait inventer quelque chose qui ne demandât pas à
être pris quatre après le repas et quatre avant l'accès, il
me rendrait un très grand service, car l'accès com-
mençant au moment où je me couche, c'est-à-dire à
neuf heures, il faut que mon dîner soit renvoyé à une
heure de l'après-midi, ce qui fait événement dans le
couvent des Noyers.

« Adieu, ma chère dame ; je vous aime bien et vous
embrasse de même. N'oubliez ni mon amazone, ni
moi. Aimez-moi, plaignez-moi et écrivez-moi.

« J'embrasse Adeline, je recommande mon chapeau à M. d'Alton, et je vous dis mille tendresses.

« Comment va Adeline ?

« C. DE BELGIOJOSO (1). »

Cependant Mignet devait trouver qu'il y avait trop
de « pantalons noisette » autour de la princesse, car
voici une autre lettre de Christine à Mme Jaubert, qui
en dit long sur les scènes de jalousie qu'il lui faisait.

« Chère madame Jaubert,

« J'ai reçu votre bonne petite lettre qui n'est pourtant qu'une pauvre compensation de votre absence —
car c'est bientôt lu. Eh bien, oui, le secrétaire perpé-
tuel, comme dit Heine, est revenu ; mais ne croyez

(1) Lettre inédite.

pas qu'il ait mis sa dignité dans son tiroir, reconnu
ses torts, et pris le grand parti de s'en tirer. Pas
le moins du monde. Les philosophes non chrétiens
sont infaillibles. Voici comment la chose s'est passée.
M. Mignet a perdu assez subitement son neveu qu'il
aimait beaucoup, c'est-à-dire dont il faisait grand cas.
J'ai appris qu'il en était fort affligé et je lui ai écrit
pour lui dire la part que je prenais à sa peine, et le
regret qu'il me refusât l'occasion de le lui montrer.
Ma démarche l'a touché, et il est venu me remercier.
Je l'ai prié de revenir et il est revenu. Mais il est persuadé que je ne vaux rien et il s'estime plus que
jamais; il est fier de sa conduite et honteux de la
mienne, etc. Qu'est-ce que cela me fait? Quand il m'é-
numère tous ces mille défauts qui font de moi une
créature abjecte, cela me fait de la peine parce que je
ne suis pas assez sûre de la fausseté de son jugement; mais lorsqu'il est parti, je reviens à de meilleurs sentiments sur moi-même, et je trouve tout simple qu'il se trompe sur mon compte de la façon qu'il
le fait. J'aime à le voir parce que j'ai de l'amitié pour
lui ou que l'amitié chez moi est quelque chose d'immortel, mais je ne crois plus à la sienne, et vous pouvez compter sur ma mémoire pour m'empêcher d'y
croire jamais

« La personne contente, c'est Mlle X..., qui a toujours été persuadée que M. Mignet était mon seul ami,
parce qu'il était le seul à me dire les choses désagréa-
bles qu'elle pense et n'ose proférer. Enfin, voilà! Il
paraît que je suis dans une veine de concorde qui,
tout en étant favorable à mes ennemis qu'elle rapproche de moi, nuit à quelques indifférents qu'elle rapproche aussi un peu trop. N'avez-vous pas remarqué

qu'il y a des époques où la force imposante nous quitte? Moi qui ne m'en revêts qu'à grand'peine, je souffre du retour de ces époques.

« J'ai vu Mme et Mlle de Musset, qui m'ont donné de très bonnes nouvelles de celui des deux dont la santé m'inquiétait. La campagne lui réussit parfaitement, disent-elles, et il compte y faire un long séjour. Je sais quelqu'un qui n'en sera pas fâché. Marie va très bien et elle est toujours l'objet de mes adorations. Elle a la bonté de me distinguer un peu en retour de mon culte, ce qui est pour moi une grande joie. A propos, vous avez fait à la visite de M. Mignet une fausse application du mot que je vous avais dit un jour. La visite dont je voulais vous parler, ou plutôt ne pas vous parler pour ne pas vous paraître trop faible, n'était pas la sienne. Il me tarde bien de vous revoir, chère madame Jaubert, et je suis bien triste en pensant que ce ne sera que pour quelques jours. Mais pourquoi ne viendriez-vous pas me voir à Milan? Je serais si heureuse de vous recevoir dans ma retraite!

« Tout le monde se rappelle à votre souvenir. Quand je dis tout le monde, je veux parler du mien, c'est-à-dire de tous mes ennuyeux qui vous déplaisent toujours et qui m'obsèdent quelquefois, par exemple tous ces jours-ci.

« Adieu, toute chère Madame, écrivez-moi encore, ne m'oubliez pas, et croyez-moi toujours votre dévouée.

                                    « CHRISTINE (1). »

Cette lettre n'est pas datée, mais elle se rapporte évidemment à l'année 1840, puisque c'est cette année-là que Musset fut si malade, et qu'il y est question

---

(1) Lettre inédite.

précisément de sa convalescence. C'est également au commencement de l'année suivante que la princesse partit pour Milan. Avez-vous remarqué dans cette lettre la phrase relative au long séjour que Musset se proposait de faire à la campagne? « Je sais quelqu'un, dit la princesse, qui n'en sera pas fâché ! » Ce quelqu'un-là n'était autre que Mignet, car Musset tournait beaucoup autour d'elle à ce moment, et Mignet en avait conçu une jalousie bien naturelle. La plupart de leurs brouilles n'avaient pas d'autre motif, mais, quelle qu'en fût la durée, la princesse finissait toujours par ramener le jaloux, tant il était épris d'elle. Parmi ces brouilles, on en citait une qui avait pris fin d'une manière tout à fait mystique.

M. Thiers venait d'être nommé premier ministre et aurait bien voulu, comme don de joyeux avènement, réconcilier son ami avec sa maîtresse. Justement elle avait entendu la veille un sermon de l'abbé Deguerry sur le pardon des offenses. Aux premiers mots que lui dit M. Thiers, elle déclara qu'elle était prête à pardonner, mais à une condition : c'est que leur rapprochement serait consacré par une messe. Cette condition était trop douce pour n'être pas acceptée. Un matin donc, les deux amants et leur conciliateur s'agenouillèrent au pied de l'autel, dans l'église de la Madeleine. On ne dit pas si la princesse communia, mais elle en était bien capable, car elle travaillait à cette époque — avec l'abbé Cœur — au grand ouvrage intitulé *Essai sur la formation du dogme catholique*, qu'elle publia en 1842 (1), et chacun sait que le mysti-

(1) Sainte-Beuve écrivait à ce propos à Juste Olivier le 28 décembre 1842 : « Il a paru un livre sérieux, encore inachevé (2 vol. de la princesse Belgiojoso, *Essai sur la formation du dogme catholique*) ; c'est

cisme, chez les âmes ardentes, marie admirablement
l'amour païen avec la religion.

II

Quoi qu'il en soit, peu de temps après cette récon-
ciliation romanesque, Christine partit pour l'Italie.
Elle y demeura environ dix-huit mois, et ce n'est que
lorsque ses affaires furent arrangées qu'elle annonça
son retour :

« Chère Caroline, écrivait-elle de Zurich à Mme Jaubert, le 14 juin 1842, je suis en Suisse, c'est-à-dire
en route vers Paris, où j'arriverai aussitôt que j'aurai
appris la bienheureuse nouvelle du départ de B[elgio-
joso]. La pensée de vous revoir, vous et les quelques
personnes que j'aime, me donne un je ne sais quoi
qui approche de la fièvre. Gardez-moi, de grâce, votre
personne en liberté pour le beau premier jour de mon
arrivée et pour tous ceux de mon séjour à Paris.
Celui-ci ne sera, hélas ! pas long. Mais ce n'est pas le
moment de m'amuser à des pensées tristes. L'arrivée
passe avant le départ.

« Vous me pardonnerez de vous écrire à la hâte.
Je suis dans le triste état d'une personne faisant un
voyage d'agrément, c'est-à-dire que je soupire tour à
tour vers le pays que je quitte et vers celui où je vais.
Celui où je me trouve, au contraire, quoique charmant,
me semble un désert ou une prison. Je suis fatiguée

sérieux, catholique d'intention, semi-pélagien et origénien de fond, d'un
style très ferme, très simple, enfin une très précieuse curiosité venant
d'une Italienne galante, d'une Trivulce. Son nom n'y est pas, mais elle
l'avoue. L'ouvrage s'étend jusqu'ici depuis saint Justin jusqu'à saint
Augustin. Il reste encore 2 vol. à paraître. (Corresp. inédite de Sainte-
Beuve avec M. et Mme Juste Olivier.)

sans pouvoir prendre du repos. Je suis désœuvrée
sans pouvoir m'occuper de quoi que ce soit.

« Adieu, pardon de ce griffonnage de voyageuse.
Au revoir bientôt. C'est M. Mignet qui me cherche un
abri à la campagne, de sorte qu'il est plus au courant
que je ne le suis de mon avenir de cet été (1). »

Le prince Belgiojoso, dont elle attendait le départ,
venait de filer vers le lac de Côme avec la jolie comtesse de *** qu'il avait enlevée à son mari — quin-
zième ou vingtième. La princesse, débarrassée de sa
présence — qui ne la gênait guère — s'installa à Versailles, sur la route de Paris, dans une villa que
M. Mignet avait louée pour elle, et au bout de quelques jours invita Musset à la rejoindre. J'ai oublié de
dire que, lorsqu'elle était partie pour l'Italie, elle lui
avait offert à Milan bon gîte et le reste. Mais comme
il chassait alors sur d'autres terres, il avait décliné
cette offre aimable.

Cette fois, notre Fantasio ne se fit pas prier. Sachant
qu'il trouverait là-bas sa « marraine », il partit — et
demeura une huitaine à Versailles. C'était beaucoup
pour un homme aussi inconstant. Mais dans l'intervalle il était devenu tout à fait amoureux de la princesse, et quand ça le tenait, ça le menait, comme dit
la chanson. Pour aller plus vite en besogne, il feignit
de s'être tourné le pied en jouant avec elle à cache-
cache derrière les arbres du jardin. On le soigna de
son mieux. Mais voilà qu'un beau matin, « pour une
méchante plaisanterie à laquelle Mme Jaubert elle-
même n'avait pas fait la moindre attention, la princesse lui chercha une querelle d'Allemand, ou plutôt

(1) Lettre inédite.

de Patagon, au milieu d'une partie d'échecs, qu'il perdit, comme de juste ». Et cette femme fantasque, qui
l'empêchait hier de boire du vin pur, sous prétexte
qu'il toussait, lui « appliqua sur le cœur un cataplasme
de cent mille coups d'épingles (1) ». C'en était trop.
Musset, guéri du pied et de la tête, prit son chapeau
et tira sa révérence à la dame de céans.

Ce n'était pas la première fois qu'ils se piquaient
l'un l'autre de la sorte. Depuis qu'ils se connaissaient
— et leurs relations dataient de 1834 ou 1835 — ils
passaient leur temps à se rechercher et à se fuir. Les
premières avances étaient venues de lui, cela va sans
dire, mais comme il avait la réputation d'être très
libertin et qu'elle était relativement sage, elle lui avait
écrit pour l'éloigner d'elle que « le châtiment des
amours vulgaires était d'interdire à celui qui s'en rendait coupable l'aspiration aux nobles amours ». La
phrase était belle, mais le poète ne s'y était pas laissé
prendre et avait continué son petit manège. Tant et
si bien qu'un jour elle devint jalouse d'une jeune
femme très honnête à laquelle il affectait de faire la
cour, chaque fois qu'il la rencontrait dans le monde
avec elle. Quelque temps après, le hasard les ayant
mis en présence dans la rue, elle accepta d'aller déjeuner avec lui au *Cabaret du Divorce*, situé à la barrière
Montparnasse. Musset, qui était en verve et d'aplomb
ce jour-là, se croyait déjà maître de la place, quand tout
à coup la voix de Belgiojoso se fit entendre au bas de
l'escalier. On venait de lui dire que Musset était en
bonne fortune dans un cabinet au premier étage, et,
comme pareille chose lui était arrivée à lui aussi, il

(1) *Lettre à la marraine*, du 26 juillet 1842. — *Œuvres posthumes*,
p. 237.

montait lui offrir de faire une partie carrée. Vous
pensez si la princesse fut dans ses petits souliers.
Musset eut toutes les peines du monde à se défaire
de son mari, et quand Belgiojoso fut attablé ailleurs,
la princesse prit la poudre d'escampette et ne revint
plus.

C'est la seule fois qu'avec elle Musset ait approché
si près du Paradis. Et cependant, comme il le disait
un jour à sa marraine, « il y aurait très certainement
pu y avoir entre cette personne et lui un lien, une
affection qui, avec un peu d'habitude et de vieillesse,
aurait pu devenir une chose très gentille, sans même
coucher tout à fait ensemble, mais seulement sous le
même toit (1). »

Par malheur, ils n'étaient jamais d'égale humeur
tous deux le même jour, et, dans ses mauvais moments,
Musset ne savait qu'inventer pour être désagréable à
la princesse (2).

Un soir qu'il s'exerçait, chez Mᵐᵉ Jaubert, à faire
quelques charges au crayon, sous les yeux de la belle

(1) *Souvenirs de Mᵐᵉ Jaubert,* p. 196.
(2) C'est d'autant plus regrettable qu'à eux d'eux, s'ils s'étaient enten-
dus, ils auraient pu faire des choses très amusantes. La lettre suivante
d'Alfred de Musset dénote que la princesse ne s'occupait pas seulement
de théologie :
« ... Vous me parlez des moyens de déguiser les personnages. Il y en
a un bien simple, c'est de changer les sexes, s'il s'agit, je suppose, d'une
femme qui a un mari qui l'ennuie et un cousin qui l'adore, ce sera un
mari que sa femme excède et que sa cousine idolâtre. Cela vous paraîtra peut-être bizarre, mais songez que le ridicule n'a pas de voix, sinon
dans quelques nuances qu'on sacrifie ou qu'on retourne. Je l'ai essayé
déjà et plus aisément que je ne croyais. Avez-vous assez de confiance
en moi pour me montrer le canevas tel quel, sauf à jeter l'arrangement
au feu s'il vous déplaît. Les détails comiques, s'ils sont secrets,ne sont
connus que de leurs père et mère, c'est-à-dire des personnages mêmes,
et on ne sait pas par cœur ce qu'on a dit ou fait dans une circonstance
donnée, surtout dans des moments de passion. Vous m'avez parlé tout
haut samedi d'une comédie, dites-moi tout haut samedi prochain qu'il

Milanaise, il prétendit qu'on pouvait tout caricaturer, même les statues antiques. La princesse, heureuse de le contredire, soutint avec chaleur que la régularité des traits rendait la chose impossible.

— Vous croyez cela, lui dit-il. Eh bien, si vous le voulez, je m'en vais faire immédiatement votre caricature.

— Je vous mets au défi, répliqua-t-elle.

Aussitôt dit, aussitôt fait. Christine avait de gros yeux écartés comme ceux d'une biche, ce qui n'empêchait pas Musset de reconnaître qu'ils étaient si grands, si grands, qu'il s'y était perdu et ne s'y retrouvait pas. Il accentua légèrement ce défaut, et le sphinx qu'elle était, avec son œil immense placé de face, eut une figure horrible où la ressemblance était gardée malgré tout.

Les personnes présentes se précipitaient pour voir et souriaient sans se récrier. Elle, avec un air d'indifférence de très bon goût, répétait : « Il y a quelque chose », et, très vexée, ferma l'album.

— Vous avez brûlé vos vaisseaux, dit Mme Jaubert au poète.

— Cependant, Madame, je n'ai jamais été plus épris qu'en la regardant, tandis que je traçais ce croquis.

— Tant pis, lui répondit-elle, vous l'avez blessée.

Et, en effet, quelques jours après, il écrivait à Mme Jaubert la lettre suivante :

n'est plus question de cela, et donnez-moi tout bas le sujet dont nous ferons une nouvelle.

Compliments respectueux.

« ALFRED DE MUSSET (a) ».

Comédie et nouvelle restèrent au fond de l'encrier du poète.

(a) Lettre publiée dans l'*Inventaire des autographes* de Benjamin Fillon, 1878.

« Marraine ! !

« Le fieux est déconfit ! ! !

« Savez-vous ce qu'a fait cette pauvre bête ?

« Il a écrit à cœur ouvert, comme un panier, sans rien cacher, rien *enjoliver*, sans rien *mitonner*, sans rien *mignonner*, sans rien de rien.

« On lui en a flanqué sur la tête.

« On lui en a fait une réponse, ô marraine!! une réponse... *imprimable*.

« Oui, Madame, o-u-i, cette réponse pourrait et devrait peut-être être typographiée. On y trouve la plus noble fierté à 80 degrés (non centigrades) au-dessus de zéro, et le calme le plus parfait à 120 degrés au-dessous. Ce qui représente une force de 200 chevaux, ou approchant.

« Et savez-vous ce que cette pauvre bête a commencé par faire en recevant cette réponse immortelle, ou du moins digne de l'être?

« Il (c'est moi) a commencé par pleurer comme un veau pendant une bonne demi-heure.

« Oui, marraine, à chaudes larmes, comme dans mon meilleur temps, la tête dans mes mains, les deux coudes sur mon lit, les deux pieds sur ma cravate, les genoux sur mon habit neuf, et voilà, j'ai sangloté comme un enfant qu'on débarbouille, et en outre j'ai eu l'avantage de souffrir comme un chien qu'on recoud (métaphore chasseresse).

« Ensuite je me suis trouvé, comme bien vous pensez, dans une vexation si *cossue* que je nageais dedans. Ma chambre était réellement un *océan d'amertume*, comme disent les bonnes gens, et je piquais des têtes dans ce lac, coup sur coup. Vli! vlan! flan! pagn! etc.

« Ensuite, après cet exercice, j'ai été dans une colère monstrueuse, il m'est impossible de vous dire contre quoi, mais j'ai été très en colère, et cela a duré au moins deux heures. Béni soit Dieu que je n'aie rien cassé.

« Ensuite, j'ai commencé à me sentir fatigué, et je me suis remis à pleurer, mais très peu, seulement pour me rafraîchir.

« Ensuite, j'ai mangé quatre œufs.

« Ils étaient sur le plat.

« Après quoi, je me suis senti fatigué (après quoi veut dire à présent). J'ai tellement souffert que je n'en puis plus, et c'est pourquoi je vous dis des bêtises.

« Si vous voyiez ma figure, c'est à crever de rire : j'ai les cheveux à l'état de futaie ; l'œil gauche qui me sort de la tête, l'œil droit qui pleurotte encore, et qui est à demi fermé et très poché, le nez rouge comme une carotte, et le visage allongé comme un vieux masque mouillé à la foire aux pains d'épices.

« O amour, ce sont là de tes jeux !

« Que le diable emporte les jeux de l'amour, ils sont pires que ceux du hasard.

« Sacrebleu ! marraine, que ça fait de mal, ces petites plaisanteries-là !

« Sérieusement.

« Je m'abstiendrai dorénavant de toute correspondance ou rapport quelconque avec Son Altesse Sérénissime ; *sous aucune espèce de prétexte*, je n'en joue plus.

« De plus,

« Je vous autorise formellement, vous, madame Jaubert, domiciliée dans la rue où est votre maison, âgée d'autant de printemps que les lilas de l'année pro-

chaine, petite de taille et saine d'esprit, ce qui est fort
heureux pour vous, je vous autorise, dis-je, à dire à
M. le docteur ceci :

« Vous avez trouvé mauvais que mon fieux vous ait
dit l'autre jour : « Ça ne fait pas mon compte. » Il a
l'honneur de vous dire aujourd'hui : « Ça fait mon
compte. »

« ALFRED DE MUSSET. »

Eh bien, non, ça ne le faisait pas du tout ; ça le faisait si peu que, moins d'un mois après cette lettre
folle, il envoyait du papier timbré à la princesse. Il
est vrai que c'est elle qui avait commencé. Ne riez
pas, c'est très sérieux, comme tout ce qui se passait
entre ces deux êtres déséquilibrés ou extravagants.
Un soir donc que Musset était allé prendre une tasse
de thé chez sa marraine, il se rencontra avec Christine
qui, d'abord, lui refusa connaissance et puis, au moment de se retirer, l'accabla de reproches dans un
coin. Comme il était ce soir-là de bonne humeur et
qu'il lui avait paru que la belle avait envie de revenir,
il rentra chez lui bien décidé, nous dit son frère, à
écrire une lettre d'excuses pour obtenir sa grâce. Une
feuille de papier timbré tomba je ne sais comment
sous sa main. Il la prit et, dans le baragouin cher aux
huissiers, se mit à rédiger une épître pleine de badi-
nages comiques et se terminant par ces mots : « En
foi de quoi, pour attester la solennité de ses paroles
et la profondeur de son repentir, le soussigné a employé une feuille de papier timbré de dix sols (1). »

(1) Lettre inédite de Mme Jaubert à son frère.

III

Cette histoire nous ramène à la fin de l'année 1840, peu de temps avant le départ de la princesse pour l'Italie. Nous avons vu qu'ils s'étaient brouillés de nouveau à son retour. Reprenons maintenant le fil de notre récit. A peine avait-il quitté Versailles qu'Alfred de Musset s'en alla passer quelques jours chez un sien cousin, au château de Lorey, près Pacy-sur-Eure, pour oublier et se refaire, car, depuis sa dernière maladie, il était toujours oppressé. Mais comme il ne trouvait le repos nulle part, il ne le trouva pas davantage au château de Lorey, malgré tous les soins qui lui furent prodigués. Et comment l'aurait-il trouvé, en entretenant avec sa marraine la correspondance que l'on sait? Il avait beau l'assurer que tout était fini avec Christine et qu'il ne la reverrait jamais, il ne faisait que penser à elle, et cela lui mettait le cœur en morceaux.

« Or maintenant, lui disait-il, je parle très sérieusement, me connaissant fort bien comme je suis, tout est absolument rompu *net*. Ce sera la seconde édition de mon histoire avec Rachel, que j'ai plantée là par mauvaise humeur, sans aucune raison valable; laquelle Rachel s'est piquée, a voulu dire qu'elle m'avait planté là, la première, lequel moi me suis fâché tout rouge, lettres échangées, tapage, criailleries et finalement... eau de boudin.

« Voilà approchant ce qui m'advient derechef au sujet de cette belle personne méridionale. Je casse un pot renversé, disiez-vous très bien l'autre jour. C'est *exactly true*. Personne n'est plus faible, plus tergiversant, et une fois le pont passé, bonsoir la rivière. Ce n'est pas du courage que j'ai, c'est une espèce de besoin d'aller, comme un cheval qu'on entraîne, qui fait que je ne reviens plus sur une barrière franchie. C... est maintenant comme morte pour moi. Comparaison : Figurez-vous un œuf qu'on fait danser dans sa main, qui est très bon à faire cuire et très prêt à se laisser mettre au pot tant qu'il n'est pas cassé. Mais une fois tombé par terre et cassé, il n'y pas de cuillère, *il n'y a pas rien* qui puisse remettre le jaune dedans et le faire redevenir œuf; il ne reste qu'une coquille en morceaux et un petit gribouillis. Tel est l'état de mon aimable cœur...»

On n'est pas plus fou, la plume à la main. Pendant ce temps-là, Christine ne bougeait pas plus qu'une borne et disait à la marraine : « Il reviendra quand il voudra! » Las d'attendre un petit signe d'elle, il fit alors appel à la Muse qui le consolait dans tous ses chagrins, et voici les vers qu'elle lui inspira, au mois de septembre 1842, et qui parurent presque aussitôt dans la *Revue des Deux Mondes.*

SUR UNE MORTE

Elle était belle, si la Nuit
Qui dort dans la sombre chapelle,
Où Michel-Ange a fait son lit,
· Immobile peut être belle.

Elle était bonne, s'il suffit
Qu'en passant la main s'ouvre et donne,
Sans que Dieu n'ait rien vu, rien dit :
Si l'or sans pitié fait l'aumône.

Elle pensait, si le vain bruit
D'une voix douce et cadencée,
Comme le ruisseau qui gémit,
Peut faire croire à la pensée.

Elle priait, si deux beaux yeux,
Tantôt s'attachant à la terre,
Tantôt se levant vers les cieux,
Peuvent s'appeler la prière.

Elle aurait souri, si la fleur
Qui ne s'est point épanouie
Pouvait s'ouvrir à la fraîcheur
Du vent qui passe et qui l'oublie.

Elle aurait pleuré, si sa main,
Sur son cœur froidement posée,
Eût jamais dans l'argile humain
Senti la céleste rosée.

Elle aurait aimé, si l'orgueil
Pareil à la lampe inutile
Qu'on allume près d'un cercueil
N'eût veillé sur son cœur stérile.

Elle est morte et n'a point vécu.
Elle faisait semblant de vivre.
De ses mains est tombé le livre
Dans lequel elle n'a rien lu.

Cette façon d'enterrer les gens de leur vivant n'était
point faite pour agréer à la dame que visaient ces
vers. Mais, au fait, à qui s'adressaient-ils? Tous ceux
qui les avaient lus s'y trompèrent, sauf la princesse.
Les uns crurent reconnaître dans ce portrait de circonstance « cette pauvre Mme Sand ». « Je vous demande
un peu à propos de quoi maintenant? » disait Musset.
Bonnaire, lui-même, y vit une épitaphe pour le tombeau de Rachel. Seule, Uranie (lisez : la princesse)
mit le doigt dessus, mais elle s'empressa de donner
le change à ses amis.

— Avez-vous lu les vers d'Alfred de Musset *Sur
une morte?* demandait-elle. Il paraît que cette morte
est notre grande tragédienne !

Mme Jaubert, à qui ces propos ne manquèrent pas

d'être rapportés, n'hésita pas à blâmer la colère poétique de son filleul. Mais lui, pour la justifier, tout en la regrettant une fois qu'elle fut passée :

« Au temps de mes plus enragées passions, lui écrivait-il, je n'ai jamais songé à en vouloir à une femme qui m'a dit qu'elle en aimait un autre. Je puis même me vanter, en pareil cas, d'avoir fait acte de courage et de résignation ; ce n'est pas une grande gloire, c'est une manière de sentir...

« Mais j'ai des lettres d'Uranie, où elle me dit : « Je croyais que mon amitié pouvait vous être bonne à quelque chose »; où elle me dit encore : « Près de moi vous auriez souffert, mais non pas sans adoucissement. » J'ai tenu sa main, je l'ai baisée pendant une heure entière, et elle me laissait faire. Je lui ai répété cent fois que je ne cherchais pas près d'elle une bonne fortune, que mon amour-propre n'y était pour rien, que je ne lui demandais qu'un mot d'amitié pour être heureux toute une journée. Elle y croyait et elle le voyait, et elle m'a gardé huit jours chez elle, affectant à chaque instant d'éviter l'occasion de me parler, me traitant comme un étranger. Elle ne peut avoir eu pour cela que trois raisons : ou elle se défiait d'elle-même, et je ne le crois pas ; où elle me faisait souffrir par plaisir, sachant qu'elle ne courait aucun risque à me rendre tranquille ; ou bien elle agissait froidement avec orgueil et indifférence, ce que je crois.

« Or, ceci est méchant et haïssable.

« J'ai plus de quinze lettres où elle me parle d'amitié. L'amitié consiste-t-elle à donner le bras à quelqu'un pour aller à table? Quelle plaisanterie !

« Et, outre cette main qu'on me livrait, il y a mille

choses qu'on ne peut pas dire, vous le savez, parce qu'on ne peut pas les expliquer aux autres. Mais, soyez-en sûre, elle m'a attiré à elle par désœuvrement, pour s'amuser de moi et me faire jouer purement et simplement le rôle de *patito*. Vous savez ce que c'est. Je n'ai pas voulu, et alors elle m'a maltraité. Quant à moi, je croyais réellement à ce faux semblant d'amitié qui n'était qu'une comédie, un pur passe-temps, et qui s'est arrêté net dès qu'elle m'a vu revenir et céder.

« Voilà ce qui m'a blessé ! Elle n'avait pas le droit, d'abord, de me traiter ainsi, et ensuite elle se trompait sur moi d'une manière blessante en essayant de le faire. Cela est le vrai, et je ne l'oublierai qu'avec peine, pour en garder en tous cas une méchante impression.

« Pardon, marraine, de cette longue explication. Puisque vous avez, vous, quelque amitié pour moi (et celle-là j'y crois), il faut bien que vous en portiez la peine. Je m'ennuie encore horriblement, malgré tout, et il faut bien que je bavarde, quand je sens que je parle à qui peut et veut bien m'entendre. N'en parlons plus (1). »

Mme Jaubert était chez la princesse à Port-Marly, quand lui arriva l'épître de son « fieux ». Essaya-t-elle de fléchir la belle Uranie en plaidant, comme elle l'avait fait tant de fois, les circonstances atténuantes ? Je ne saurais le dire ; en tout cas, il n'y parut guère, car il n'y eut aucun rapprochement entre elle et Musset. Mais elle avait le cœur trop haut placé pour lui garder rancune, et je crois qu'elle lui était reconnais-

(1) *Souvenirs de Mme Jaubert*, pp. 213-214.

7.

sante de ce qu'il n'avait point recueilli dans la dernière édition de ses poèmes les stances *Sur une morte.* Elle disait que l'amitié chez elle était quelque chose d'immortel. Elle en donna à Musset une preuve manifeste avant de quitter définitivement la France. C'était en 1849, le lendemain de la première représentation de *Louison,* qui eut lieu le 22 février à la Comédie-Française. Il habitait encore au nº 23 du quai Voltaire, mais soit qu'elle eût oublié son adresse, soit qu'elle voulût prendre son frère à témoin de ce beau mouvement, elle lui adressa le billet suivant sous le couvert de Paul de Musset, au bureau du *National :*

« Je ne puis résister au besoin de vous dire que vous venez de faire un petit chef-d'œuvre.

« Votre *Louison* est adorable de grâce et de vérité, de finesse et de sensibilité. Vous pensez et sentez comme Shakespeare et parlez comme Marivaux ; c'est un étrange amalgame, dont l'effet est très saisissant.

« Vous ne vous souvenez peut-être plus que j'existe, n'importe. Vous avez pris un bon moyen pour perpétuer votre souvenir, même dans l'esprit des plus oublieux.

« Je vous remercie pour les quelques instants plus qu'agréables que je vous dois. »

« CHRISTINE TRIVULCE DE BELGIOJOSO (1). »

Vous ne vous souvenez peut-être plus que j'existe ! quelle flèche de Parthe dans ce bouquet de roses ! En la recevant des mains de son frère, Musset dut se dire « que cette femme ne changerait jamais de peau ». Elle en changea pourtant, sous l'empire des événements qui, de 1848 à 1850, secouèrent si violemment et si inuti-

(1) Lettre inédite.

lement toute l'Italie. Après avoir fait le coup de feu, comme une amazone qu'elle était, à la tête des bandes patriotes qu'elle avait levées et équipées à ses frais, pour essayer encore une fois de délivrer la Lombardie, elle partit pour la Grèce, à la suite du siège de Rome, qui lui avait ravi sa dernière espérance, et voici la lettre découragée, désenchantée, qu'elle envoya d'Athènes, le 19 janvier 1850, à sa fidèle amie, Mme Jaubert :

« ... Avez-vous besoin de me demander mon autorisation pour faire ce que vous voulez de mes lettres (1) ? Elles sont bien à vous, ces pauvres lettres, et vous pouvez en disposer comme bon vous semble. Vous avez carte blanche pour cela et pour tout ce qui vous plaira. Je comprends le bond de mon pauvre X... Hélas ! oui, j'en suis là, j'en suis au doute, et je n'y étais pas lorsque j'écrivais mes quatre volumes : autrement les aurais-je écrits ? C'est le spectacle de la mort qui a fait naître mes doutes, et c'est en contemplant ce qui reste de nous que je me suis demandé : Y a-t-il autre chose ? Vous me parlez de retour. Croyez-vous que le séjour de Paris me serait supportable ? Non, non, il faut que l'heure de la rétribution ait sonné pour certains hommes, pour que les portes de la France me soient rouvertes (2). »

Qu'entendait-elle par là, et de quels hommes s'agissait-il dans sa pensée ? Musset ne lui devait rien et pour le moment roucoulait aux pieds d'une grande actrice. Mignet, qui lui devait tant, ne l'avait jamais oubliée et soupirait chaque fois qu'on prononçait son nom devant lui. Quant à Liszt et Dœlher !... « Ne

---

(1) Il s'agissait des lettres admirables qu'elle lui avait écrites sur les événements et que Mme Jaubert voulait publier.
(2) Lettre inédite.

me parlez jamais des musiciens, disait Mme d'Agoult, qui avait appris à les connaître, ils font beaucoup de bruit, mais ce n'est que du son ! » Peut-être la princesse avait-elle à se plaindre de l'un et de l'autre !... Enfin, qui sait ! peut-être pensait-elle aussi au Prince-président à qui elle ne pouvait pardonner son intervention armée dans les affaires de Rome, et qu'elle savait en butte, depuis, aux attaques furibondes du parti républicain de la Législative !

« Oui, chère amie, je vieillis, écrivait-elle d'Athènes à Mme Jaubert, le 27 novembre 1850. Point encore visiblement au physique, mais j'éprouve cette transformation morale que j'ai devinée depuis longtemps être la cause de toute vieillesse. Après tout, cette transformation est infiniment plus douce que je ne le pensais. Elle consiste principalement dans ceci, que je vis dans le passé beaucoup plus que dans l'avenir. Or la contemplation de l'avenir est naturellement inquiétante ou *agitante*, si le mot existait; tandis que celle du passé, quand elle n'éveille point de remords, calme et rassérène l'esprit. Les images qui me causaient jadis une terreur et une aversion féroces m'attirent aujourd'hui et me paraissent remplies de charme. C'est cet attrait qui ira toujours croissant jusqu'à ce qu'il me courbera vers la terre, qu'il dépouillera mon front et ridera mon visage. Après tout, si le sentiment qui accompagne la vieillesse n'est pas plus amer, je salue cette heure inévitable en lui disant : Sois la bienvenue ! Combien j'ai redouté son arrivée! Que j'avais tort de croire que quelque chose dans la nature pût être entièrement mauvais (1)! »

(1) Lettre inédite.

Elle avait quarante-deux ans quand elle écrivait ces lignes. Elle en avait soixante-trois quand elle mourut. Elle avait donc eu le temps de savourer les charmes de la vieillesse. Mais on ne m'ôtera pas de l'idée qu'il entrait un peu de dépit dans son désenchantement. « Je ne saurais deviner, disait-elle, quel intérêt nous prenons à l'existence quand les yeux ne nous regardent plus avec amour. » Hélas! c'est le sort inévitable de tous ceux qui vieillissent : l'amour n'aime que la jeunesse. Mais lorsqu'elle regardait derrière elle dans le passé lointain, elle devait tout de même avoir quelque remords, ne fût-ce que celui d'avoir, à l'exemple du prince, son pseudo-mari, mené la vie « belle et joyeuse ».

CHAPITRE IV

RACHEL

Vers que Musset avait faits pour elle au début de leurs relations.

I

Musset ne fut guère plus heureux avec Rachel qu'avec Christine. C'est peut-être pour cela que, de temps
en temps, il disait : « la princesse », en parlant d'elle.
Cependant nous verrons tout à l'heure qu'un jour, au
saut du lit, elle prit les pantoufles du poète pour descendre dans son jardin !... Cette distraction avait lieu
dans la vallée de Montmorency, qui en a vu bien d'autres... Mais je m'aperçois que moi-même j'en commets
une en ce moment. Disons d'abord et avant tout comment furent mis en rapports ces deux êtres, qui auraient
pu faire de si grandes choses, s'ils avaient été capables de s'associer — ne fût-ce que pendant six mois —
pour travailler ensemble.

Les débuts de Rachel à la Comédie-Française avaient
passé inaperçus. Ce théâtre, avec six représentations
d'*Horace*, de *Cinna* et d'*Andromaque*, avait encaissé,
dans les mois de juin et juillet 1838, la somme ridicule de 3. 067 fr. 55, soit une moyenne de 500 francs
par soir. La plus forte recette avait été donnée par
la première représentation d'*Horace*, le 12 juin; elle
s'était élevée à la somme de 753 fr. 05. Encore un
mois de recettes semblables, et l'administrateur du
Théâtre-Français laissait retomber sur la tragédie la
pierre du tombeau qu'il avait soulevée, dans l'espoir
que Rachel ressusciterait cette morte. — « Pourtant,
disait Joanny, cette petite a quelque chose là ! »

« Ce fut à ce moment que revint à son poste, qu'il
ne quitta pas trois fois, durant le cours de trente

années, sans manquer un seul jour, même absent, à sa tâche hebdomadaire, l'homme aux cent voix (il n'avait qu'une seule voix pour son compte, mais son journal était une grande voix écoutée et respectée entre toutes) et cette fois il eut la chance heureuse d'arriver juste au bon moment pour être écouté, approuvé, suivi (1). »

Cet homme providentiel était Jules Janin. Après avoir vu Rachel dans le rôle d'*Hermione*, il lui consacra deux feuilletons des *Débats*, les 10 et 24 septembre, et telle était alors l'influence de la presse, et telle aussi l'autorité de ce critique que la soirée qui suivit le dernier feuilleton vit monter de plus de 1.000 francs la recette de la soirée précédente. Deux jours plus tard, elle dépassait 4.000 francs; quinze jours après, elle atteignait 6.000 francs. Rachel était sauvée, et la tragédie avec elle.

« La plus grande nouvelle du jour, écrivait Sainte-Beuve à Juste Olivier, le 23 octobre 1838, est l'apparition d'une nouvelle actrice au Théâtre-Français, Mlle Rachel, juive : on y court avec fureur, et Racine est plus que jamais applaudi (2). »

Mais la Roche tarpéienne est bien près du Capitole. Deux mois à peine s'étaient écoulés que Jules Janin — pour un motif ou pour un autre — précipita la jeune tragédienne du piédestal qu'il lui avait érigé de ses mains. Elle avait eu la malchance de lui déplaire dans le rôle de Roxane, et, avec sa franchise coutumière, en homme qui n'était pas fâché de montrer son indépendance et de tenir Rachel sous sa férule, il

(1) *Rachel et la Tragédie*, par Jules Janin, Amyot, 1858.
(2) *Corresp. inédite de Sainte-Beuve avec M. et Mme Juste Olivier.*

avait dit net et crûment que ce rôle n'était point fait
pour elle.

Alfred de Musset fut d'autant plus choqué de cette
volte-face que, dans le numéro de la *Revue des Deux
Mondes* du 1er novembre 1838, il avait, lui aussi,
salué le lever de la nouvelle étoile.

« Il se passe en ce moment au Théâtre-Français,
écrivait-il, une chose inattendue, surprenante, curieuse
pour le public, intéressante au plus haut degré pour
ceux qui s'occupent des arts. Après avoir été complètement abandonnées pendant dix ans, les tragédies
de Corneille et de Racine reparaissent tout à coup et
reprennent faveur. Jamais, même aux plus beaux
jours de Talma, la foule n'a été plus considérable.
Depuis les combles du théâtre jusqu'à la place réser-
vée aux musiciens, tout est envahi. On fait cinq mille
francs de recette avec des pièces qui en faisaient cinq
cents; on écoute religieusement, on applaudit avec
enthousiasme *Horace*, *Mithridate*, *Cinna*, on pleure
à *Andromaque* et à *Tancrède*... Une jeune fille, qui
n'a pas dix-sept ans, et qui semble n'avoir eu pour
maître que la nature, est la cause de ce changement
imprévu qui soulève les plus importantes questions
littéraires. Avant d'essayer d'aborder ces questions,
il faut dire un mot de la débutante. »

Suivait ce joli portrait de Rachel :

« Mlle Rachel est plutôt petite que grande; ceux qui
ne se représentent une reine de théâtre qu'avec une
encolure musculeuse et d'énormes appas noyés dans
la pourpre ne trouveront pas leur affaire; la taille
de Mlle Rachel n'est guère plus grosse qu'un des bras
de Mlle Georges ; ce qui frappe d'abord dans sa démarche, dans ses gestes et dans sa parole, c'est une sim-

plicité parfaite, un air de véritable modestie. La voix
est pénétrante et, dans les moments de passion, extrêmement énergique; ses traits délicats, qu'on ne
peut regarder de près sans émotion, perdent à être
vus de loin sur la scène; du reste, elle semble d'une
santé faible; un rôle un peu long la fatigue visiblement. »

Est-ce l'article dithyrambique de Musset qui porta
sur les nerfs de Jules Janin? On serait tenté de le
croire, car le critique des *Débats* était depuis quelque
temps en délicatesse avec le jeune poète et, jaloux
comme il l'était de sa créature, l'idée qu'elle aurait
dorénavant Musset pour champion n'était pas pour
lui plaire. « Affaire de lit et d'argent! » disait Sainte-
Beuve.

Quoi qu'il en soit, Musset releva cavalièrement le
gant que Janin semblait lui avoir jeté en éreintant
l'interprète de Roxane, et voici en quels termes il prit
la défense de Rachel dans la *Revue des Deux Mondes*
du 1er décembre 1838 :

« Le *Théâtre-Français* vient de reprendre *Bajazet*.
Mlle Rachel joue Roxane; c'est, si je ne me trompe,
son sixième début. La critique qui s'était montrée cinq
fois indulgente et juste en même temps (chose presque rare) a fait preuve cette fois de sévérité; j'avoue
que je ne sais pas pourquoi : mais huit feuilletons écrits
le même jour par des gens d'esprit et de goût sont
mécontents de cette reprise. Je ne sais non plus pourquoi ils font de cet essai une circonstance à peu près
décisive, sur laquelle on remet en question le mérite
de la jeune artiste et celui de Racine par la même
occasion. J'avais assisté à la reprise, j'y suis retourné
en toute conscience, afin de tenter d'éclaircir ce point,

et je sais encore moins pourquoi. Des six rôles, que Mlle Rachel a représentés depuis qu'elle est au théâtre, après Hermione, Roxane me semble celui dans lequel il faut la voir, préférablement à tout autre... »

Et Musset concluait ainsi :

« Celui qui me dirait que Mlle Rachel est l'objet d'un caprice du public, et qu'elle ne tiendra pas ses promesses, je ne lui répondrais qu'une chose : mon esprit peut porter un faux jugement, mais quand je suis ému, je ne saurais me tromper ; je puis lire ou écouter une pièce de théâtre et m'abuser sur sa valeur, mais eussé-je le goût le plus faux et le plus déraisonnable du monde, quand mon cœur parle, il a raison. Ce n'est pas là une vaine prétention à la sensibilité, c'est pour dire que le cœur n'est point sujet aux méprises de l'esprit, qu'il décide à coup sûr sans réplique, sans retour, que ni brigues, ni cabales ne peuvent rien sur lui, que c'est en un mot le souverain juge. Voilà ce qui me donne la hardiesse de répéter ce que j'ai déjà dit de Mlle Rachel, qu'elle sera un jour une Malibran. Voilà pourquoi j'ai vu avec peine, avec tristesse, qu'on l'ait attaquée ; voilà enfin pourquoi il me semble que, si peu de crédit qu'on ait, il faut la défendre autant qu'on le peut et se garder surtout de vouloir détruire, dans le cœur d'une enfant, le germe sacré, la semence divine, qui ne peut manquer de porter ses fruits. »

Musset soutenait là sa thèse favorite, celle qu'il résuma un jour dans cet admirable vers (1) :

Mais une larme coule et ne se trompe pas.

Etait-elle juste? oui, puisque l'avenir lui a donné

(1) Sonnet sur la mort de la fille de Régnier.

raison, quant à Rachel. Mais cela ne faisait pas l'affaire de Janin qui, pris ainsi à partie sans être nommé, estima qu'il était de son devoir de rendre coup
pour coup. Il répliqua donc, et cette fois dénonça *urbi
et orbi* l'insolent qui osait le contredire.

« Il arrive, écrivait-il le 6 décembre — on voit qu'il
n'avait pas perdu de temps — il arrive que, pour avoir
dit l'autre jour que cette frêle enfant n'avait pas compris le rôle de Roxane, ce rôle terrible, fiévreux, impossible ; pour avoir dit que cette reprise de *Bajazet* était
déplorable, que cette représentation avait été aussi
faible qu'on en peut faire au Théâtre-Français, quand
le Théâtre-Français lâche à la fois tous ses sociétaires ;
il arrive, disons-nous, que les réponses nous pleuvent
de toutes parts... — Quoi donc ! vous touchez à l'ar-
che sainte? Quoi ! vous voulez arrêter ce génie dans
sa course? Quoi ! vous arrachez cette jeune auréole
à ce jeune front inspiré? Mais vous êtes un barbare !
mais vous êtes un insensé et vous trahissez la sainte
cause de Racine, la grande cause de Corneille? Ainsi
parlent-ils les uns et les autres.

« ... J'avais abandonné à elles-mêmes les réclama-
tions de tous ces hommes qui viennent faire de l'admiration toute faite, quand j'ai rencontré dans une revue
empesée, entre un mythe religieux et un mythe littéraire,
une espèce de *factum* contre la critique à propos de
Mlle Rachel. La solennité de cette requête me l'a fait
lire et j'ai trouvé, vous dirai-je quelles tristes plaintes à
propos de Roxane? L'auteur, après avoir reconnu que
la critique avait été cinq fois de suite indulgente et juste
pour Mlle Rachel, se demande pourquoi donc la *sixième
fois* huit feuilletons *écrits par des gens d'esprit et
de goût* sont mécontents de cette reprise. Vous l'en-

tendez — huit feuilletons ! Des gens *d'esprit et de·
goût !* Mais à leur tour les *huit* feuilletons ne pourraient-ils pas s'étonner de l'étonnement de cet *unique* feuilleton ? Et si cet homme, comme il ne peut
en douter, a *plus d'esprit et de goût* que ces huit
hommes *d'esprit et de goût*, combien l'étonnement
général ne doit-il pas redoubler ?

« A ce propos, ce critique, qui a à lui seul tout ce
goût et tout cet esprit, veut bien nous donner ses
idées sur le caractère de Roxane dans *Bajazet*. Les
huit malheureux critiques en question, malgré le
goût et l'esprit qui les distinguent, n'ont pas vu que
Roxane était tout à fait la sœur jumelle d'Iphigénie,
par la raison toute simple qu'elle avait passé par le
cerveau de Racine, que Racine ne pouvait pas faire
une tigresse, qu'il était un homme *pieux, simple,
poli, consciencieux*, et que, par conséquent, il devait
toujours donner un peu de son caractère à son héros,
quel que fût son héros ! Le beau raisonnement, je
vous prie ! Et s'il vous plaît, poussez-le un peu plus
loin, il vous mène tout droit à l'abîme...

« ... Laissons dire ces nouveau-nés de la critique,
ces enthousiastes à la suite, ces échos qui répètent
en l'affaiblissant le lendemain ce qu'on a dit la veille,
que nous importe? Laissons-les se pavaner devant
cette gloire qu'ils n'ont même pas devinée, laissons-
les parader devant cette pensée tragique qu'ils sont
encore à comprendre, et se mettre devant notre soleil.
Nous ne sommes pas jaloux, et d'ailleurs cela fera
bien peu d'ombre. Pourvu cependant que ces étranges défenseurs ne viennent pas gâter notre ouvrage
par leurs hyperboles! Car au premier abord, on se
figure que la critique est aussi facile à faire que le

roman; que, pour être un grand Aristarque, il n'y a qu'à placer les points sur les i, et que cela se chante sur l'air : *Connaissez-vous dans Barcelone une Andalouse*, etc. On arrive donc ainsi à la hâte en galant habit, tout éperonné; et avec la première chose, une allumette, un cure-dents, on écrit sa petite critique au hasard !...

« Quand je vois ainsi ces romanciers émérites, ces *poètes du troisième ordre,* prendre en souriant la plume de critique, je me rappelle toujours ce vieux bonhomme qui prenait un violon. Quelqu'un dit à cet homme : « Savez-vous jouer du violon! » — « Je ne sais pas, répondit-il, je n'ai jamais essayé. »

C'était le comble de l'insolence. Avec un autre que Musset, l'affaire eût été portée incontinent sur un autre terrain. Comme il maniait mieux la plume que l'épée, et que son adversaire ne tenait pas plus que lui à croiser le fer en champ clos, le poète se contenta d'envoyer au critique le court billet que voici :

« Samedi, 8 décembre [1838].

Monsieur,

« J'avais écrit, dans la *Revue des Deux Mondes,* poliment et sincèrement, mon opinion sur Mlle Rachel. Je ne vous désignais point. Vous m'avez fait une réponse qui n'a ni mesure, ni convenance. Votre article est grossier. Littérairement, vous êtes un enfant à qui il faudrait mettre un bourrelet, et personnellement vous êtes un drôle à qui on devrait interdire l'entrée du Théâtre-Français. Vengez-vous, si vous voulez, de cette lettre, par quelques nouvelles injures, je m'y attends et je ne m'en soucie pas le moins du monde. »

« ALFRED DE MUSSET (1). »

(1) Lettre inédite.

Du côté de Musset, toute cette polémique se termina donc par une pirouette de talon rouge. Quant à
Rachel, elle aurait été bien ingrate si elle ne lui en
avait témoigné et gardé quelque reconnaissance. Et
je vois qu'après s'être attachée au rôle de Roxane
comme une jeune mère à l'enfant qu'elle a mis au
monde dans les larmes, après avoir commandé à
Mme Allan-Despréaux de lui acheter un costume orien-
tal digne d'elle (1), elle écrivit à son défenseur impro-
visé qu'elle n'avait pas été découragée par le sifflet
qu'un malheureux, payé par quelque ennemi, lui avait
décoché, lorsqu'elle avait joué *Bajazet*. « Il est bien
facile de voir, lui disait-elle, quand un sifflet n'est que
le résultat de la méchanceté (2). »

C'est ce qu'avait vu tout de suite cette fine mouche
de Sainte-Beuve.

II

Une fois mis en contact de la façon qu'on vient de
lire, Musset et Rachel ne tardèrent pas à se lier par
amour de la tragédie. Mais, chez Musset tout au moins,
cet amour-là se doubla très vite d'un sentiment plus
intime. Rachel habitait alors dans sa famille, passage
Véro-Dodat. Il commença par l'aller voir un peu et
puis beaucoup, mais comme on jasait, pour couper
court aux sots propos et aux bavardages, il espaça ses
visites et prit le parti « de ne pas même dire qu'il l'avait

---

(1) Voir, p. 163 de ce volume, la lettre de Mme Allan à Mme Samson-
Toussaint, du 1er janvier 1841.
(2) Lettre inédite, du 29 mars 1839.

vue au Théâtre-Français ». Cependant, un certain soir
qu'elle avait joué *Tancrède* — c'était le 29 mai 1839
— le hasard les ayant fait se rencontrer, au sortir du
théâtre, sous les galeries du Palais-Royal, Rachel
invita Musset à souper chez elle, avec Bonnaire, à qui
elle donnait le bras, et « tout un escadron de *jeunesses*,
parmi lesquelles Mlle Rabut, Mlle Dubois, du Conservatoire, etc. ». Le *souper* fut ce que Musset a raconté
dans une page célèbre, dédiée à sa marraine (1), mais
ce qu'il n'a pas dit, c'est que Rachel, après avoir lu
Phèdre avec lui, exauça le vœu qu'il avait exprimé à la
fin de son article du 1er novembre 1838 (2). Elle lui
demanda d'écrire un rôle pour elle, et dès le lendemain il se mit à chercher le sujet d'une tragédie en
cinq actes dans les *Récits des temps mérovingiens*,
pensant être agréable, du même coup, à la princesse
Belgiojoso, qui avait pris Augustin Thierry sous sa
protection.

Au mois de juillet suivant, il avait écrit trois scènes
de *la Servante du Roi*, dont celle où Frédégonde, en
apprenant que Galsuinde, seconde femme de Chilpéric,
a résolu de quitter la cour et de se retirer chez son père,
hésite entre laisser fuir la reine et la mettre à mort.

Cette scène dramatique est fort belle et donne une
haute idée de ce que Musset aurait pu faire s'il avait
achevé cet ouvrage. Peut-être le vers est-il d'une coupe
un peu trop racinienne, mais il ne faut pas oublier qu'il

---

(1) *Œuvres posthumes : Un souper chez Mademoiselle Rachel.* Voir
à l'appendice du présent volume les variantes relevées par nous sur le
manuscrit d'Alfred de Musset.
(2) ... Telles sont les questions, écrivait-il, que j'aurais adressées aux
écrivains qui sont en possession d'une juste faveur parmi nous, si le
talent de la jeune artiste, qui remet aujourd'hui en honneur l'ancien
répertoire, les engageait, comme il est probable, à écrire un rôle pour
elle.

devait être dit par Rachel ; quant à ceux qui ont prétendu que le poète était passé, pour ses beaux yeux, dans le camp des classiques, ils ne le connaissaient pas ou ne l'avaient pas lu. Musset n'avait pas attendu Rachel pour admirer Racine. Dès 1831, il confessait dans *les Secrètes pensées de Rafaël*, que Racine voisinait avec Shakespeare sur sa table ; mais il n'avait pas encore trouvé l'occasion de les fondre ensemble, et c'est justement Rachel qui la lui avait donnée. Là se borna son influence.

Quoi qu'il en soit, cette scène de Frédégonde était à peine finie que Roxane invita l'auteur à venir passer quelques jours chez elle à la campagne. Elle s'était affranchie définitivement de la tutelle tyrannique de son père et de sa mère, et avait loué à Montmorency une charmante villa pour y prendre ses vacances.

Musset se fit d'autant moins prier que, depuis quelque temps, il avait toutes sortes d'idées noires. Son frère est allé jusqu'à dire qu'il avait cru prudent de décharger les pistolets qui étaient dans sa chambre, pour l'empêcher de se suicider. Il partit et revint, au bout d'une semaine, gai comme un pinson. Rachel, après avoir lu ses vers, l'avait payé dans la seule monnaie qui comptât pour lui, et c'est évidemment à cette bonne fortune qu'il faisait allusion, quand il écrivait à sa « marraine » : « Qu'elle était charmante, l'autre jour, courant dans *son* jardin, les pieds dans *mes* pantoufles ! »

Malheureusement, Rachel était la femme la plus inconstante de la terre. Elle aurait dû dire à Musset, pendant qu'elle le possédait : « Vous savez ! je ne vous tiendrai quitte envers moi que lorsque vous m'aurez apporté votre *Servante du Roi* finie. » Elle ne lui

souffla pas mot de cette pièce. D'ailleurs, eût-elle pris
un engagement quelconque envers lui, que quinze
jours après elle ne s'en serait plus souvenue. Malgré
ses dix-huit ans, cette princesse de théâtre n'en faisait
qu'à sa tête et ne la perdait jamais — même dans ses
heures de folie. Elle se vantait une fois de n'avoir
appartenu à personne. Au fond, c'était vrai, elle n'appartenait qu'à son art. Elle pouvait abuser de son
corps jusqu'à le prostituer, son esprit, par un miracle
de l'art et de la volonté, planait toujours sur les hau-
teurs. Elle n'aima jamais que la gloire (1), et c'est parce
qu'elle était déjà son esclave, en 1839, qu'elle négli-
geait le génie de Musset, tout en le reconnaissant et
tout en l'admirant. Elle s'était juré de ne pas se laisser distraire de Corneille et de Racine, tant qu'elle
n'aurait pas joué le rôle qui l'attirait et l'effrayait par-

---

(1) On lit dans *Rachel et Samson* (Paul Ollendorff, 1898) l'anecdote
suivante :

« Rachel venait de débuter, lorsqu'elle rencontra un jour Mlle Plessy,
qui était fort triste.

— Qu'avez-vous donc, lui dit-elle ? Avez-vous du chagrin ?

— Oh ! beaucoup, répondit Plessy.

Rachel parut étonnée et touchée de son affliction, qu'elle ne pouvait
attribuer qu'à quelque contrariété de théâtre, et lui demanda si on lui
avait fait quelque injustice.

— Je n'ai point à me plaindre du théâtre, dit Plessy, et pourtant en
ce moment je le quitterais de bien bon cœur.

A ces mots, Rachel bondit sur sa chaise :

— Vous quitteriez le théâtre, vous, lui-dit-elle, vous qui êtes aimée
du public, qui vous le témoigne chaque fois que vous êtes en scène ?...
Vous quitteriez ?... C'est impossible... Je ne vous crois pas.

— Croyez-vous donc que cela suffise au bonheur ?

— Pour moi, c'est le plus grand.

— Comment ! si vous aimiez beaucoup quelqu'un qui vous aimerait
de même, si l'obstacle à votre mariage venait de votre profession de
comédienne, vous ne lui feriez pas ce sacrifice ?

— Oh ! non !... certainement non ! Renoncer au théâtre, mais ce
serait renoncer à la vie ! Qui peut se comparer au bonheur de pouvoir
attendrir ou faire frémir toute une foule assemblée, de recevoir ses
chaleureux applaudissements, de s'entendre louer, de se sentir admirée ?
Trouvez donc un bonheur plus grand !

dessus tout. Ce n'était pas le rôle de Pauline, dans
Polyeucte ; celui-là, elle le sentait, elle le comprenait,
elle l'aurait joué en 1838 aussi bien qu'en 1840. Non,
c'était le rôle de Phèdre.

« Je veux jouer Phèdre, disait-elle à Musset. On
prétend que je suis trop jeune et trop maigre. C'est
une bêtise ! Une femme qui a un amour infâme, mais
qui se meurt plutôt que de s'y livrer, une femme qui
a séché dans les feux, dans les larmes, cette femme-là
ne peut avoir une poitrine comme Mme Paradol !...(1). »

Évidemment, mais il y a un milieu en tout, et Rachel sentait si bien que sa maigreur excessive était,
sinon un empêchement, à tout le moins un obstacle,
que, pour le supprimer, elle mettait jusqu'à sept ju-
pons sur elle. Je tiens ce détail de Mme Samson-Toussaint, qu'elle appelait « ma meilleure amie ».

Elle ajoutait : « Quand j'aurai joué *Phèdre,* que je
n'aurai plus de bataille à livrer, que j'aurai vaincu sur
toute la ligne, vous pourrez travailler pour moi, je
serai complètement à vous ! »

A ce compte-là, Musset aurait attendu quatre ans,
puisque Rachel ne parut dans ce rôle qu'en 1843. Il
ne pouvait s'y résigner, et dès 1840, à la suite d'une
longue et douloureuse maladie, l'idée lui vint d'écrire
pour elle une tragédie d'Alceste. Il avait abandonné *la
Servante du Roi,* dont le sujet avait été défloré par
une mauvaise comédie représentée dans l'intervalle à
l'Odéon, et s'était remis au grec pour pouvoir lire
Euripide dans le texte original. On lui avait dit que
Racine avait laissé le plan d'une tragédie sur *Alceste.*
Tattet, qui brûlait de le voir affronter la scène, lui

(1) *Un Souper chez Mademoiselle Rachel.*

offrit de rechercher ce plan dans les bibliothèques publiques et privées. Malheureusement, ces recherches demeurèrent infructueuses. Et pendant ce temps-là, Musset se brouillait avec Rachel.

Cette brouille dura trois ans. Quelle en était la cause exacte? Je ne saurais le dire au juste, bien que je m'en doute. Elle durait encore au mois de novembre 1842, comme en témoigne la lettre de Musset à Mme Jaubert que nous avons lue plus haut (1), et qui se terminait ainsi :

« Certainement, j'aurais dû m'excuser sans honte et, tout en ayant l'air de me radoucir, demander le bout du doigt en signe de pardon. Mais je préfère de beaucoup le « rien du tout ».

« Il est trois heures du matin, je n'y vois plus clair. Ma lettre doit être absurde, mais je vous aime beaucoup ce soir. Je vous assure qu'il y a longtemps que je ne vous ai tant aimée. Gardez pour vous mes petites cancaneries. Si Rachel me lance un coup d'œil à la Hermione, je vous en ferai part. »

Rachel, dirai-je à mon tour, ne lui lança « rien du tout », mais six semaines plus tard, ayant rencontré Musset chez Buloz, dans un dîner où Henri Heine eut la fève — c'était le jour des rois, — elle s'approcha de lui gentiment et lui demanda s'ils étaient toujours fâchés, d'un petit air si coquet et si aimable qu'il lui répondit : « Pourquoi ne m'avez-vous pas regardé ainsi et fait la même question il y a trois ans? Vous sauriez que je ne connais pas la rancune, et notre brouille aurait duré vingt-quatre heures. — Le fait est, répliqua-t-elle, que voilà bien du temps perdu! »

(1) Voir le chap. de « la Marraine », p. 49.

Et ils se serrèrent la main en répétant que c'était fini (1). Mais Musset devait se dire tout bas : « Jusqu'à ce que ça recommence ! »

En attendant, elle joua *Phèdre*, le 24 janvier 1843. Ce fut le grand événement de la saison, et, comme elle l'avait espéré, le couronnement de sa carrière.

Quelque temps auparavant, le 28 décembre 1842, Sainte-Beuve écrivait à Juste Olivier :

« Mlle Rachel est toujours la lionne. On raffole d'*Esther* dont elle récite quelques scènes dans quelques salons et dans les soirées qu'elle donne, et où il va tout ce qu'il y a de mieux en hommes. Elle s'essaie sur *Phèdre*. Jusqu'à présent, les avis sont partagés sur les scènes d'échantillon qu'on a entendues. La *passion*, cette grâce, lui viendra-t-elle ? »

Et, le 26 janvier 1843, deux jours après la représentation, il écrivait encore à Juste Olivier :

« Il paraît que Mlle Rachel a bien décidément réussi dans *Phèdre*. Elle a gagné sa bataille de Marengo — cette bataille générale que tout talent distingué, après les premiers succès, doit livrer à un certain jour et qu'il perd si souvent. *N'écoutez rien de ce que dit Janin* (2). »

Vous pensez si l'auteur de *Lorenzaccio* se frottait les mains ! Il ne quittait plus le Théâtre-Français ; on ne voyait que lui dans la loge de Rachel, et quand il allait en soirée chez sa « marraine », c'était pour s'entendre dire, au cours d'une scène de magnétisme, par une somnambule extra-lucide, que la personne à laquelle il pensait répondait au nom de :

(1) Lettre d'Alfred de Musset à son frère, en Italie (février 1843).
(2) *Correspondance inédite de Sainte-Beuve avec M. et Mme Juste Olivier.*

A. C.
H. R.
L. E.

« *Charle!* » disait Mme Jaubert en riant (1). « Non, s'empressait de répondre Alfred de Musset, mais *Rachel*, dont Charle est précisément l'anagramme. » — Et le poète voyait déjà luire le jour où la grande tragédienne le jouerait sur la scène des Français. Elle le joua aussi, mais d'une autre façon. N'ai-je pas dit plus haut que c'était la femme la plus inconstante de la terre? Après avoir triomphé dans *Phèdre*, elle ne songea plus qu'à s'amuser et s'enrichir.

« Entre nous, mandait Sainte-Beuve, qui ne la perdait pas de vue, à ses amis de Lausanne, Rachel se conduit très mal; elle mène une vie très peu simple, elle a toutes sortes d'amants; avec cent mille francs par an et plus, elle est gênée! Mais tout cela n'altère ni son crédit dans le monde, ni le lustre de cette perle sans tache, le monde l'a décrété ainsi (2). »

Le monde, en effet, s'était emparé d'elle, et c'est à qui, dans la société du faubourg Saint-Germain, lui aurait brûlé le plus d'encens (3). Un jour — j'em-

(1) *Souvenirs de Mme Jaubert*, p. 87.
(2) *Correspondance inédite de Sainte-Beuve avec M. et Mme Juste Olivier.*
(3) On lit dans les *Mémoires de d'Alton-Shée*:
« Le faubourg Saint-Germain avait adopté Rachel, et comme pour la duchesse de Berry, en 1823, des champions titrés répondaient de sa vertu. — Le jeudi soir, elle restait chez elle. Walewski me présenta à ses réceptions. Seule femme, elle faisait les honneurs; des académiciens, puis les ducs de Noailles, de Fitz-James, de Richelieu, le duc de Guiche, s'empressaient autour d'elle. Ce qui donnait alors un intérêt particulier à ces soirées, c'est qu'avant d'aborder au théâtre le rôle de Phèdre, Rachel essayait sur ce public choisi l'effet de ses études et de ses méditations. Elle avait attendu l'entier développement de son talent avant d'aborder la plus osée, la plus humaine, la plus forte des œuvres de Racine; elle récita les deux premiers actes. »

prunte cette anecdote et la suivante aux carnets inédits de Roger de Beauvoir — M. Molé lui disait devant
Véron :

— Je vous félicite, Mademoiselle, vous avez sauvé
la langue française.

Et Rachel de répondre en se tournant du côté de
Véron :

— J'en suis d'autant plus heureuse que je ne l'ai
jamais apprise.

Une autre fois, elle était à l'Abbaye-aux-Bois, où
Mᵐᵉ Récamier l'avait priée de venir réciter devant
Mᵐᵉ de Chateaubriand la grande scène de *Polyeucte*,
quand on annonça la visite de l'archevêque de Paris.

— Vous tombez comme mars en carême, lui dit la
belle amie de René, vous allez entendre mademoiselle Rachel dans le rôle de Pauline !

— Pardon ! Madame, répliqua la jeune tragédienne, je n'oserai jamais dire devant Monseigneur :

Je vois, je sais, je crois, je suis désabusée !

Et elle proposa de jouer à la place une scène d'*Esther*. « Là, dit-elle, je serai dans mon rôle ! » Il
n'était pas possible de laisser entendre plus spirituel-
lement qu'elle n'était pas chrétienne.

Quand elle eut fini, l'archevêque s'approcha d'elle
et la complimenta de son mieux, disant qu'elle ressentait visiblement les impressions qu'elle communiquait
à son auditoire d'une manière si vive.

— C'est que je crois ! répondit Rachel.

Musset avait raison de dire que « la princesse » ne
manquait pas d'esprit. Mais elle n'avait aucune éduca-
tion et encore moins de moralité. Ce fut là son malheur.

Née le 28 février 1821, dans une cabane d'un petit

village du canton d'Argovie, elle n'avait eu ni enfance
ni jeunesse, et avait été exploitée dès le berceau par
les Bohémiens, ses père et mère. Elle confessait un
jour à Samson — et je tiens ce propos de sa fille —
qu'elle ne se souvenait pas d'avoir été vierge. Je m'é-
tonne alors qu'elle n'ait pas éprouvé le besoin, une
fois tirée de la fange, de se refaire une sorte de virginité. Cela lui était d'autant plus facile qu'en devenant
de bonne heure la maîtresse attitrée du comte Walewski, elle n'avait qu'à s'observer et qu'à se tenir pour
obtenir de lui tout ce qu'elle aurait voulu. — Je sais
pertinemment qu'après avoir eu un enfant d'elle
Walewski l'aurait épousée, si elle s'était conduite hon-
nêtement. Mais la caque sent toujours le hareng, dit
le proverbe. Rachel le vérifia cruellement une fois de
plus, et Walewski, dont elle disait : « Le comte m'ennuie, avec son comme-il-faut », se lassa, à la fin, de
ses impertinences et de ses infidélités.

« Il paraît, écrivait un jour Alfred Tattet à Félix
Arvers, que Rachel est ennuyée de Walewski au delà
de toute expression. Elle voudrait sans doute le renvoyer à *l'école... du monde* (1). »

Encore, s'il avait été le seul qu'elle eût trompé de
la sorte, mais elle n'eut jamais plus d'égards pour
ceux qui traversèrent sa chambre à coucher. Elle logeait, comme dans la première auberge venue, au mois,
à la semaine, voire à la nuit. Et la plupart de ses adorateurs n'en exigeaient pas davantage. Cependant, il
s'en trouva un dans le nombre qui ne s'accommoda

---

(1) Lettre inédite, datée d'Aix-en-Savoie, juillet 1843. — Allusion à
la comédie que le comte Walewski avait fait représenter sous ce titre,
sans aucun succès d'ailleurs, sur la scène du Théâtre-Français.

pas de ce régime, malgré sa réputation de noceur.

La chose a fait assez de bruit dans le temps pour qu'on la raconte tout au long.

Donc, Rachel s'était donnée — ou prêtée, comme on voudra — au docteur Véron, directeur du *Constitutionnel*, à qui elle écrivait des lettres très tendres. Mais Véron, qui en avait reçu des milliers de cette nature, à cause de son portefeuille bien garni, avait trente-six raisons de se méfier des protestations d'amour de la jeune tragédienne. Tout ce qu'il lui demandait, en échange de ses bijoux et de ses billets de banque, c'était de ne pas se moquer de lui. Or, il crut s'apercevoir un jour qu'elle ne le « prenait pas au sérieux ». Comme il était très bien en cour, il demanda au préfet de police de le renseigner sur l'emploi du temps de Mlle Rachel. L'enquête fut désastreuse.

Pareille aux souris qui ont plusieurs trous pour ne pas être prises, il paraît que Rachel avait deux ou trois maisons où elle allait régulièrement et à heure fixe, d'un bout à l'autre de la semaine. En apprenant cela, Véron entra dans une colère folle. Pour tirer vengeance de la trahison de Rachel, il ne trouva rien de mieux que d'inviter à déjeuner tous ses amis, et de leur lire, au dessert, les lettres d'amour de la « princesse » et le rapport de l'agent des mœurs. On devine le scandale qui résulta de cette lecture. Le lendemain, grâce aux indiscrétions des chroniqueurs, tout Paris savait l'affaire. Le bruit en vint aux oreilles de Crémieux, qui ferma sa porte à Roxane, et dans tout le faubourg Saint-Germain ce fut un tolle d'indignation contre elle. C'est alors que Rachel écrivit à Samson la lettre désespérée dont un fragment, publié naguère dans la *Revue des autographes*, intrigua presque tous ceux qui le lurent.

« … Je pars, disait-elle, un misérable m'insulte. J'abandonne tout ; je n'ai pas le courage de me donner la mort, et pourtant le désespoir est dans mon âme. Il n'y a plus de Dieu, je ne crois plus. C'est le monde qui me tue. Bientôt, peut-être Dieu connaîtra mon cœur. J'ai été folle, mais jamais je n'ai appartenu à personne. »

Est-ce à cette occasion qu'elle offrit à Crémieux — pour rentrer en grâce auprès de lui — le cachet qui appartient aujourd'hui à la Comédie-Française? On serait tenté de le croire. Ce cachet porte cette devise, au-dessous d'un ballon montant dans les nuages : *la tempête m'élève, une piqûre m'abat* (1) !

La devise était de circonstance.

III

Pendant que soufflait cette tempête, Rachel, afin de la dominer, se rapprocha du poète qui avait rompu tant de lances pour elle. Musset, naturellement, blâma Véron. Quel est le galant homme qui l'eût approuvé? Et, sans être dupe du bon mouvement qui l'entraînait de nouveau vers lui, il en profita pour reparler tragédie avec elle.

Depuis quelque temps, il avait lâché la caricature pour la sculpture, et prenait des leçons de Barre. Un soir qu'ils avaient rendez-vous ensemble, Barre reçut de Musset le petit billet que voici :

(1) Elle avait aussi un *ex-libris* dont la légende était : « *Tout ou rien !* »

« Je vous écris de chez Mlle Rachel qui me garde à
dîner. Ainsi, ne m'attendez donc pas ce soir. A bientôt.

« A vous,

« Alf^d M^t. »

Ce billet était suivi de ce *post-scriptum* :

« J'ai ébauché une belle petite chatte. J'ai employé
d'abord un couperet de cuisine, puis mes mains, puis
vos petits bâtons. J'ai tout lieu de croire que ce sera
admirable, mais dans ce moment-ci mon idéal a encore
un torticolis et une fluxion. Venez donc voir ça (1). »

Ceci se passait en 1844. Au mois d'avril de l'année
1846, Paul de Musset raconte que son frère fut invité
à dîner chez Rachel. Nous allons voir qu'ils étaient
alors tout à fait bien ensemble.

« Pendant le dîner, qui était nombreux, le voisin
de gauche de la maîtresse du logis remarqua une très
belle bague qu'elle portait au doigt. On admire cette
bague; on se récrie sur le talent de l'orfèvre, et chacun à son tour fait l'éloge du précieux joyau. « Mes-
« sieurs, dit Rachel, puisque cet objet d'art a l'hon-
« neur de vous plaire, je le mets à l'enchère; combien
« en donnez-vous?

« Un des convives offre cinq cents francs, un autre
mille, un troisième quinze cents. En un moment, la
bague est poussée jusqu'à trois mille francs.

— « Et vous, mon cher poète, dit Rachel, est-ce que
« vous ne mettez pas à l'enchère? Voyons, que me
« donnez-vous?

— « Je vous donne mon cœur, répond Alfred.

— « La bague est à vous!

(1) Lettre inédite.

« En effet, avec une impétuosité d'enfant, Rachel
ôte la bague de son doigt et la jette dans l'assiette du
poète. En sortant de table, Alfred, pensant que la
plaisanterie a duré assez longtemps, veut rendre la
bague, Rachel se défend de la reprendre. « Par Jupi-
« ter! dit-elle, ceci n'est pas un badinage. Vous m'a-
« vez donné votre cœur, et je ne vous le rendrais pas
« pour cent mille écus. Le marché est conclu, il n'y a
« plus à s'en dédire. »

« Cependant, malgré sa résistance, Alfred lui prend
doucement la main et lui remet la bague au doigt.
Rachel la retire de nouveau, et la présente dans une
attitude dramatique et suppliante : « Cher poète, dit-
« elle d'une voix réellement émue, vous n'auriez pas
« le courage de refuser ce petit présent si je vous l'of-
« frais le lendemain du jour où je dois jouer ce fameux
« rôle que vous devez écrire pour moi et que j'atten-
« drai peut-être toute ma vie. Gardez donc cette
« bague, je vous en prie, comme un gage de vos pro-
« messes. Si jamais, par ma faute ou autrement, vous
« renoncez pour tout de bon à écrire ce rôle tant
« désiré, rapportez-moi la bague, et je la repren-
« drai (1). »

Musset la garda donc, mais pas longtemps. D'abord
il ne fit rien pour la garder, et soit qu'il doutât de la
parole de Rachel — comme il en avait le droit, il faut
en convenir — soit qu'il fût occupé ailleurs ou qu'il
doutât de lui-même, il n'essaya pas de reprendre la
tragédie d'*Alceste*, dont le plan dormait depuis six ans
dans ses cartons. Ensuite Rachel était partie, quelques jours après, pour l'Angleterre, et l'eau de la

---

(1) *Biographie d'Alfred de Musset.*

Manche passe pour avoir la même vertu que celle du
Léthé!... Toujours est-il que Rachel oublia d'écrire à
Musset, et qu'à l'automne, quand elle revint en France,
elle ne lui parla pas plus de sa tragédie que si elle ne
lui avait pas donné sa bague en gage. Elle n'était pourtant pas si généreuse que cela, de sa nature, et il lui
arriva plus d'une fois de reprendre, par une ruse
quelconque, ce qu'elle semblait avoir donné de très
bon cœur. Je sais, entre autres, une histoire d'ombrelle qui la peint admirablement sous ce jour-là.

On lui avait fait cadeau d'une ombrelle-marquise
dont la garniture en turquoises était une pure merveille, et chaque fois qu'elle allait chez Samson, la
fille du comédien s'extasiait devant.

— La voulez-vous? lui dit un jour Rachel. Prenez-
la, je vous la donne.

Naturellement, on lui répondait chaque fois par un
refus. Que ferait-on de cette ombrelle, du moment
qu'on n'avait pas une toilette en rapport?

A la fin cependant, on la prit au mot, et, durant
tout l'été, Adèle Samson se pavana avec l'ombrelle
de Roxane, qui fut quitte pour en acheter une autre.

Le temps passa. L'année suivante, Rachel dit à son
amie :

— Votre ombrelle doit avoir besoin d'être recou-
verte, confiez-la-moi, je me charge de la réparation.

Adèle ne voulait pas, pour ne pas mettre Rachel en
frais. Elle céda tout de même à ses instances, mais
elle ne revit plus son ombrelle.

Musset n'attendit pas que Rachel lui demandât sa
bague. Un jour qu'il l'avait piquée, sans le vouloir,
en faisant l'éloge de Rose Chéri qui jouait alors avec
beaucoup de succès la pièce de *Clarisse Harlowe*, il

la lui remît si discrètement au doigt qu'elle n'eut pas l'air de s'en apercevoir. Et ce fut la cause d'une nouvelle brouille.

Mais lorsque, l'année suivante, *le Caprice* fut mis à la scène, les lauriers de Mme Allan empêchèrent Rachel de dormir (1). Elle fit encore une fois risette

(1) Elle n'était pas la seule. Pendant longtemps à la Comédie-Française, ce rôle exquis, mais où Mme Allan ne fut jamais égalée, tenta non seulement les grandes coquettes mais jusqu'aux soubrettes. Quand celle qui l'avait créé fut devenue si grosse qu'Augustine Brohan disait malicieusement à son fils : « Si tu n'es pas sage, je te ferai faire le tour de Mme Allan », ladite Augustine se mit un jour en tête de la remplacer. Naturellement Musset se défendait. « Vous êtes une divine soubrette, ma chère amie, lui disait-il, mais je ne vous vois pas en femme du monde, ni en comtesse, et le public ne vous y verra pas plus que moi. » Mais ce n'était pas en vain qu'Augustine avait pris pour devise : « Coquette ne veux, soubrette ne daigne. Brohan suis ! » Elle manœuvra si bien que Musset dut céder et qu'elle joua *le Caprice*. Elle le joua remarquablement, d'ailleurs. Et c'est à partir de ce moment que Musset entra dans ses bonnes grâces — à moins que ce soit elle qui entrât dans les siennes. Mettons qu'il y eut assaut d'égards des deux côtés à la fois. On connaît les vers charmants qu'il lui envoya un jour, à la veille d'un départ pour une tournée en province :

Adieu, Brohan, rapportez-nous vos yeux
Si charmants, quand ils sont joyeux,
Si doux quand vous êtes pensive !
Avant d'aller sur l'autre rive
Rencontrer fortune et succès
(Tandis que je perds mon procès)
Prenez votre mine attentive,
Regardez-vous dans un miroir français,
Voyez bien cette petite fille,
Après laquelle Meg sautille,
Ce rond visage au nez pointu,
Amusant comme un impromptu ;
Cette taille leste et gentille,
Ces perles fines où babille
L'esprit charmant de la famille,
Cette fossette à l'air moqueur,
Ces bonnes mains pleines de cœur,
Ce corset qu'a serré Domange,
Ce diablotin fait comme un ange,
Que l'heureux Desmaret pondra...
Ah ! Brohan, ma chère, en voyage
Est-il bien prudent, à votre âge,
Que vous emportiez tout cela ?

Quand Musset fut élu à l'Académie française, elle lui adressa le soir

à l'auteur qui, n'ayant plus rien à désirer, n'avait aucune raison de lui garder rancune, et prit la main qu'on lui tendait gentiment.

Quatre ans après — et dans l'intervalle il n'avait été question de rien — Rachel plantait la crémaillère dans l'hôtel qu'elle s'était fait construire rue Trudon. Alfred de Musset fut invité à ce dîner de cérémonie, et le lendemain reçut la visite de l'hôtesse. Elle venait le prier et le supplier de lui écrire un rôle.

— Alors, vous ne m'en voulez pas d'avoir marché l'autre soir, sur la queue de votre robe? ... Eh bien,

même (12 février 1852) le petit billet que voici : « Ce n'est pas vous que je félicite, c'est l'Académie! Voudriez-vous vous charger de mes compliments auprès d'elle ? » (a).

Un autre jour qu'elle lui avait offert son portrait, il écrivit au bas les vers suivants :

J'ai vu ton sourire et tes larmes,
J'ai vu ton cœur triste et joyeux ;
Qui des deux a le plus de charmes ?
Dis-moi ce que j'aime le mieux,
Les perles de ta bouche ou celles de tes yeux.

Et il l'en remercia par les lignes suivantes : « Je n'ai pas voulu vous écrire que vous étiez charmante, parce que je voulais vous le dire ; mais vous le savez, je le suppose. Ce dont je veux que vous ne doutiez pas, c'est que votre gentil cadeau m'a fait le plus grand plaisir et que je vous conserverai toujours ce bon souvenir d'une amitié qui vaut bien des amours. »

Elles sont rares, celles qu'il gratifia de « ce bon souvenir », car l'amitié d'une jolie femme n'était à ses yeux que le demi-deuil de l'amour. On ne saurait pourtant mettre en doute la sincérité de cette déclaration, surtout lorsqu'on a lu la lettre qu'Augustine Brohan adressait à Paul de Musset, au lendemain de la publication de *Elle et lui.* Elle y disait en propres termes qu'Alfred lui avait confié « les horribles souffrances qui avaient aigri et changé sa nature première, sans que cela fût la suite ou le commencement d'un autre voyage du cœur ». Avait-elle été à même de faire avec lui ce voyage sentimental? Évidemment, puisqu'elle ajoutait : « Souvent il m'a dit que, s'il y avait un remède pour le sauver de cette incurable maladie qui le minait, c'est moi qui saurais le trouver. » Mais soit qu'elle fût engagée alors dans d'autres liens, soit qu'elle ne se fît aucune illusion sur l'efficacité du remède qu'il s'agissait de trouver, elle ne s'était pas donné la peine de le chercher, en quoi elle avait fait preuve de sagesse, puisqu'elle y avait gagné de conserver son amitié.

(a) Lettre extraite du Catalogue d'autographes et de dessins provenant d'Alfred et de Paul de Musset. Paris, Étienne Charavay, 1881.

j'accepte, mais à la condition que vous ferez élargir
l'escalier de votre hôtel, et qu'au prochain dîner nous
mangerons chez vous dans les couverts d'étain de votre
temps de misère !

— Vous croyez donc, dit Rachel un peu piquée,
mais riant tout de même, que je ne suis plus la bonne
fille de ce temps-là ? Eh bien, faites-moi ce rôle et
vous verrez !

Là-dessus elle lui tira sa révérence, et partit deux
ou trois jours après pour l'Angleterre.

— Bon ! se dit le poète, j'ai le temps de respirer !

Mais pas du tout. Un beau matin, il reçut une lettre
de Londres, qui lui rappelait sa promesse. L'eau de
la Manche avait perdu sa vertu. Pour le coup, Musset
se mit à l'œuvre. Après avoir bien cherché, il arrêta
le plan d'un drame en cinq actes. La scène se passait
à Venise, au xv⁰ siècle, et la pièce devait s'appeler
Faustine... On peut ouvrir ses *Œuvres posthumes*,
on verra que Musset avait pris sa tâche au sérieux.
Mais il avait compté encore une fois sans le caprice de
Rachel. A son retour, ayant appris qu'il travaillait
pour Rose Chéri, et *Bettine* n'ayant obtenu qu'un
succès médiocre, en dépit du talent de cette charmante
actrice, elle en témoigna tant de mauvaise humeur
que Musset jeta *Faustine* au rebut en disant: « Adieu,
Rachel ! c'est toi que j'ensevelis pour jamais dans ce
tiroir (1) ! »

A quelque temps de là, elle écrivait cette lettre à
un ami :

« Vous m'avez dit, hier au soir, que vous dîniez ce
soir avec Léon Gozlan. Sondez-le donc un peu pour

---

(1) *Biographie d'Alfred de Musset*, p. 316.

savoir s'il serait homme à me faire un petit proverbe
pour que je le joue dans certains concerts et m'y
essaie dans l'esprit. Toujours des alexandrins! Toujours du poisson ! Toujours du bouilli ! Je voudrais
bien un peu de dessert sucré, parfumé à la vanille,
quelque chose de bon à croquer en riant et en montrant les dents, ce qui est bien différent que de montrer les dents au public.

« Gozlan peut m'arranger ça en une ou deux journées mieux que personne, MUSSET ÉTANT MORT... A LA
LITTÉRATURE (1) ! »

Ah ! si le poète des *Nuits* avait eu connaissance de
cette lettre, quelle colère ou quel chagrin il eût éprouvé !
Rachel ne savait pas et ne sut jamais — elle mourut
trop tôt pour cela — qu'au début de leurs relations,
après avoir abandonné, dans les circonstances que j'ai
rapportées plus haut, son drame de *la Servante du
Roi*, Musset avait écrit pour elle les strophes suivantes :

A MADEMOISELLE RACHEL

Si ta bouche ne doit rien dire
De ces vers désormais sans prix ;
Si je n'ai, pour être compris,
Ni tes larmes, ni ton sourire ;

Si dans ta voix, si dans tes traits,
Ne vit plus le feu qui m'anime ;
Si le noble cœur de Monime
Ne doit plus savoir mes secrets ;

Si la triste lettre est signée ;
Si les gardiens d'un vieux tombeau
Laissent leur prêtresse indignée
Sortir, emportant son flambeau ;

(1) G. d'Heylli : *Rachel d'après sa correspondance*, p. 104.

Cette langue de ma pensée,
Que tu connais, que tu soutiens,
Ne sera jamais prononcée
Par d'autres accents que les tiens.

Périssent plutôt ma mémoire
Et mon beau rêve ambitieux (1) !
Mon génie était dans ta gloire ;
Mon courage était dans tes yeux.

On sait que le poète a tenu parole. Mais je n'en suis
pas encore consolé. Chaque fois que je pense à *la
Servante du Roi*, à *Alceste* et à *Faustine*, j'en veux à
Rachel et je me dis : Quel malheur que ces deux êtres
si bien doués n'aient pas pu s'entendre ! Ils auraient
fait de si belles choses !

(1) Musset avait d'abord écrit :

*C'était l'amour de ton génie
Qui me rendait ambitieux.*

Variante relevée sur l'autographe appartenant à Mme Martellet, l'ancienne gouvernante du poète.

CHAPITRE V

LA MALIBRAN ET PAULINE GARCIA

I

L'autre jour, pendant qu'on photographiait, dans son petit cabinet tout rempli de souvenirs, le joli por-

trait de la Malibran par François Bouchot (1), qui
illustre cet ouvrage, j'entendis très distinctement,
dans une pièce voisine, Mme Pauline Viardot dire à
une de ses élèves qui chantait un air de Gluck — car
elle professe encore à 85 ans :

— Accentuez mieux, je vous prie, Mademoiselle,
mettez plus de cœur dans votre chant !

Et le mot de Musset sur elle me revint tout à coup
à la mémoire : « Mademoiselle Garcia, disait-il, possède le grand secret des artistes ; avant d'exprimer elle
sent. Ce n'est pas sa voix qu'elle écoute, c'est son
cœur ! »

C'est par là, en effet, qu'elle rappela, dès le premier jour, aux amis du grand art son admirable sœur
aînée dont la mort tragique fut un vrai deuil univer-
sel.

« La première fois que j'ai entendu mademoiselle
Garcia, écrivait Alfred de Musset, le 1er janvier 1839,

(1) François Bouchot, né et mort à Paris (1800-1844), remporta en
1823 le premier grand prix de Rome d'où il envoya plusieurs portraits
en 1824 ; une composition mythologique, *Bacchus et Epigone*, en 1827 ;
et un *Silène surpris par les bergers*, en 1830. De retour en France, il
fut chargé par l'État de peindre les *Funérailles de Marceau* (1835),
qui sont au Musée de Chartres, la *Bataille de Zurich* (1837) et le *Dix-
huit Brumaire* (1840), qui sont à Versailles. Il exécuta aussi différents
portraits d'une facture remarquable, bien qu'un peu maniérée. De ce
nombre est celui de la Malibran, qui ne fut jamais terminé, on verra
pourquoi dans le corps de ce chapitre, mais qui n'en est pas moins, au
témoignage de Mme Viardot, le seul qui lui ressemble. — Cependant
j'ai entendu dire que Dantan avait fait d'elle un très beau buste qui
aurait été autrefois à la Comédie-Italienne. Qu'est devenue cette œuvre
d'art ? Dantan avait également fait, pour sa galerie comique, une caricature de la Malibran dont il avait distribué un certain nombre d'exemplaires et gardé le moule. Mais à la mort de la grande artiste il
détruisit cette caricature qu'il n'avait exécutée qu'à regret et uniquement pour satisfaire un des caprices de la diva. Je dois ajouter, pour
expliquer l'absence de ce document, qu'après la mort de sa femme
Bériot s'opposa à ce qu'aucun artiste prît un dessin ou un moulage de
ses traits. L'image de la Malibran, que nous avons reproduite dans l'édition in-8° de cet ouvrage, est donc infiniment précieuse.

j'ai cru un peu voir un revenant, mais j'avoue que ce
revenant de dix-sept ans m'a inspiré tout autre chose
que l'envie de me trouver mal (1). Il est certain qu'aux
premiers accents, pour quiconque a aimé la sœur
aînée, il est impossible de ne pas être ému. La ressemblance, qui consiste, du reste, plutôt dans la voix
que dans les traits, est tellement frappante qu'elle
paraîtrait surnaturelle, s'il n'était pas tout simple que
deux sœurs se ressemblent. C'est le même timbre,
clair, sonore, hardi, ce coup de gosier espagnol qui
a quelque chose de si rude et de si doux à la fois, et
produit sur nous une impression à peu près analogue
à la saveur d'un fruit sauvage. Mais si le timbre seul
était pareil, ce serait un hasard de peu d'importance,
bon, en effet, tout au plus, à donner des attaques de
nerfs; heureusement pour nous, si Pauline Garcia a la
voix de sa sœur, elle en a l'âme en même temps, et,
sans la moindre imitation, c'est le même génie; je ne
crois, en le disant, ni exagérer, ni me tromper... La
Malibran est revenue au monde, il n'y a pas d'inquiétude à avoir et on n'a qu'à la laisser faire (2). »

La Malibran! quel nom! quel enchantement! quel
souvenir! « Heureux ceux qui ne l'ont pas entendue,
s'écriait Mme de Girardin, en apprenant sa mort, ils
pourront admirer quelques voix cette année (3), mais
nous, nous resterons fidèles à sa mémoire (4)! » —
Pour moi, qui suis venu cinquante ans trop tard, il
me semble que je l'ai entendue, je ne sais quand et je

(1) Allusion à une demoiselle anglaise qui, entendant chanter un jour
au-dessus de sa tête — sans savoir que Pauline Garcia habitait la maison — l'air de *Norma* qu'elle-même répétait en ce moment, chez Labla-
che, crut reconnaître la voix de la Malibran et s'évanouit de terreur.
(2) *Revue des Deux Mondes*.
(3) La Grisi, par exemple.
(4) *La Presse* du 6 octobre 1836.

ne sais où, chanter la romance du *Saule*, tant les vers
de Musset ont prolongé le son de sa voix. Et lorsque
je me la représente, elle m'apparaît telle que le poète
nous l'a dépeinte en cette stance divine :

> N'était-ce pas hier qu'à la fleur de ton âge,
> Tu traversais l'Europe, une lyre à la main,
> Dans la mer, en riant te jetant à la nage,
> Chantant la tarentelle au ciel napolitain,
> Cœur d'ange et de lion, libre oiseau de passage,
> Espiègle enfant ce soir, sainte artiste demain ?

Il faut bien, d'ailleurs, que cette vision soit exacte,
puisque c'est celle que la Malibran a laissée à tous
ceux qui l'ont connue, admirée et aimée.

Quand elle se montra pour la première fois sur la
scène française — c'était à l'Opéra, le 12 janvier 1828
— on eut la sensation que cette jeune fille de vingt
ans était envoyée du ciel pour renouveler l'art du
chant. N'oublions pas que c'était la veille des grandes
batailles romantiques, la veille d'*Hernani*, du *Frei-*
schütz, et du *Naufrage de la Méduse*. On l'opposa
immédiatement à Mᵐᵉ Pasta, comme on opposait Marie
Dorval à Mˡˡᵉ Georges. Son génie était fait, comme celui
de Dorval, de spontanéité, d'inspiration, d'efferves-
cence. Elle apportait la même passion dans son jeu.
Et de même que la Pasta était l'interprète sublime de
l'art classique, de même la Malibran devint l'interprète par excellence de l'art romantique. Les poètes
ne s'y trompèrent pas et tout de suite lui firent fête
— même ceux pour qui la musique n'était que du
bruit. Alfred de Vigny la présenta à sa future Kitty
Bell (1). Lamartine entretint avec elle une correspondance dont il ne reste malheureusement qu'une

_____

(1) Cf. notre ouvrage sur *Vigny*, chap. de Marie Dorval.

lettre d'elle, mais cette lettre est pour ainsi dire frappée à son image (1). Quant à Musset, s'il n'eut aucuns rapports avec elle — et son frère raconte qu'il ne lui adressa jamais la parole — c'est peut-être lui qui l'a le mieux comprise; en tout cas personne n'en a parlé avec plus d'éloquence et plus d'émotion vraie.

Le 2 octobre 1836, Lamartine écrivait à son ami de Virieu : « Je me porte toujours mal. *Ma basta!* Mme Malibran et Raphaël étant bien morts, on peut bien mourir sans se plaindre (1). » Quelques années

(1) Elle a été publiée dans les *Lettres à Lamartine*. En voici un passage : « ... J'ai lu pour la seconde fois *le Nouveau tableau de famille*. Je relis *le Voyage autour de ma chambre*. J'ai commencé la *Delphine* de Mme de Staël. — Je compte, peu à peu, mettre quelque chose dans ma tête... Il y a de la place, depuis le temps qu'elle est vide, le creux est devenu fossé. — Voyez-vous souvent la belle Delphine ? (Mme de Girardin). Croiriez-vous que je n'ose pas lui écrire ? Je ne sais pourquoi. — Une femme savante me fait plus peur qu'un homme savant. — Si vous vouliez, étant assis auprès d'elle, lui donner un petit coup de coude en la regardant de côté, et marmotter entre vos dents : Ecrivez-lui un petit mot !... cela m'encouragerait et je donnerais en quantité un bœuf pour un œuf ; mais en substance un grain de sable pour une montagne. — Bien des gens, en voyant ma lettre, me soutiennent qu'elle est longue parce que je suis bavarde ; — moi, je soutiens que ce n'est que parce qu'il est impossible d'en finir avec vous ; le plaisir de causer, avec un être qui vous comprend et qui dissout sa pensée dans la vôtre, est sans fin. Cette affinité d'idées délecte l'âme, et la parole devient éternelle pour la traduire. Grondez-moi donc de faire tant de pâtés en écrivant — corrigez-moi donc des fautes de style et de grammaire. *Ecrivez-moi...* Puis-je l'espérer ? C'est bien présomptueux de ma part ! J'ai faim de votre écriture, j'ai soif de votre indulgence... Vous ne l'étancherez qu'en m'envoyant une petite lettre accompagnée de plusieurs *petites* autres en forme d'un *petit journal anglais*. Vous savez qu'ils sont de taille... Dites-moi s'il prenait envie à l'Etre éternel, au père du monde, d'écrire une lettre, ne lui faudrait-il pas un papier sans fin, analogue à sa *grandeur*. Eh bien, supposez, avant de m'écrire, que vous êtes obligé de me donner une copie de vos sentiments sur du papier éternel. Je me charge de trouver un portefeuille. Savez-vous quel est ce portefeuille: *Ma bête et l'Autre*. — Croyez-vous qu'il sera assez large ? — Brûlez vite cet amas de bêtises entassées les unes sur les autres, et souvenez-vous que je ne relis jamais ce que j'écris, de manière que toutes les fautes restent *in statu quo*. Je resterai à Bath jusqu'au 25 août. » (Lettre datée de Bath (Angleterre), du 11 août 1830.)

(2) *Correspondance de Lamartine.*

après (août 1845) il composait ce quatrain pour servir
d'épitaphe au tombeau de la grande artiste :

> Beauté, génie, amour furent son nom de femme,
> Écrit dans son regard, dans son cœur, dans sa voix.
> Sous trois formes au ciel appartenait cette âme :
> Pleurez terre, et vous, cieux, accueillez-la trois fois (1).

Certes, ces vers sont beaux, mais quoiqu'ils aient
été gravés sur la pierre, ceux de Musset les ont en
quelque sorte effacés dans la mémoire des hommes.
Et si le nom de la Malibran est demeuré si populaire,
ce n'est pas diminuer son mérite que de dire qu'elle
le doit principalement aux stances que Musset lui a
consacrées. Je parlais tout à l'heure de l'émotion communicative de ces stances. Il paraît que le poète donnait le frisson quand il déclamait celle-ci, en petit
comité :

> Qu'as-tu fait pour mourir, ô noble créature !
> Belle image de Dieu, qui donnais en chemin
> Au riche un peu de joie, au malheureux du pain ?
> Ah ! qui donc frappe ainsi dans la mère nature,
> Et quel faucheur aveugle, affamé de pâture,
> Sur les meilleurs de nous ose porter la main (2) ?

Musset adorait la musique et trouvait — contrairement à Lamartine — qu'elle donnait au vers un
charme de plus. De là son émotion profonde en apprenant la mort de la Malibran. Elle lui avait fait passer
de si bonnes heures au Théâtre-Italien ! A peine y
était-elle engagée qu'il y avait acheté ses entrées pour
six mois. « Souvent, nous dit son frère, il se tenait
seul dans un coin de la salle et laissait avec plaisir
la musique éveiller son imagination. » C'est ainsi qu'il
composa le poème du *Saule* et tant de vers balancés

---

(1) *Poésies inédites de Lamartine.*
(2) Voir à l'*Appendice* les variantes relevées sur le manuscrit des
Stances à la Malibran.

et chantants comme des couplets de romance. On connaît le prélude de *la Nuit de Juin* :

> Muse, quand le blé pousse, il faut être joyeux.
> Regarde ces coteaux et leur blonde parure.
> Quelle douce clarté dans l'immense nature !
> Tout ce qui vit ce soir doit se sentir heureux.

Il fit cette strophe unique après avoir fredonné la
cavatine de Pacini, que le piano de Liszt et la voix de
Rubini venaient de mettre à la mode.

Et ce qui prouve qu'il y avait en lui plus qu'un
dilettante ordinaire, c'est qu'il lui arriva un jour de
mettre des paroles sur de la musique de Mozart.
Son *Rappelle-toi* n'est autre chose qu'une adaptation
de ce genre.

Musset était à ce point mélomane que, si, par aventure, au moment de sortir pour aller à un rendez-
vous, il entendait dans sa maison un air de piano qui
lui plaisait, il s'asseyait pour écouter et restait là des
heures entières sans plus songer à la partie qu'il avait
projetée.

Je ne suis donc pas surpris qu'il ait applaudi un
des premiers Pauline Garcia et qu'il ait été un des
membres les plus actifs de la petite société d'encou-
ragement créée par Mme Jaubert et le prince Belgiojoso pour faciliter ses débuts dans la carrière artistique.

Il avait été assez puni de n'avoir pu assister au premier concert public qu'elle avait donné.

« Mon arrangement de loge a manqué ce soir, écrivait-il à sa « marraine » le 15 décembre 1838. Il n'y
a rien de tel que de compter sur les autres. Au lieu d'ê-
tre au concert, me voilà en face de ma cheminée. Don-

nez-moi, je vous en prie, des nouvelles, afin que je
puisse en parler sans mentir. Je suis très réellement
fâché de n'y pas être, pour deux raisons. La première, c'est que je m'y serais plus qu'amusé ; la seconde, c'est que, tant bien que mal, vers ou prose,
j'en aurais dit quelque chose.

« On l'aurait lu comme un ricochet de mon article
sur Rachel. Il m'aurait beaucoup plu de parler en
même temps de toutes les deux : l'une sachant cinq
ou six langues, s'accompagnant elle-même avec cette
aisance admirable, cette grande manière, ce génie
facile, etc. ; — l'autre toute d'instinct, ignorante, vraie
princesse bohémienne, une pincée de cendre où il y a
une étincelle sacrée, etc. Entre elles deux une parenté
évidente, le même point de départ et deux routes si
diverses, le même but et deux résultats si différents !
— Tout cela eût été curieux à sentir, à exprimer de
mon mieux. La loge a manqué, et je n'avais pas pris
de stalle, comptant à moitié sur cette loge. A moitié !
voilà bien le mot le plus bête ! et pourtant la grande
raison de bien des choses. — Compliments littéraires (1). »

Sur qui donc avait-il compté pour avoir cette loge ?
Sur l'ami Alfred Tattet « qui devait la retenir et ne
put en trouver ». Mais son frère avait été plus heureux que lui, sa « marraine » aussi. Ils le mirent tous
les deux au courant de ce qui s'était passé au concert ; après quoi, son idée de comparer Pauline avec
Rachel ayant plu à sa « marraine », il la pria de lui
faire voir encore une fois Paulette (il tenait à l'appeler
ainsi et non Pauline) pour croiser le fer avec elle un

(1) Œuvres posthumes, p. 220.

quart d'heure et lui consacrer ensuite « une page simple *mais honnête* ».

« Très réellement, disait-il à Mme Jaubert, je crois
qu'il y a, dans ce moment-ci, un coup de vent dans
le monde artiste. La tradition classique était une adorable convention, le débordement romantique a été un
déluge au milieu duquel il y avait de bons côtés. Nous
voilà aujourd'hui à la vérité pure, et dégagée de tout.
Je donnerais bien cent écus, comme dit Vernet, pour
n'avoir que vingt ans, à l'heure qu'il est, et pouvoir
m'envoler, dans cette bourrasque, en compagnie de
Paulette et de Rachel, quitte à me perdre dans les
nues avec elle. Je suis bien vieux pour un tel voyage,
et l'on m'a passablement brûlé les ailes en temps et
lieu. Mais n'importe : si je ne les suis pas, je puis du
moins les regarder partir, et boire à leur santé le coup
de l'étrier. Nous trinquerons ensemble, n'est-ce pas,
ma chère marraine (1) ? »

Quand il écrivait cette lettre, datée du lundi 17 décembre 1838, Alfred de Musset avait vingt-huit ans.
Huit ans de plus par conséquent qu'il ne lui en fallait,
à l'en croire, pour se perdre dans les nues avec Rachel
et Pauline. Tout « vieux » qu'il était, il essaya quand
même de s'envoler en leur compagnie, et l'on n'a qu'à
lire l'article qu'il consacra à Paulette dans la *Revue
des Deux Mondes* du 1er janvier 1839, pour voir qu'on
ne lui avait pas encore brûlé les ailes. C'est jeune,
pimpant, hardi, et la comparaison entre la cantatrice
et la comédienne est aussi juste que pittoresque.

« Le jour même, disait-il, où j'ai entendu mademoiselle Garcia, en passant le matin, sur le pont Royal,

_____

(1) *Œuvres posthumes*, p. 221.

j'ai rencontré Mlle Rachel. Elle était dans un cabriolet de place avec sa mère, et, chemin faisant, elle lisait; probablement elle étudiait un rôle. Je la regardais venir de loin, son livre à la main, avec sa physionomie grave et douce, plongée dans une préoccupation profonde; elle jetait un coup d'œil sur son livre, puis elle semblait réfléchir. Je ne pouvais m'empêcher de comparer en moi-même ces deux jeunes filles qui sont du même âge, destinées toutes deux à faire une révolution et une époque dans l'histoire des arts : l'une *sachant cinq langues*, *s'accompagnant elle-même avec l'aisance* et l'aplomb d'un maître, plein de feu et de vivacité, causant comme une artiste et comme une princesse, dessinant comme Granville, chantant comme sa sœur; l'autre ne sachant rien que lire et comprendre, simple, recueillie, silencieuse, née dans la pauvreté, n'ayant pour tout bien, pour toute occupation et pour toute gloire, que ce petit livre qui s'en allait vacillant dans sa main. Elles sont pourtant sœurs, me disais-je, ces deux enfants qui ne se connaissent pas, qui ne se rencontreront peut-être jamais. Il y a entre elles une parenté sacrée, *le même point de départ de deux routes diverses, le même but et deux résultats si différents !* Celle-là n'a qu'à ouvrir les lèvres pour que tout le monde l'aime et l'admire; on pourrait dire qu'elle est née fleur et que la musique est son parfum; et celle-ci, quel travail, quel effort, ne faut-il pas à cette petite tête pour comprendre la délicatesse d'un courtisan de Louis XIV, la noblesse et la modestie de Marianne, l'âme farouche de Roxane, la grâce des Muses, la poésie des passions ! Quelle difficulté dans sa tâche et quel prodige qu'elle y réussisse ! Oui, le génie est un don du ciel, c'est lui qui

déborde dans Pauline Garcia comme un vin généreux
d'ans une coupe trop pleine ; c'est lui qui brille au fond
des yeux distraits de Rachel, *comme une étincelle
sous la cendre...* »

J'ai souligné à dessein les mots qui se trouvaient
déjà dans les lettres de Musset à sa « marraine »
pour bien montrer qu'il était resté fidèle à son pro-
gramme et que tout cela, comme il disait, était
« senti à fond ».

Nous avons vu plus haut ce qu'il pensait de la ressemblance de Pauline avec la Malibran. Pour lui cette
ressemblance était presque toute dans la voix. Il est
certain que physiquement elle existait à peine.

L'autre jour, pendant que j'étais dans le cabinet de
travail de Mme Viardot, mes yeux avaient beau aller
de l'une à l'autre, du buste en marbre de Pauline
jeune au portrait peint de la Malibran par Bouchot,
je ne pouvais démêler dans leur physionomie un seul
trait qui leur fût commun. La Malibran avait la figure
longue, les cheveux blonds, la bouche et les yeux
rieurs. Pauline avait la figure ronde, les cheveux
bruns, la physionomie sérieuse. Bref, si l'on me permet cette comparaison, il me semble qu'il y avait
entre les deux sœurs la même différence qu'entre
Sarah Bernhardt et Agar, lorsqu'elles jouaient *le
Passant.* Sarah, qui faisait Zanetto, ressemblait dans
son justaucorps à quelque jouvenceau florentin de la
Renaissance. Agar, qui jouait le rôle de Silvia, avait
l'air d'une matrone romaine... Sans compter que
la Malibran avait dans ses allures ce quelque chose
de vif, de dégagé, que donnent les exercices phy-
siques, comme la natation (1) et l'équitation dont

(1) C'est précisément à sa sortie des bains du Pont-Royal qu'elle fut

elle raffolait, hélas ! et dont elle devait mourir (1).

L'article de Musset se terminait par les vers célèbres :

> Ainsi donc, quoi qu'on dise, elle ne tarit pas,
>   La source immortelle et féconde
> Que le coursier divin fit jaillir sur ses pas ;
> Elle existe toujours, cette sève du monde,
> Elle coule, et les dieux sont encore ici-bas.

II

Cependant Pauline Garcia ne semble pas avoir eu beaucoup de goût pour Musset. Je m'étais imaginé qu'ils avaient correspondu quelque peu ensemble. Ma surprise fut grande quand Mme Viardot m'écrivit qu'elle n'avait pas le plus petit billet de lui. Du moins devait-elle avoir des souvenirs. Je l'interrogeai là-dessus, et voici en substance ce qu'elle me raconta. La première fois qu'elle vit Alfred de Musset, c'était chez Mme Jaubert. Il ne tarda pas à lui faire la cour ; par malheur il cultivait déjà la dive bouteille, et son haleine s'en ressentait plus que de raison. Cela mit tout de suite un froid entre elle et lui, Pauline aimant mieux l'odeur des roses que celle du vin. Et puis, elle crut s'apercevoir que, tout en lui contant fleurette, il courtisait de très près sa mère, laquelle était veuve,

portraiturée au pied levé par François Bouchot. Cet artiste, qui l'avait connue à Rome, n'avait jamais pu la décider à poser devant lui. Ce jour-là, elle ne parvint pas à lui échapper. Il était venu avec ses pinceaux et sa palette, elle lui avait sauté au cou en lui disant : « Je puis vous embrasser à présent que je suis propre ! » Il l'obligea coûte que coûte à lni donner une séance. Certes, ce n'était pas assez, il lui en aurait fallu deux ou trois pour achever son œuvre, mais j'aime autant qu'il soit resté sur cette esquisse ; elle est vivante, en effet, comme un impromptu.

(1) On sait qu'elle mourut à Manchester des suites d'un chute de cheval, le 23 septembre 1836.

assez jeune encore, et lui savait beaucoup de gré du
bien qu'il disait de sa fille. Cela finit par l'indisposer
contre lui tout à fait. Elle n'en écoutait pas moins ses
conseils. Ainsi, quand elle débuta au Théâtre-Italien
dans l'*Othello* de Rossini, Alfred de Musset ayant critiqué judicieusement la façon dont elle tombait par
terre, et ayant fait cette remarque qu'autrefois il y
avait là un fauteuil où Desdémone s'évanouissait,
Pauline renonça à la chute adoptée par la Malibran,
après une lettre de sa mère au poète, où la veuve de
Garcia s'exprimait de la sorte : « Votre article (1) est
charmant et la critique excellente. Nous tâcherons de
profiter des bons conseils qu'il nous donne ; et pour
commencer, nous aurons le *fauteuil* pour la prochaine
fois, quoique Emilia dise : *Al suol giacente*, ce qui
veut dire *par terre*, ou *sur le plancher gisant*. Mais
cela nous est égal. Mon pauvre mari arrivait dans sa
chambre, absorbé par ses pensées jalouses et poignan-
tes ; il s'asseyait dans un siège quelconque de l'époque, et, en se levant, il le disposait d'une certaine
façon sans en avoir l'air, pour que la Pasta pût s'y
laisser tomber sans affectation. Mais, pour à présent,
assez causer (2). »

Nous tâcherons, nous aurons, cela nous est égal !
Ne dirait-on pas que c'était la maman Garcia qui
jouait le rôle de Desdémone ? C'est qu'en effet c'était
out un, Pauline faisant alors toutes les volontés de
sa mère, comme autrefois la Malibran celles de son
père. Elevées toutes deux à la baguette, il n'aurait
pas fait bon qu'elles se permissent de regimber contre

(1) *Revue des Deux Mondes* du 1er novembre 1839.
(2) Lettre du 2 novembre 1839 publiée dans la *Biographie d'Alfred
de Musset*, p. 232.

la férule ou de hausser impatiemment les épaules : si
grandes qu'elles fussent, elles auraient reçu le fouet
comme des enfants pas sages. Le jour même où Pauline entra dans sa seizième année, sa mère lui dit :
« Va à ton piano et chante-moi cela! » C'était un air
de Rossini. Pauline s'exécuta. « Très bien, je suis fixée
maintenant. Ferme ton piano, tu chanteras désormais! » La jeune fille à qui sa mère ouvrait la carrière du chant de cette façon péremptoire fit une
petite moue, mais ne souffla mot. « Et pourtant, me
disait Mme Viardot, c'était un crève-cœur pour moi de
renoncer au piano pour lequel je me sentais une vocation irrésistible! » Il faut dire que Pauline Garcia
avait Liszt comme professeur et qu'elle s'était éprise
de lui d'un véritable amour. A l'entendre, ce fut l'u-
nique passion de sa vie. « Il était si beau, si inspiré,
si séduisant! » me disait-elle. Les jours où elle devait
prendre sa leçon de piano, elle ressentait d'avance une
telle émotion, un tel tremblement dans tout son être
qu'elle avait toutes les peines du monde à lacer ses
souliers !...

A quelque temps de là, elle se fit entendre à Sainte-
Gudule de Bruxelles, dans un concert de charité. C'é-
tait son début. Elle chanta avec tant d'art et tant
d'âme que ceux qui avaient entendu la Malibran s'y
méprirent. Deux ans après, Musset disait d'elle : « La
Malibran chantait le Saule : Pauline Garcia l'a chanté ! »
Mais elle le chantait à sa façon, qui n'était pas celle
de sa sœur. On aurait tort de croire, en effet, qu'elle
s'ingéniât à l'imiter. D'abord elle était trop jeune —
puisqu'elle n'avait que quinze ans quand la Malibran
mourut — pour s'être inspirée de sa manière. Ensuite,
alors même que son âge lui eût permis de la prendre

pour modèle, sa nature s'y serait refusée, car avec un instrument qui rendait le même son, elle avait un tempérament tout autre. C'est ce que fit très bien ressortir Musset dans l'article qu'il consacra à ses débuts au Théâtre-Italien.

« Personne, je crois, disait-il, n'a mieux compris que Mlle Garcia le rôle de Desdémone, et il est à propos de remarquer ici la différence qui existe entre les deux sœurs. La Malibran jouait Desdémone en Vénitienne et en héroïne, l'amour, la colère, la terreur, tout en elle était expansif; sa mélancolie même était énergique et la romance du *Saule* éclatait sur ses lèvres comme un long sanglot. On eût dit qu'elle mettait en action ce mot d'Othello débarquant et embrassant sa femme : « O ma belle guerrière ! » et cette fière parole devait plaire, en effet, à son ardent génie. Pauline Garcia, qui, du reste, n'a pu voir jouer sa sœur qu'un petit nombre de fois, a imprimé au rôle entier un grand caractère de douceur et de résignation. Ses gestes craintifs, modérés, trahissent à peine le trouble qu'elle éprouve... Ce n'est plus la belle guerrière, c'est une jeune fille qui aime naïvement, qui voudrait qu'on lui pardonnât son amour, qui pleure dans les bras de son père, au moment même où il va la maudire, et qui n'a de courage qu'à l'instant de la mort : en un mot, pour citer encore Shakespeare, c'est d'un bout à l'autre de la pièce « une excellente créature ».

« Un trait particulier pourra rendre plus sensible la différence dont je parle : Au second acte, lorsque Othello est sorti pour se battre, Desdémone, restée seule, interroge le chœur sur le sort de son époux. « Il vit », répond le chœur. On sait avec quelle vivacité la Malibran jouait cette scène ; le cri de joie qu'elle poussait était irrésistible et électrisait la salle entière. Mlle Garcia rend cette situation tout autrement et arrive à l'effet par un moyen contraire. A peine s'est-elle livrée à l'espérance qu'elle se retourne, aperçoit son père qui entre, et reste frappée de terreur ! C'est par ce contraste puissant et plein de vérité qu'elle se fait applaudir, en sorte que l'émotion du spectateur, au lieu de porter sur un éclair de joie, se fixe sur une impression douloureuse. Je ne prétends pas décider laquelle des deux sœurs a raison, et je crois qu'elles l'ont toutes deux, je ne veux que signaler une nuance remarquable (1). »

Et ce qui prouve à quel point Musset avait subi le charme du jeu de Pauline, c'est l'anecdote suivante, que je tiens de Mme Viardot.

En 1849, pendant qu'elle répétait le rôle de Fidès du *Prophète*, elle se promenait un après-midi sur le boulevard au bras de son mari, quand elle aperçut le poète qui marchait à leur rencontre. Dès qu'il les eut reconnus, il s'avança vers eux, la main tendue, et s'adressant à Mme Viardot :

— Je me proposais d'aller vous voir, Madame, car j'ai un grand service à vous demander.

— Et de quoi s'agit-il, cher monsieur de Musset ? Si je puis vous rendre service, vous ne doutez pas du plaisir que j'aurai à vous obliger.

— Je voudrais vous confier un rôle.

— Pas un rôle parlé, je suppose !

— Pas tout à fait, un rôle moitié parlé, moitié chanté. Je rêve depuis quelque temps d'une *Sainte-Cécile* et je ne vois que vous qui puissiez l'incarner.

(1) *Revue des Deux Mondes* du 1er novembre 1839.

Seulement il vous faudrait pour cela apprendre à jouer du violoncelle.

— Je suis très flattée, mon cher poète, de l'honneur que vous me faites, mais je suis trop occupée en ce moment pour pouvoir vous donner satisfaction. Plus tard, je ne dis pas. Cela me flatterait; nous en recauserons, si vous le voulez bien.

Mais Alfred de Musset, que la Comédie-Française accaparait de plus en plus, oublia la promesse vague de Pauline, et sa *Sainte-Cécile* demeura à l'état de projet.

Quel dommage que Mme Viardot ne l'ait pas pris au mot! Je suis sûr qu'il aurait fait une œuvre puissante et qu'elle aurait été une Sainte-Cécile admirable. En tout cas Musset n'aurait plus dit: « l'ingrate Pauline (1) », en parlant d'elle à sa « marraine ». Elle l'aurait payé ce jour-là non seulement de ses articles de la *Revue des Deux Mondes*, mais encore du portrait qu'il avait fait d'elle, en 1839, et qui fut l'objet d'une assez vive dispute, à la vente des autographes et dessins qui suivit le décès de son frère.

(1) On lit dans ses *Œuvres posthumes*, p. 240: « Hier mardi je suis allé voir *Linda de Chamouny*. Je m'adresse en arrivant à un marchand de billets qui m'en vend un. La comtesse de... avait vendu sa loge. Il se trouve que c'est dans celle-là qu'on me donne une place. J'entre à l'avant-scène donc, et j'aperçois en face de moi Belgiojoso qui me braque d'un air étonné. Ce n'était pas pour me voir qu'il était venu là. En face de moi, par parenthèse, était aussi *l'ingrate Pauline...* » (Lettre du 23 novembre 1842 à sa « marraine. »)

CHAPITRE VI

MADAME ALLAN-DESPRÉAUX

I

Mme Allan-Despréaux était une enfant de la balle. Son père, qui s'appelait Ross, tout court, dirigeait le théâtre de Mons, en Belgique, quand elle naquit, le 20 février 1810. On la baptisa Louise-Rosalie.

— Passe pour tes prénoms! — s'écriait, quelque dix ans après, Talma, à qui elle avait été présentée à Anvers pour jouer le rôle de Joas dans *Athalie*, — mais, ma chère enfant, je ne peux pas décemment t'afficher sous le nom de Ross!

Et comme la petite rougissait, disant:

— Que voulez-vous, Monsieur, c'est mon nom!

Talma, touché de son air ingénu, se hâtait de lui répliquer:

— Sans doute, mais tu dois bien en avoir un autre!... Comment s'appelle ta mère?

— Despréaux.

— A la bonne heure! Louise Despréaux, voilà au moins un nom de théâtre. A partir d'aujourd'hui, tu t'appelleras donc Louise Despréaux; et si tes parents y consentent, surtout si tu joues bien ton rôle de Joas, je t'emmènerai avec moi à Paris.

Vous pensez si elle s'efforça de contenter l'illustre tragédien et si ses parents furent heureux de lui donner un tel protecteur ! A quelque temps de là, le 14 décembre 1820, elle parut à la Comédie-Française, à côté de Talma, dans *Athalie*, et un an plus tard, après avoir joué au théâtre Feydeau le rôle de l'enfant dans *Camille ou le Souterrain*, elle fut admise au Conservatoire dans la classe de Michelot, où elle tint toutes ses promesses. C'est ainsi qu'à seize ans, le 14 août 1826, elle en sortit avec le premier prix de comédie, et que, le 3 septembre suivant, elle débuta au Théâtre-Français, dans les rôles de Sophie de *la Mère rivale*, et de Jenny de *l'Hôtel garni*, — deux pièces qui ont fait long feu comme tant d'autres.

Mais son vrai premier rôle, celui dont elle se souvint toujours avec délices, fut celui du petit page Arthur, dans le drame de Dumas, *Henri III et sa cour*, qui fût représenté le 11 février 1829. Non que ce rôle fût très important, — elle ne faisait guère que traverser la scène, — mais c'était son début dans le drame romantique, et pour l'obtenir elle avait eu à vaincre la résistance de Mlle Mars, qui, ayant passé la cinquantaine, la trouvait trop jeune pour jouer à côté d'elle, et lui préférait Mlle Menjaud.

L'année suivante, elle remplit encore le rôle du page Iaquez dans *Hernani*. Peu de chose également, une dizaine de vers dont ceux-ci :

> Monseigneur, à la porte
> Un homme, un pèlerin, un mendiant, n'importe,
> Est là qui vous demande asile.

C'était assez pour lui donner le droit de dire un

jour, comme Firmin, Michelot, Joanny, Mlle Mars, et tous les interprètes de cette pièce mémorable : « J'étais là, telle chose advint! » Or, on sait que ce fut une belle et chaude bataille!

Il semble après cela que Louise Despréaux eût dû rester à la Comédie-Française. Oui, mais comme la plupart des jeunes pensionnaires de la Maison, elle avait la tête près du bonnet (1), et brûlait de montrer tout ce qu'elle pouvait faire. Ayant été frappée un jour d'une amende de deux cents francs, pour s'être absentée sans permission, elle prit la mouche et la poudre d'escampette, et s'en alla porter ses grâces au théâtre du Gymnase.

Elle y eut un tel succès, de 1831 à 1836, que, douze ans après, Jules Janin, saluant sa rentrée dans *le Caprice*, s'écriait :

« Vous vous rappelez, oh! c'est un peu loin, nous étions jeune, et la personne aussi était jeune, une jolie jeune personne qui avait nom mademoiselle Despréaux ; elle vous avait un pied, une main, une taille et des yeux (2) ! »

Du pied et de la main, je ne puis rien dire, mais

(1) Il faut dire aussi à son excuse qu'en ce temps-là les sociétaires de la Comédie traitaient les jeunes pensionnaires avec un sans-façon dont l'anecdote suivante donnera une idée. Je l'emprunte aux *Souvenirs de Théâtre* de Francisque Sarcey :

« ... Une autre fois, c'est Mlle Levert qui, se trompant de porte, entre dans cet appartement de réprouvés. (L'appartement qui était réservé aux sociétaires.) Tous les sièges étaient occupés, et il lui plaît de s'asseoir. Elle va droit à une jeune qui n'avait guère que quinze ou seize ans. « Allons, petite, lui dit-elle, lève-toi, je suis lasse. »

« La petite était Mme Allan qui devint célèbre plus tard autant par le sel de ses reparties mordantes que par son jeu fin et savant. « Mademoiselle, répondit-elle avec beaucoup de sang-froid, si vous m'aviez demandé poliment ma place, j'aurais rendu ce que je dois à l'âge, mais du moment que vous le prenez sur ce ton, je suis ici avant vous et j'y reste. » — Mlle Levert en fut cette fois pour ses frais d'impertinence. »

(2) *Journal des Débats* du 29 novembre 1847.

son portrait par Grévedon, que j'ai là devant moi, et qui justement est de cette époque, dit effectivement qu'elle avait de beaux yeux et une taille superbe. La taille, à parler franc; était même un peu trop plantureuse à mon gré, mais les yeux, quoique à fleur de tête, étaient bien fendus et remplis de malice et, comme pour en corriger l'expression, la bouche épanouie respirait la bonté. Ah! la délicieuse créature! Mais il ne faudrait pas croire que ses charmes personnels fussent tout son talent. Ce n'était pas, certes, la Belle et la Bête, et Scribe, qui se connaissait en ingénues, ne s'était pas trompé en s'emparant de cette jeune Despréaux : elle était vraiment digne de porter le tablier à dents de loup. Un jour, même, elle lui fit entendre, de la spirituelle façon qu'on va lire, qu'il y avait en · elle autre chose que l'étoffe d'une soubrette. L'anecdote vaut la peine d'être contée ; je l'emprunte aux *Souvenirs* de M. Legouvé. Scribe venait de lire aux acteurs du Gymnase *les Malheurs d'un amant heureux*. Après cette lecture, il s'approcha de Mme Allan et, d'un air fort embarrassé :

— Ma chère amie, — lui dit-il, — vous voyez un homme très ennuyé et un peu honteux. Vous allez m'accuser d'ingratitude et de manque de parole. Mais j'ai été forcé de céder.

— De quoi s'agit-il donc ?

— Je vous destinais dans ma pièce le meilleur des deux rôles de femmes, je devrais dire le seul bon, mais notre directeur, Poirson, l'a réclamé impérieusement pour Léontine Fay. Je n'ose vous demander d'accepter le second, il n'est pas digne d'un talent comme le vôtre.

— Je conviens, — dit Mme Allan, — qu'il ne me

tente pas. Mais si vous désirez que je le joue, je le jouerai.

Voilà Scribe qui lui prend les mains, qui l'embrasse, qui la remercie avec effusion, ajoutant :

— C'est égal, je vous regretterai toujours dans l'autre. Je l'avais écrit avec amour, pour vous ; et votre délicatesse, votre finesse, votre grâce auraient fait un chef-d'œuvre de ma jeune veuve.

— Quelle jeune veuve ? — reprend Mme Allan.

— Madame de Nangis !

— Madame de Nangis ! voilà le rôle que vous me destiniez !

— Sans doute.

— Et celui que vous ne m'offriez qu'en tremblant ?

— C'est celui de la jeune mariée.

— Mais, mon cher ami, — s'écria Mme Allan, — c'est celui-là qui est le bon ! Votre jeune veuve est un personnage comme vous en avez créé vingt, charmant sans doute, gracieux, j'en conviens, mais l'autre, l'autre, *c'est un caractère*. Ah ! vous verrez ce que j'en ferai.

« Elle tint si bien parole que, le jour de la première représentation, elle éteignit absolument la jeune veuve. Tous les grands effets allèrent à elle. Son entrée au second acte souleva dans la salle de véritables acclamations. Enfin, elle fit tellement de ce rôle sa création que personne, depuis elle, n'a pu y réussir. Mlle Rose Chéri l'a essayé, Mlle Delaporte l'a essayé, toutes deux y ont échoué, le rôle a disparu avec la première interprète (1). »

Une telle perle ne pouvait manquer d'amateurs.

---

(1) Ernest Legouvé, *Soixante ans de souvenirs,* t. II, pp. 397 et suiv.

Mais Louise Despréaux, qui était foncièrement honnête, s'était juré, en entrant au théâtre, de ne se donner que devant M. le maire au galant de ses préférences. Celui-là se trouva être Allan, son camarade du Gymnase : talent très ordinaire, mais bon garçon, d'humeur joviale et qui avait une histoire bien faite pour toucher un cœur tendre. Allan avait été vendu, dans son enfance, avec une sœur cadette, à des bohémiens qui leur avaient fait faire le tour de France en jouant la comédie dans les foires. Un jour qu'ils arrivaient aux portes de Nancy, la petite, effrayée des propositions malséantes du directeur de la troupe, courut au commissariat de police où elle raconta son odyssée, et le maire de la ville, mis au courant, s'empara des deux petits bohémiens qu'il adopta et fit élever aux frais de la commune. Et voilà comment la petite épousa Ponchard, le musicien, vers le temps où son frère épousait Louise Despréaux, c'est-à-dire en 1832.

Quatre ans après, le ménage Allan quittait le théâtre du Gymnase pour aller jouer à Saint-Pétersbourg.

II

Le théâtre Michel a toujours été une école de bon ton ; aussi est-il rare qu'un acteur bien doué, homme ou femme, au lieu d'y perdre ses qualités, n'y laisse pas tout ou partie de ses défauts. Cela tient sans doute aux égards particuliers que la société pétersbourgeoise témoigne à nos comédiens. A Paris, en dépit du progrès des idées, il y a encore, il y aura longtemps, sinon une muraille de Chine, à tout le moins un écran du Japon, entre le monde qui se respecte et les gens de théâtre, même les plus considérés. Là-bas, il suffit que les acteurs aient de la tenue pour être admis dans les salons.

Mme Allan avait tout ce qu'il fallait pour y être fêtée. Outre que ses mœurs étaient irréprochables, elle avait les qualités de cœur et d'esprit qui forcent la considération et la sympathie. Au théâtre, elle était bonne camarade, sans morgue et sans jalousie aucune. Dans le monde elle se comportait comme une grande dame, et plus d'une princesse l'honora de son amitié. Tous les témoignages en font foi, et personne n'en sera surpris après avoir lu ce qui va suivre. J'ai la bonne fortune, en effet, de posséder sa correspondance. Elle m'a été confiée par la meilleure et la plus fidèle de ses amies, la fille même de Samson, qu'elle regarda toujours comme son maître, quoiqu'elle n'ait pas été son élève. Bien avant son départ pour Saint-Pétersbourg, Mme Allan était en relations suivies et tout à fait intimes avec Mme Samson-Toussaint. Pendant son séjour en Russie, qui ne dura pas moins de dix ans, c'est elle qui fut sa confidente. Que Mme Samson-Toussaint reçoive donc ici l'hommage de ma gratitude. En me permettant d'écrire pour la première fois l'histoire exacte des rapports de Mme Allan avec Alfred de Musset, elle a rendu à l'histoire littéraire un service signalé dont tout le monde lui sera reconnaissant.

J'ai dit que M^m Allan-Despréaux était bien en cour et bonne camarade. On en jugera par la lettre suivante, sorte de journal qu'elle adressait à son amie, sous la date du 25 décembre 1840 :

« Saint-Pétersbourg.

« Mes chers Samsons et Samsonnes ainsi que Jollivet (1); je profite comme dit c't'autre de l'occasion de la poste et aussi d'un moment de répit pour vous écrire. Si cela ne m'arrive pas plus souvent, c'est que je voudrais toujours vous envoyer des volumes et qu'en réalité je n'en ai pas le temps. Quand je me mets à mon bureau, j'ai trente-six mille choses à vous dire, je commence une lettre, on vient me déranger, l'occasion échappe, je ne la retrouve que quinze jours après, je déchire ce qui n'est plus à l'ordre du jour et je recommence sur nouveaux frais. Voici la troisième lettre que j'entame; pour celle-ci, je jure que je ne me coucherai pas qu'elle soit cachetée et partie. Ce qui m'enchante, c'est que dans un mois commencera le grand carême! Sept semaines de farniente! c'est là que vous allez être tous assassinés de ma prose; puis l'été, on est bien moins occupé que dans ce moment où l'on monte trois pièces nouvelles tous les douze jours. Pour commencer ma chronique, je vous dirai qu'Allan vient d'avoir son bénéfice qui a été superbe. C'est sa plus belle recette depuis que nous sommes ici : il a reçu un beau cadeau. On donnait *la Grand'-Mère* : pièce et actrice ont eu un grand succès. Quand j'ai été déshabillée, l'Impératrice m'a fait demander dans sa loge, faveur dont elle est très avare et qu'elle n'accorde qu'à Mme Taglioni et moi. Vous pensez bien que puisqu'elle me faisait venir, c'était pour me dire des choses obligeantes. Enfin, Elle et l'Empereur (2) m'ont on ne peut plus choyée. Nous avons joué il y a un mois *l'École des Journalistes*, de Mme de Girar-

---

(1) Ce Jollivet était un bon ami de Samson, architecte de son état, et grand amateur de théâtre, qui passait presque toutes ses soirées à la Comédie-Française et dessina plus d'un costume pour Rachel.

(2) L'empereur, c'était Nicolas, fils de Paul Iᵉʳ; l'impératrice, Louise-Charlotte de Prusse, fille de la belle et malheureuse Louise.

din; depuis que je suis à Pétersbourg, je n'ai jamais vu de chute aussi éclatante, ce qui m'a enchantée, car c'était bien à contre-cœur que je jouais dedans. Vous ne pouvez vous figurer combien il est humiliant quand on est à l'étranger d'avoir à réprésenter son pays sous des couleurs aussi odieuses (1). Notre ambassadeur était fort mécontent et s'est beaucoup plaint. Cela a amené, à propos du *Verre d'eau*, une suite de démarches qui donnent encore plus d'éclat à la pièce et la font désirer comme du fruit défendu; moi, cela m'arrange à merveille, car je dois la donner pour mon bénéfice, et les émotions qu'elle soulève d'avance me promettent une recette mirifique. Lorsque la brochure est arrivée, le directeur n'a pas osé, n'a pas voulu prendre sur lui, etc.; il a donné la brochure au ministre, qui, après avoir lu, n'a pas voulu prendre sur lui, n'a pas osé, etc. Son Excellence a remis la pièce aux mains de l'Impératrice; c'était précisément le soir où Sa Majesté me faisait venir dans sa loge. En voyant le couple impérial si aimable et si bien disposé, j'ai osé, et j'ai pris sur moi de leur demander la pièce tout simplement. Ils m'ont bien promis d'y mettre toute la bonne volonté possible. Enfin l'Empereur lit ce fameux *Verre d'eau* et ne voit aucun inconvénient à le faire représenter; mais, comme il se souvient que M. de Barante a été fort choqué de *l'Ecole des Journalistes*, Sa Majesté envoie la brochure au marquis de Clanricarde, ambassadeur d'Angleterre, en le priant

(1) Mᵐᵉ Allan ne laissait pas que d'être « cocardière ». Quand furent ramenées les cendres de Napoléon, elle écrivait à Mᵐᵉ Samson-Toussaint : « J'ai reçu une lettre de Mᵐᵉ Firmin qui me parle de la cérémonie napoléonienne, en ajoutant que ç'a été un des beaux jours de sa vie. Pour moi, j'enrageais d'être enfermée ici comme un ours dans sa cage. Etre contemporaine de cela et ne pas l'avoir vu!!! C'est aussi par trop bisquant. » (*Lettre inédite.*)

d'en faire la lecture et de bien voir si rien ne blesse la susceptibilité britannique. Mylord prend connaissance *des actes* et répond que c'est charmant, délicieux! c'est *tout Scribe!* c'est-à-dire amusant, spirituel, etc., mais!... Il me paraît convenable que le ministre des affaires étrangères donne son adhésion. Voilà donc la pauvre brochure qui reprend sa route et qui arrive chez le comte Nesselrode, grand diplomate, dit-on, et grand gourmand; il a inventé un pudding qui porte son nom, cela fait honneur à la diplomatie.

«Revenons au *Verre d'eau.* Son Excellence approuve la représentation, sauf un passage qu'on devra supprimer et qui, je crois, traite de la force brutale. Vous croyez peut-être que c'est fini? Du tout, il faut à présent que la censure sanctionne ces trois permissions suprêmes, et voilà où j'en suis. Je n'ai jamais rien vu de si cahoté! Enfin j'espère! Du reste, ce sera fort mal joué, vu qu'il faut monter cela en huit jours... Ensuite nous sommes dans un dénuement complet de duchesse de Marlborough, et de bien d'autres choses encore. J'en suis désolée, mais il n'y a rien à y faire. Passons à d'autres tableaux... »

C'est le moment d'ouvrir une parenthèse et d'éclairer un peu la première partie de cette lettre. Je ne m'étonne pas que *l'Ecole du Journalisme* ait scandalisé Mme Allan, notre ambassadeur et le public ami de la France; mais je suis surpris que le directeur du théâtre Michel ait eu l'idée de monter cette pièce. Evidemment, il ne l'avait pas lue; en tout cas, il ignorait le bruit qu'elle avait fait avant même d'être mise à la scène. Sainte-Beuve, qui ne laissait rien échapper, écrivait là-dessus à Juste Olivier, le 25 novembre 1839:

« Madame Delphine (Gay) Girardin a lu avant-hier chez elle une comédie en vers, déjà lue aux Français, dirigée contre M. Thiers et son mariage. C'est une revanche. Elle s'est dit : « On m'attaque, où sont les purs? » Et, en Romaine, elle a porté la guerre à Carthage ; tout y est : la belle-mère, les frères, les sœurs ; à la fin, M. Thiers, il est vrai, sort blanc comme neige ; et cela s'intitule : *l'Ecole du Journalisme*, c'est-à-dire de la calomnie. Le piquant est qu'elle avait deux cents personnes et tous les journalistes, qui faisaient la grimace, mais n'avaient pas résisté à l'hameçon. D'ailleurs, des gens graves aussi : M. Ballanche y était (1). »

Mme Allan continuait ainsi :

« 1er janvier 1841.

« Malgré la date de ma lettre et le serment qu'elle renferme, vous voyez que je n'ai pu la continuer comme je le voulais ; je n'ai été interrompue qu'une vingtaine de fois, ce qui est peu, mais je n'en démordrai pas, et dussé-je ne vous envoyer ceci que dans un mois, cela partira. J'allais oublier de vous dire que j'ai joué cet hiver *les Fausses Confidences* avec un beau succès (pour ici), car à Paris je n'aurais jamais osé. Depuis que je joue la comédie, je n'ai jamais eu aussi peur. La figure de mademoiselle Mars dansait devant moi, et le son de sa voix me bourdonnait dans les oreilles. J'étais en plein cauchemar, et je puis dire que je ne sais ce que j'ai fait. Je ne voulais pas tomber dans l'imitation, et, d'un autre côté, on ne peut rien inventer de mieux que ce que j'ai admiré

(1) *Correspondance inédite de Sainte-Beuve avec M. et Mme Juste Olivier.*

si souvent et qui, malgré moi, était resté dans mes oreilles. Il paraît néanmoins que je m'en suis tirée, car j'ai été rappelée après la sortie du second acte (ce qui est toujours une marque de grand succès), puis à la fin, cela va sans dire. Le lendemain, M. de Barante m'a envoyé ses compliments et notre nouveau secrétaire d'ambassade, Casimir Périer (1), est venu lui-même me les apporter. Nous avons joué la pièce une seconde fois, et j'étais plus à mon aise, la peur était passée et j'ai pu me rendre compte de ce que je faisais. J'ai été contente de moi (pour Pétersbourg). Leurs Majestés rentraient en ville ce jour-là et sont venues le soir; mais notre directeur, qui a horreur de l'ancien répertoire, nous a fait un tour charmant: il nous a fait commencer le spectacle, et cela *avant l'heure*. L'Impératrice vient toujours tard, et la haute société aussi; pendant toute la première moitié de la pièce on entrait et on n'entendait pas. Vous savez que *les Fausses Confidences* demandent à être écoutées avec calme; à plus forte raison quand on joue devant un public étranger qui comprend plutôt l'action que l'analyse des sentiments. Il est résulté de cela qu'on a perdu beaucoup de choses et que l'ensemble de la pièce a fait moins d'effet.

« Depuis, le Directeur a toujours évité de la redonner et j'ignore si nous la rejouerons. Elle a cependant beaucoup plu à l'Impératrice surtout qui aime l'ancien répertoire, et la preuve c'est qu'hier elle m'a fait demander de lui jouer *la Gageure imprévue*. Je suis

---

(1) M. Casimir-Périer était le fils aîné de l'ancien président du Conseil, mort du choléra en 1832, et le père du futur président de la République.

bien certaine qu'il en sera de cette pièce comme de
l'autre, et que S. E. le Directeur y mettra tous les obs-
tacles possibles. Il ne faut pas omettre que *les Fausses
Confidences* ont été assez mal jouées. Dubois avait
l'air d'un bon vieillard très paterne qui a fait sauter
Araminthe sur ses genoux, quand elle était petite ; le
comte avait des poses de polichinelle ; madame Ar-
gante était, comme à l'Académie, détestée et détestable. Marton était représenté par Alexandrine, qui a
l'air d'avoir quinze ans ; figure, manières, organe,
intelligence, tout chez elle est enfantin. M. Remy ne
savait pas un mot de son rôle. Eh bien, tout était
assez passable. Pour Dorante, je n'ai pas à m'en
plaindre : c'était Allan à qui j'avais commandé la
manœuvre. Il n'est pas convenable pour le rôle, mais
au moins son intelligence et sa confiance en moi ont
composé ce qui lui manque de beauté pour représenter un pareil Adonis. »

Si Mˡˡᵉ Mars avait pu lire cette lettre, nul doute
qu'elle eût été ravie de la sainte frayeur qu'elle inspirait à son ancien petit page. Mais les temps étaient
proches où quelqu'un d'autorisé dirait de Mᵐᵉ Allan
après l'avoir vue dans *le Caprice :*

« Elle emporta le succès par des qualités inconnues
à mademoiselle Mars elle-même et à l'école de mademoiselle Mars ; je veux dire un côté de fantaisie, un
imprévu de gaieté, une audace de vérité dans l'intona-
tion et le geste qui ont préparé l'école moderne (1). »

Tant il est vrai que pour réussir au théâtre, quand
on a reçu le don, il suffit de placer très haut son idéal.

Nous savons ce que Mᵐᵉ Allan pensait de Mˡˡᵉ Mars,

(1) Legouvé : *Souvenirs.*

nous allons voir à présent ce qu'elle pensait de Rachel :
« Il est bien temps que je vous parle d'autre chose
que de moi. La grande nouvelle, depuis huit jours,
est que nous pourrions bien avoir Rachel en représentation. Cela émeut tout le monde, et moi principalement, qui serais si heureuse de la voir dans tous
ses rôles. Je crains bien que cela ne puisse pas s'arranger, car cela dépendra beaucoup de l'Empereur,
et il déteste la tragédie. A mon retour, lorsque j'ai vu
pour la première fois Sa Majesté, Elle me fit beaucoup de questions sur mon voyage et sur ce que j'avais
vu à Paris. Je lui parlai tout de suite de Rachel.
L'Empereur me demanda si, en effet, elle était aussi
étonnante qu'on le disait. Vous savez ce que je pense
d'elle, aussi vous devinez ma réponse. Mais en apprenant qu'elle jouait la tragédie, l'intérêt de Sa Majesté
cessa tout à coup. Depuis longtemps déjà, je savais
qu'il n'aimait point le genre sérieux. Il m'a dit plusieurs fois que dans *son Etat* il avait trop souvent à
s'occuper de choses tristes ou graves pour venir chercher des émotions de ce genre au théâtre ; qu'alors
le spectacle est pour lui une fatigue et non un délas-
sement. Il n'aime ni la musique ni la poésie. Voilà ce
qui me fait penser qu'il ne sera pas empressé de faire
venir une tragédienne : la comtesse Vorontzoff et
quelques autres grandes dames qui ont vu Rachel cet
été tâchent de persuader Sa Majesté qu'Elle aimera
beaucoup notre Melpomène quand elle l'aura vue. Je
ne sais si ces dames réussiront ; pour ma part, je le
souhaite vivement pour trois raisons : la première est
celle de la voir jouer ; la seconde est de pouvoir faire
plus ample connaissance, et cette seconde raison me
mène tout naturellement à la troisième, qui est de pou-

voir parler de vous tous, et cela avec une personne
que vous aimez et qui vous aime aussi beaucoup. Il
n'est pas possible que je ne me lie pas avec cette personne quand nous nous trouverons ensemble; nous
sympathisons trop toutes dans le choix de nos amis
pour qu'il n'y ait pas rapprochement entre nous.
Mademoiselle Bourbier m'a dit, il y a une quinzaine de
jours, qu'elle venait de recevoir une lettre d'une amie
de votre théâtre (je pense que c'est d'Anaïs), et qu'on
lui apprenait là-dedans que vous étiez, vous, Joseph-
Isidore Samson, brouillé de nouveau avec Rachel.
J'attends que vous me confirmiez cette nouvelle pour
y croire. Je ne vois pas trop quel serait le sujet d'une
rupture entre vous, il n'y avait que les parents pour
l'amener et, à cet égard, le plus fort était fait; d'ailleurs ce n'est pas sa faute si elle a des parents!... Et,
mais peut-être n'était-ce qu'un peu de froid et êtes-
vous déjà raccommodés : il me tarde de savoir à
quoi m'en tenir là-dessus. Je serais vraiment fâchée
que Rachel se fût mal conduite avec Samson, et cela
m'étonnerait, car elle m'a parlé de lui avec tant d'amitié et de reconnaissance, et cela m'a paru de sa part
si sincère, venant si bien du cœur, que j'espère bien
qu'elle réparera ses torts si elle en a.

« D'un autre côté, mon cher Samson a quelquefois
l'épiderme bien sensible ! (pour le coup il va me dire
que je me mêle de ce qui ne me regarde pas) mais
comme il est très bon, quand il a un peu affligé ses
amis par sa bouderie, il leur rouvre bien vite son
cœur ; et c'est là-dessus que je compte pour la jeune
brebis égarée. En attendant que vous me répondiez
là-dessus, voici une commission pour elle, ou plutôt
pour Jollivet, au sujet de l'étoffe turque. J'ai cherché

et n'ai jusqu'à présent point trouvé la *disposition* demandée. Il n'y a que des fonds de couleur cramoisie ou bleu de roi en soie très épaisse et brochée ou semée de palmes or et couleur mêlées. Les palmes, comme la moitié de ma main. C'est à la foire de Nijni-Novgorod qu'on achète de ces choses-là, et c'est à huit cents verstes d'ici. Cependant quelquefois les marchands turcs d'ici en ont. Je ne me découragerai pas, et comme je suppose que Roxane n'est pas pressée, nous attendrons une meilleure occasion (1). »

N'est-ce pas que tout cela est amusant et donne bien l'idée du caractère enjoué de Mme Allan et de la qualité de son esprit? Auguste Villemot, parlant d'elle un jour (2), disait qu'elle avait « un esprit redouté parce qu'elle avait peu d'indulgence pour les bêtes! » Etait-elle vraiment si redoutable? Mme Samson-Toussaint, en qui je me plais à la retrouver, me dit que, tout en étant railleuse de sa nature, elle savait retenir sa langue. Mais il est bien difficile d'avoir de l'esprit sans y joindre un grain de malice.

Quoi qu'il en soit, voici, brossé par elle, un petit portrait de Mme Pasta qui se recommande par sa touche légère :

« Nous venons d'avoir cet hiver madame Pasta qui a toujours un talent admirable. Je me la rappelais à peine. Elle m'a fait un plaisir excessif : elle a donné trois concerts et a chanté à la cour, tout cela avec beaucoup de succès, mais malheureusement elle est vieille et laide, et ici cela fait beaucoup. Le Russe se

---

(1) C'est le 23 novembre 1838 que Rachel parut dans le rôle de Roxane à la Comédie-Française. Il faut croire qu'elle n'avait pas été satisfaite de son costume, puisqu'elle avait chargé Mme Allan de lui acheter en Russie de quoi le renouveler.

(2) Chronique parisienne du *Figaro* du 28 février 1856.

laisse beaucoup impressionner par les avantages ou
désavantages extérieurs. La pauvre Pasta s'attife
d'une façon à elle, et si ridicule, qu'il faut tout le
respect qu'on doit à son grand nom pour ne pas lui
pouffer au nez. Il faut absolument, Jollivet, que je
vous raconte sa toilette de début, vous en ferez part
à Rachel, elle y puisera des inspirations pour son
costume de Roxane. Depuis trente ans, madame Pasta
se sert de ce costume quand elle débute quelque part,
c'est affaire de superstition chez elle. Comme elle a
grandi et grossi depuis ce temps-là, il est trop court
et trop étroit, mais elle y remédie avec tant d'art !

« Voici cet habillement consacré : robe de cachemire
blanc douteux avec semis de palmes : corsage qui voudrait être à la grecque et qui s'arrête précisément
sous les aisselles ; absence de manches. La jupe de
cachemire est ouverte devant et derrière ; heureusement qu'il y a une jupe de satin blanc dessous. L'am-
pleur et la longueur manquent tout à fait à ce dolman.
Il y a pour cent mille francs de diamants sur tout
cela, mais comme c'est adroitement posé sur le cachemire embrouillé, cela ne se voit pas. Mme Pasta a des
gants blancs, longs, larges, sur lesquels sont posés de
chaque côté des bracelets monstres et en diamants. Elle
est fort décolletée et montre de vilaines choses. Elle
est couronnée d'un turban !!!! Il n'y a qu'une imagination dépravée qui ait pu en inventer un semblable.

« Cette chose sans nom est surplombée d'un immense
oiseau de paradis, lequel serait désolé de s'incliner
à droite ou à gauche. L'orgueilleux ! il est fier d'om-
brager un tel turban. On a surnommé ici Mme Pasta :
Mehemet-Ali. Pour moi, elle m'a rappelé les Turcs
que vous aviez dessinés pour la marche d'Haydn. Tout

cela n'empêche pas qu'elle soit admirable, quand elle
chante. Elle aurait voulu jouer, mais notre directeur
lui a refusé le théâtre. La société, alors, a formé une
souscription qui montait déjà à soixante-dix mille
francs, sans compter le casuel, et cela pour huit
représentations. C'était à deux cents francs la place.
Le directeur s'est obstiné et a mis toute la mauvaise
volonté possible, et comme cela dépendait de lui, il
n'y a pas eu moyen. Toute la haute société crie et
Mme Pasta est repartie furieuse. Je regrette son départ,
car ça aurait été une fière distraction... »

Et Mme Allan terminait ce badinage inoffensif par
ces mots aimables à l'adresse de ses chers « Samsons
et Samsonnes » :

« En voilà une bavette ! j'aurais pu mieux choisir
et ne pas vous dire tant de choses inutiles, mais il eût
fallu alors vous parler de mes contrariétés, car on
m'en fait beaucoup depuis quelques jours, et j'aimais
autant m'en distraire. Ce que j'en ai fait n'est que du
pur égoïsme. Au reste, ne vous tourmentez pas trop
sur ce que je vous dis de mes ennuis. Je suis là-dessus
passablement philosophe, et d'ailleurs tout dans ce
monde ne marche pas continuellement au gré de nos
vœux. J'ai été si heureuse, cet été, de revoir les gens
que j'aime, ces moments-là ont été si beaux qu'il est
juste et raisonnable de les payer maintenant par quelques déboires.

« Adieu, mes bons et chers amis, nous sommes tous
deux bien heureux de penser que vous ne nous
oubliez pas. Voilà ce que c'est ! J'ai causé pendant si
longtemps avec vous que j'étais presque parvenue à
me faire illusion et à me figurer que je vous voyais
tous devant moi. L'idée de vous quitter de nouveau

me fait repleurer de plus belle. Je me dépêche de finir
pour aller pleurer dans un coin ; d'ailleurs, je n'y vois
plus.

« Adieu, répondez-moi vite.

« A vous,

« LOUISE ALLAN. »

Suivait ce *post-scriptum* :

5 janvier 1841.

« Je viens de me lever et je rouvre ma lettre ; j'avais
oublié de vous dire que j'ai reçu un magnifique bracelet de la princesse Scherbatoff. C'est une de mes abon-
nées, fort grande dame et ma grande protectrice. Elle
a beaucoup, beaucoup d'amitié pour moi. J'ai encore
le chagrin, dans ce moment, de la savoir très dange-
reusement malade. Elle avait fait faire ce bracelet pour
moi pendant mon absence et, à mon retour, elle me
l'a donné. Il est composé de huit pierres formant le
mot *souvenir* et fermé par un énorme diamant. Ce sera
sans doute le seul de mes bijoux que je conserverai. »

Non ! Elle devait en conserver un autre de moindre
valeur, qui, soit à cause de sa monture, soit pour
toute autre raison que j'ignore, avait à ses yeux la
vertu d'un talisman. Il était en or ajouré et garni verti-
calement de plusieurs brochettes serties de turquoises
— pierres qui ont en Russie la réputation de porte-
bonheur. C'est probablement pour cela qu'elle l'avait
toujours à son bras. Quand elle mourut, elle le légua
à Mme Samson-Toussaint, qui ne le quitte jamais, elle
non plus, et y tient comme à une relique.

III

Il me semble que nous connaissons bien à présent la charmante femme qui eut l'insigne honneur d'ouvrir, en 1847, les portes de la Comédie-Française au répertoire d'Alfred de Musset.

On a répandu toutes sortes de légendes autour de la représentation du *Caprice* (1). Après avoir répété pendant soixante ans le mot de Théophile Gautier, que c'était Mme Allan qui l'avait rapporté de Russie dans son manchon, voici que la chronique s'avise de lui contester ce mérite et de l'attribuer à M. Buloz, qui dirigeait alors la maison de Molière. Il se peut que M. Buloz, qui avait publié *le Caprice* en 1837 dans la *Revue des Deux-Mondes*, ait eu le premier l'idée de le mettre à la scène. On sait qu'il avait un goût très prononcé pour les vers et la prose de Musset; il les payait même à un tarif spécial. Mais cette idée n'eut aucune suite avant 1847; or, nous savons de source sûre qu'en 1845 elle tenta Bocage qui l'abandonna, je ne sais pourquoi, après un commencement d'exécution.

Musset écrivait à ce propos, à Tattet, le 17 octobre 1845 :

« Mon cher Alfred, parmi les raisons qui m'ont empêché d'aller vous rejoindre se trouve celle-ci : que M. Bocage, directeur de l'Odéon, est venu me demander l'autorisation de faire siffler, à son théâtre, un petit proverbe de ma façon, intitulé : *Un Caprice*, ce à quoi j'ai accédé, après avoir pris l'avis des plus grands connaisseurs en matière de *fiasco*. Je ne l'au-

_____

(1) La première représentation eut lieu le 27 novembre 1847

rais pas donné aux Français, c'eût été trop grave;
mais à l'Odéon, cela m'amusera, sans danger pour ma
gloire, puisque cette petite pièce a été imprimée, il y
a six ou sept ans, et non destinée au théâtre. Il faut
donc que je sois à Paris, quoique je ne m'en mêle
pas du tout. J'espère que vous y viendrez. C'est votre
devoir d'y être; vous aurez le droit de partager les
pommes cuites jetées à votre ami. Ce sera, je crois,
pour le mois de novembre. Les répétitions sont com-
mencées, mais je n'en ai rien vu. Ma jeune première,
mademoiselle Naptal, est venue me faire une visite
avec son papa. Elle est jolie; c'est toujours bon
signe. »

Mᵐᵉ Allan eut-elle vent de ces répétitions chez
Bocage? Vit-elle jouer, comme on l'a dit, ce petit acte
en langue russe dans un théâtre populaire de Saint-
Pétersbourg, et, quelque temps après, dans le texte
original, chez la comtesse Rostopchine? Ce qui n'est
pas douteux, c'est qu'elle le joua à la cour avec un
très grand succès ét que, ayant été engagée sur ces
entrefaites à la Comédie-Française, elle demanda à y
débuter dans le rôle de Mᵐᵉ de Léry. C'est donc bien
elle qui fut la vraie marraine du *Caprice.* Alors même
qu'il serait établi qu'elle eut M. Buloz pour compère,
cela ne diminuerait en rien sa gloire, car, de l'avis
de toute la critique du temps, c'est elle seule qui fit la
fortune de ce joli proverbe et des trois ou quatre
autres qui dans l'espace de dix-huit mois passèrent
du « Spectacle dans un fauteuil » sur la scène de la
rue Richelieu.

Du reste, la reconnaissance que Musset lui en garda
toute sa vie témoigne assez haut du service qu'elle lui
rendit dans cette circonstance solennelle.

Ce service était double : non seulement, en effet, elle était arrivée à point nommé pour lui faire aux yeux du monde lettré la figure d'auteur dramatique qu'il a gardée depuis, mais aussi pour lui créer de nouvelles ressources, à la veille du jour où la République de 48 allait lui ôter le pain de la main. — On sait que le duc d'Orléans, qui avait été son camarade de collège, lui avait fait obtenir, en 1838, la place de bibliothécaire au ministère de l'Intérieur (1). Jolie petite sinécure de 3.000 francs par an, mais mauvaise note au regard des purs qui devaient prendre, au lendemain de la révolution de février, la direction des Affaires publiques. A peine installé au ministère de l'Intérieur, Ledru-Rollin destitua brutalement son bibliothécaire *in partibus*, au risque de compromettre, dans cette mesure inique — bien qu'il n'y fût pour rien — le bon renom du grand poète qui présidait alors aux destinées du Gouvernement Provisoire (2).

Vainement l'Académie Française, mue par un noble sentiment, essaya de réparer cette injustice; elle ne réussit qu'à blesser l'amour-propre légitime de l'auteur de *Rolla* en lui attribuant un prix qui avait été fondé spécialement « pour venir en aide à un jeune écrivain dont le talent déjà remarquable paraîtrait mériter les encouragements de l'Académie ». Mais, comme, depuis le 7 avril 1848, les proverbes *Il faut qu'une porte soit ouverte ou fermée*, et *Il ne faut jurer de rien* alternaient avec *le Caprice* sur l'affiche du Théâtre-Français, Musset put, sans faire trop de tort à sa bourse, abandonner aux pauvres et aux victimes

(1) Il fut nommé par un arrêté de M. de Montalivet, en date du 19 octobre 1838.
(2) L'arrêté de destitution est du 5 mai 1848.

des journées de Juin les treize ou quatorze cents
francs du prix Maillé-Latour-Landry, que lui avait
décerné l'Académie française. Et c'est encore lui qui
eut le beau rôle (1)!...

Cela ne l'empêcha pas d'ailleurs d'aller coucher vers
le même temps à l'Hôtel des Haricots pour cause de patrouille manquée (2). Car il était garde national, comme
tout le monde alors l'était — plus ou moins — et il
n'avait pas attendu la révolution de 1848 pour faire
connaissance avec la cellule n° 14, dont on peut voir
aujourd'hui la porte illustrée de façon si pittoresque au
Musée Carnavalet. Ses *Mie Prigioñi* sont de 1843,

---

(1) Lire sur cet incident la brochure de M. Maurice Clouard : *Alfred
de Musset bibliothécaire du ministère de l'Intérieur et lauréat de
l'Académie.*

(2) Cela résulte de la lettre suivante qu'il écrivait, en 1849, à Augustine Brohan : « Des Haricots, vendredi. — O ma chère Brohan ! je
suis dans les fers. Je gémis au sein des cachots. Cela ne m'empêchera
pas d'aller vous voir demain samedi. Mais je vous écris cet écrit du
fond du système cellulaire. Je suis en ce moment dans ce célèbre numéro
quatorze, qui fut mal gravé dans *le Diable à Paris*. C'est pour cause
de patrouille, car je n'ai tué personne. Cette cellule est pleine encore
de choses nouvelles et (plaisanterie à part) *charmantes*, mais il n'y a
pas la place d'un mot même indécent. On a cadenassé la porte et le
reste du bagne est badigeonné. Pourtant, je remarque que la poésie est
ici bien inférieure à la peinture. Et je vous demande la permission de
vous en envoyer cet échantillon que je copie textuellement sur le mur :

     Je pense à Saint-Michel, horrible prison
     Dont le nom étouffe et donne le frisson,
     Où tant de nobles cœurs à cette heure expient
     Par de longs jours d'atroce captivité
        Ce que les Français envient :
        Le règne de la liberté !

« Autre :

            ACROSTICHE A CELLE QUE J'AIME

        C'est toi
        La vraie flamme!
        O mon âme ;
        Tais-toi !
        Ici mon bel idole,
        Le cœur qui t'es voué

si je ne me trompe. Mais à cette époque la garde
nationale vous faisait encore des loisirs, tandis qu'à
présent c'est tout au plus si elle vous laissait le temps
de vous reconnaître ! Le 1ᵉʳ juillet (1848) Musset écrivait à son ami Tattet :

'«... A l'instant où je vous écris, je quitte mon uni-
forme que je n'ai guère ôté depuis l'insurrection. Je
ne vous dirai rien des horreurs qui se sont passées ;
c'est trop hideux. Au milieu de ces aimables églogues
vous comprenez que le pauvre oncle Van Buck est
resté dans l'eau (1). Il avait pourtant réussi, et je puis
dire complètement sans exagération. C'était justement
la veille de l'insurrection ; j'avais encore trouvé une
salle toute pleine et bien garnie de jolies femmes, de
gens d'esprit ; un parterre excellent pour moi, de
très bons acteurs, enfin tout pour le mieux. J'ai eu
ma soirée. Je l'ai prise pour ainsi dire *au vol.* Après
la pièce, on a redemandé tous les acteurs et même
l'auteur qui, vous le pensez bien, n'a pas paru. Le
lendemain, bonjour ! acteurs, directeurs, auteur, souf-

> Désire ton obole
> Et puis mourir... aimé.
>
> A. L. 72 heures.

« Cet acrostiche représentant le nom de Clotilde, facile à deviner, je
crois, l'auteur a oublié son hache.

« Vous voyez qu'il y a des personnes qui osent encore rivaliser avec
notre beau couplet de *la Vierge en palache* (a). Je rêvais à ce disti-
que, ajoutable peut-être :

> Un jeune homme plein de santé
> S'est percé le cœur d'un eustache.

« Mais j'irai chez vous demain. Vous y serez, ou bien peut-être que
non. Et ça ne fait rien du tout. Réflexion faite, je crois que je suis si
bête que je vous aimerai et que j'aurai raison. Je veux dire que je vous
aimerai toujours, pas un jour plus qu'un autre, mais non pas moins.

> « A vous
> » Pierrot. »

(1) C'est le héros de la pièce *Il ne faut jurer de rien,* qui fut représentée pour la première fois le 22 juin 1848.

(a) Je n'ai pas connaissance de ce couplet.

fleur, nous avions le fusil au poing, avec le canon pour orchestre, l'incendie pour éclairage et un parterre de vandales enragés. La garde mobile a été si belle, si admirablement intrépide, que ce seul spectacle, heureusement, nous a encore donné de bons battements de cœur... »

Allez donc faire la cour à une femme honnête par ce temps de guerre civile ! Il fallait s'appeler Sainte-Beuve pour avoir le courage de lire à son amie, Mme d'Arbouville, *les Préludes* de Lamartine, pendant que le grand poète était aux prises avec l'émeute (1). Quant à Musset, c'est à peine s'il faisait attention à Mme Allan, malgré tout le talent qu'elle dépensait à son service et les lauriers que depuis six mois elle accumulait sur sa tête. Et pourtant Dieu sait le charme qui s'exhalait de toute sa personne ; on ne pouvait la voir sans l'admirer et sans l'aimer. Peut-être était-elle, comme je l'ai dit, trop forte de taille, mais la tête était si jeune et si jolie, les yeux si francs, la bouche si riante qu'on lui passait son embonpoint. C'était surtout la distinction de ses manières et son élégance innée qui avaient frappé Musset dès le premier jour. Aussi n'en parlait-il jamais que comme d'une grande dame. Grande dame, elle l'était, en effet, non seulement par ses manières d'être et d'agir, mais encore par la tournure de son esprit qu'elle avait très cultivé. Je ne serais même pas étonné que cela ait contribué à tenir notre poète à distance : il était si réservé, voire si timide et si gauche auprès des femmes qui lui en imposaient ! Son frère nous en a cité maint exemple, mais aucun ne fut plus caractéristique

(1) Cf. la lettre de Sainte-Beuve à Jules de Saint-Amour, dans les *Lettres à Lamartine*, p. 281.

que celui-ci. Quand il allait chez Mme Allan, qui recevait une fois par semaine en son coquet appartement
de la rue Mogador (1), c'était pour jouir de sa conversation pleine de charme ou pour l'entendre dire des
vers et chanter, — car elle était excellente musicienne
et possédait une fort jolie voix. Et il rougissait
comme une jeune fille lorsqu'elle l'invitait à s'asseoir
auprès d'elle pour tourner les pages au piano. Est-ce
à ce jeu délicat et discret qu'il finit par se prendre
d'un sentiment très pur pour elle? Peut-être. Toujours
est-il qu'aux approches de la représentation du proverbe : *On ne saurait penser à tout*, qu'il avait fait un

(1) Son adresse nous est donnée par la lettre suivante, qu'elle écrivait
à M. Dormeuil à la fin de l'année 1847 :

« Mon cher Dormeuil,

« Je voudrais bien voir votre banc d'huîtres, mais il paraît que vous
faites tant d'argent qu'il faudrait absolument payer, encore n'est-on pas
sûr d'entrer.

« Moi qui suis une vieille de la vieille, il me paraît fabuleux de louer
une loge ou des stalles et, à moins que vous me le disiez tout net, je
n'y croirai pas.

« Je viens donc vous demander de me faire voir cela, un jour où je
ne jouerai pas, et je m'y prends d'avance.

« Pourrons-nous, Georges (a) et moi, nous présenter un soir ?

« Vous me trouverez sans doute bien indiscrète, mais dam, je fais
valoir mes dix ans d'exil.

« Mille excuses, avec deux mille compliments et amitiés.

                                        « L^{se} ALLAN.
                                        (15, rue Mogador).

« 23 décembre 1847. »

Le *Journal des Goncourt*, t. I, p. 6, contient, sous la date du
21 décembre 1851, les lignes suivantes : « ... Janin nous donne une
lettre pour Mme Allan. Et nous voici, rue Mogador, au cinquième dans
l'appartement de l'actrice qui a rapporté Musset de Russie, et où une
vierge byzantine, au nimbe de cuivre doré, rappelle le long séjour de la
femme là-bas. Elle est en train de donner le dernier coup à sa toilette
devant une psyché à trois battants, presque refermée sur elle et qui
l'enveloppe d'un paravent de miroirs. La grande comédienne se montre
accueillante avec une voix rude, rocailleuse, une voix que nous ne
reconnaissons pas, et qu'elle a l'art de transformer en une musique au
théâtre. »

(a) C'était son fils, qu'elle avait mis au collège.

peu à son intention (1), il multiplia ses visites, et que Mᵐᵉ Samson-Toussaint, qui s'était aperçue de ses assiduités, se permit de dire, un jour, à Mᵐᵉ Allan :

— Prenez garde, Louise, il me semble que vous recevez beaucoup M. de Musset?

Mais elle s'empressa de lui répondre :

— Ne craignez rien, ma bonne amie, je suis assurément très flattée des hommages que me rend M. de Musset, mais quant à lui céder jamais, c'est autre chose. Je connais trop le personnage et me doute bien que ce ne serait qu'une passade.

Passade! non, il avait trop de respect pour elle. Méditez le sonnet suivant, qu'il lui adressait vers cette époque :

Se voir le plus possible et s'aimer seulement
Sans ruse et sans détours, sans honte ni mensonge,
Sans qu'un désir vous trompe ou qu'un remords vous ronge,
Vivre à deux et donner son cœur à tout moment !

Respecter sa pensée aussi loin qu'on y plonge,
Faire de son amour un jour au lieu d'un songe,
Et dans cette clarté respirer librement —
Ainsi respirait Laure et chantait son amant.

Vous, dont chaque pas touche à la grâce suprême,
C'est vous, la tête en fleurs, qu'on croirait sans souci,
C'est vous qui me disiez qu'il faut aimer ainsi.

Et c'est moi, vieil enfant du doute et du blasphème,
Qui vous écoute, et pense, et vous réponds ceci :
Oui, l'on vit autrement, mais c'est ainsi qu'on aime (2) !

(1) Ce proverbe fut joué pour la première fois, le 3 mai 1849, dans les salons de Pleyel, au profit des pauvres. Il était distribué ainsi : la comtesse de Vernon, — Mᵐᵉ Allan; Germain — Got; le baron — Volnys ; le marquis de Valberg — Mailland. Quelques jours après, Alfred Tattet écrivait à Félix Arvers : « Musset a été ravi de sa soirée chez Pleyel et prétend que les feuilletonistes n'écraseront pas une feuille du délicieux petit bouquet qui lui a passé sous le nez ce jour-là. » (*Lettre inédite. — Papiers d'Arvers.*)

(2) Ce sonnet autographe a été trouvé dans les papiers de Mᵐᵉ Allan.

Cependant, Mme Samson-Toussaint, qui avait quitté son amie le 21 mai 1849 pour se rendre au Brésil, n'était pas sans appréhensions.

Trois mois après elle recevait de Mme Allan la lettre suivante :

Paris, 17 juillet (1849).

« Chère bonne Adèle, d'abord avant tout, je suis allée voir vos enfants. Votre père y était venu déjà et y avait déposé deux couronnes blanches. J'ai fait ôter les pâquerettes usées et les ai fait remplacer par des pervenches blanches et roses. J'ai placé un bouquet d'œillets blancs et un bouquet de boutons de roses en haut de la croix. Je me suis occupée du petit dessin, mais ce n'est pas facile, parce que Jollivet m'a dit qu'il fallait un paysagiste pour que ce fût bien : — enfin j'espère que je pourrai vous envoyer cela pour vos étrennes.

« Chère enfant, pendant que votre existence change, la mienne est changée, vous le pressentiez peut-être dans les derniers temps, bien qu'il n'y eût rien de sérieux. En revenant du Havre (1), je vous ai écrit, je ne sais si vous avez reçu ma lettre. Quand les choses ne sont pas sérieuses, elles peuvent traîner indéfiniment, mais lorsque cela devient grave, c'est aussi avec une rapidité effrayante qu'elles s'achèvent. Voilà ce qui m'est arrivé, ma pauvre amie ; je n'ai guère besoin, je pense, de vous faire de préambule, et vous savez de qui je veux parler. Je commence par vous dire que je suis à la grâce de Dieu et que je ne fais nul projet d'avenir. Faut-il que je vous raconte les détails

(1) Mme Allan avait tant d'affection pour Mme Samson-Toussaint qu'elle avait fait le voyage de Paris au Havre uniquement pour l'embrasser avant son départ pour le Brésil.

après vous avoir dit sans préparation ce qui en est?
J'ai passé, en vous quittant, quelques jours dans un
trouble profond. Ah ! que vous me manquiez, cher
cœur ami! Vous êtes partie bien mal à propos pour
moi! Un jour, il faut portant que vous sachiez les choses, le 13 mai, jour à noter, je suis allée dîner chez
Scribe (vous étiez encore à Paris); j'ai reçu, avant, la
visite d'un homme mécontent, tourmenté, maussade,
comme tout amoureux a le droit de l'être. — Sa façon
d'être m'a semblé assez dure, je l'ai laissé se calmer
tout seul et n'ai rien témoigné. Cela a duré huit jours
pendant lesquels je ne l'ai pas vu, — et je me disais :
« Tant mieux, je m'en occupais trop et ma conscience
en était troublée. » — Vous êtes partie et je n'ai plus
pensé qu'à vous — c'est-à-dire... pensant encore beaucoup à lui et faisant dans ma tête des romans impos-
sibles ou que je croyais tels.

« A mon retour du Havre, j'ai trouvé une lettre
repentante où l'on m'apprenait une maladie très grave
faite pendant ces huit jours d'absence. On me priait,
dans cet état de souffrance, d'écrire un mot, même
fâché. Par suite de cette correspondance, qui a duré
deux ou trois jours, un beau soir, on m'a ramenée
jusqu'à ma porte, et tout simplement, très sincèrement et très vivement, on m'a dit m'aimer de cœur,
ne penser qu'à moi, et on m'a avoué que cette maladie était la suite de folies dans lesquelles on s'était
replongé pour échapper à la peine que je causais.
Depuis cinq mois qu'on était sage, ce coup avait été
plus violent que jadis, et on avait manqué en mourir.
Comme j'avais de cela quelques preuves, et que d'ailleurs, à travers tous ses défauts, il a l'extrême qualité de ne jamais mentir, je l'ai cru. Il m'a montré de

l'attachement et aussi du respect. Ceci m'a touchée. Cependant je me débattais et je ne le voulais pas. Les choses en étaient venues à tel point qu'il fallait dire oui ou non. J'ai pris tout un jour pour me donner le courage de dire *non*, car c'était à regret, je ne vous le cache pas, mais j'avais tant de raisons pour ne pas le vouloir ! — Enfin, ne me sentant pas la force de dire *non* chez moi, je lui écris de venir le soir à ma loge pendant le deuxième acte d'*Adrienne* (1). Il s'est mépris sur ces quelques lignes et a cru à un consentement. Aussi, lorsque nous nous sommes trouvés seuls, il a eu un tel élan de joie, si vrai et si senti, que j'en ai été frappée au cœur comme d'une flèche. J'ai pourtant poursuivi mon dessein de refuser, mais, à dire vrai, bien gauchement et non plus avec cette raison que je m'étais promis d'avoir. S'il ne m'eût pas aimée, il s'en serait bien aperçu, mais, loin de là, il s'est mépris et m'a crue une froide coquette qui voulait se jouer de lui. Je ne l'étais guère, dans ce moment-là, je vous le jure.

« Après avoir pris mon refus doucement et tristement ; après m'avoir dit que je m'abusais sur son sentiment pour moi, que ce n'était ni un caprice ni une aventure passagère, mais une affection sérieuse et durable, une amitié tendre fondée sur de grands rapports d'esprit, de goûts, de talent et aussi parce que ma personne lui plaisait, qu'il m'aimait sérieusement et qu'il allait avoir beaucoup de peine ; après m'avoir dit tout cela avec douceur et bonté, d'un ton très naturel et convaincu, tout à coup cette tête folle est partie, et dans sa déraison il était impossible de ne pas

(1) *Adrienne Lecouvreur,* représentée pour la première fois le 14 avril 1849.

voir clairement de l'amour. Et il m'a quittée passablement furieux. Pour moi, cette entrevue avait achevé
de me tourner la tête, et depuis ce moment je ne puis
pas dire que je l'aie très saine. Je ferme les yeux et les
oreilles pour ne pas voir ma folie. Enfin, achevons.
Je lui ai écrit avant la fin du spectacle et suis allée
moi-même, à minuit, porter ce billet à sa porte. J'ai
passé une nuit des plus agitées et enfiévrées et, lorsque le jour est venu, j'en étais à m'avouer qu'il n'y
avait plus moyen d'y durèr. J'ai envisagé ma situation
et, à l'aide de sophismes, je me suis persuadée que
j'étais libre. J'étais malade, abattue et exaltée en
même temps. Il m'avait écrit pour me demander pardon de sa sortie de la veille; puis il est venu et enfin
je me suis donnée librement et par un penchant vraiment irrésistible, mais aussi avec une profonde tristesse, arrangez cela. Voilà la première partie de mon
histoire, je reprends le récit de la seconde.

« Après les premiers jours passés à se chercher et à
se connaître, il est survenu un orage effroyable entre
nous, dans lequel perçait beaucoup d'amour mêlé à
des choses que je ne pouvais supporter. Rentré chez
lui, il a été pris d'un accès de délire, il y est sujet
lorsque sa tête s'exalte, ce qui tient à ses anciennes
et funestes habitudes. Dans ce cas, il a des hallucinations et parle avec des fantômes (1). Là, dans son

(1) Ce fait est confirmé par Adèle Colin, aujourd'hui Mᵐᵉ veuve
Martellet, son ancienne gouvernante. On lit dans ses *Souvenirs* :
   « Un jour, vers les six heures du soir, j'entendis des cris, des pleurs;
c'était la dame d'en face, qui me dit que son mari était mort. M. de
Musset n'était pas encore rentré et ne vint que tard pour dîner. J'écri-
vis à M. Desherbiers, son oncle ; je lui racontai l'événement. Je le priai
de venir passer la journée du lendemain à la maison. « Vous trouverez,
ajoutai-je, un prétexte pour rester avec M. Alfred... »
   « Quand Monsieur rentra le soir comme d'habitude, je ne dis pas un
mot de la mort du voisin. M. de Musset n'aurait pas aimé à savoir la

délire, il m'a vue irritée, triste, et refusant de lui pardonner. Ses larmes, ses supplications, son désespoir ont tout appris à sa mère, et lorsqu'il est revenu à lui il lui a tout avoué. Elle a été enchantée en apprenant tout cela, car il avait, depuis longtemps, donné de moi à sa famille une opinion dont vous seriez contente. Bref, j'avais pardonné, quand, quelques jours après, un de ses accès de jalousie est venu tout gâter. Sa tête, qui est très faible, est partie de nouveau, et cette fois il a disparu pendant quatre jours, sans que personne sût ce qu'il était devenu. Comme j'étais horriblement inquiète après avoir écrit trois fois dans la journée (la première), j'étais venue à sept heures du soir, annonçant que je reviendrais à dix. En effet, comme j'approchais avec ma voiture (1), qui trouvé-

mort si près de lui. Il se coucha après avoir soupé. Vers les deux heures du matin, je fus réveillée par un grand coup de sonnette ; je courus à la chambre de monsieur ; je le trouvai méconnaissable, en proie à une terreur affreuse. Il me dit en désignant les pieds de son lit : « Mettez-vous là, à la place qu'occupe un croque-mort ; il me dit « qu'il m'attend, il a un drap noir sur le corps ; aussitôt que vous ces-« sez de parler, il reparaît. »

« J'allumai toutes les bougies, j'ouvris les fenêtres, et enfin le jour dissipa cet affreux cauchemar.

« Quand M. de Musset fut plus calme, il me demanda des nouvelles du voisin. Je lui dis qu'il était parti à la campagne, il y avait une quinzaine de jours et qu'il allait bien... Il me dit : « Quand j'ai vu cette « vision, j'ai pensé qu'il était mort ! »

(1) C'est dans une voiture aussi, dans celle de George Sand, que Mme de Musset consentit à confier son fils à Lélia. « On vint m'avertir que quelqu'un me demandait en bas ; je descendis, suivie d'un domestique et n'y comprenant rien. Je montai dans cette voiture, voyant une femme seule. C'était elle. Alors elle employa toute l'éloquence dont elle était maîtresse à me décider à lui confier mon fils, me répétant qu'elle l'aimerait comme une mère, qu'elle le soignerait mieux que moi. Que sais-je ? La sirène m'arracha mon consentement. Je lui cédai, tout en larmes et à contre cœur, car *il avait une mère prudente*, bien qu'elle ait osé dire le contraire dans *Elle et Lui*. » (Lettre de Mme de Musset à son fils Paul, du 10 avril 1859.) Cette lettre fut écrite après la lecture du *Magasin de librairie*, qui, dans sa livraison du 10 avril 1859, avait publié la 1re partie de *Lui et Elle*.

je devant la porte qui m'attendait ? Sa mère, âgée de
soixante-douze ans, morte d'inquiétude, me serrait les
mains, me parlait avec une tendresse et une bonté
touchantes, me demandant pardon avec le tact d'une
femme du grand monde, puis me disant combien elle
se sentait heureuse que je voulusse bien aimer son fils
qu'elle adore. — Là, dans cette conservation qui a
duré deux heures dans ma voiture, les mains entre-
lacées, les larmes aux yeux, elle m'a raconté et confirmé tout ce qu'il m'avait dit. Elle m'a conté encore
bien d'autres choses qu'il m'avait tues et j'acquis la
preuve qu'il ne m'avait pas trompée et qu'il m'aimait
sérieusement. Sa mère m'a dit : « Sauvez-le, vous le
pouvez, il vous aime assez pour cela. Il était guéri de
ses écarts, il s'y est replongé à cause de vous (il me
l'avait dit lui-même). Sauvez-le, je vous le confie et
aidez-moi. » Puis elle me dit : « Dès qu'il rentrera, je
vous ferai prévenir, fût-ce au milieu de la nuit. »

« On était au fort du choléra. Elle tremblait qu'on
ne le lui ramenât sur une civière, et moi qui me disais
que j'en étais en partie cause, jugez !

« Enfin sa mère est partie chez sa fille (1), sans avoir
pu savoir ce qu'il était devenu.

« A son retour (à lui) quelques jours après, désolé et
honteux de sa conduite, car il avait dû accompagner
sa mère qui était partie seule, il m'a priée de lui écrire,
n'osant pas le faire lui-même. Je l'ai fait et elle m'a
répondu une lettre charmante. En outre, plus tard, il
lui a écrit sur sa situation actuelle et il m'a montré la
réponse de sa mère. J'y ai vu la joie qu'elle sentait
de le savoir aussi heureux qu'il lui disait l'être, et pour

(1) Mᵐᵉ Lardin de Musset, qui habitait Angers depuis son mariage.

moi des actions de grâce et d'amitié partant du cœur
et qui m'ont encore prouvé que j'étais vraiment
aimée (1).

« J'achève en vous disant ma vie actuelle. J'ai loué,
ou pour mieux dire nous avons loué une maison de
campagne à Ville-d'Avray, et c'est de là que je vous
écris. Mon congé est commencé depuis quatre jours.
Je n'ai dit à personne où j'allais et je compte m'ensevelir ici pour six semaines. Sait-on la vérité? Je l'i-
gnore. Ce qu'il y a de certain, c'est que je ne rends
pas la chose publique. Elle se saura, je n'en doute
pas, mais du moins il y aura du décorum.

« La maison où je suis est toute petite, mais très
gentille. C'est un pavillon à l'italienne. Le jardin est
grand et charmant, plein de fleurs, une petite pièce
d'eau avec un bateau. Je suis là délicieusement. J'ai
un piano, car je me suis remise avec fureur à la musique, vu qu'il en est passionné et qu'il est impossible
d'avoir des idées et des sensations plus calquées les
unes sur les autres en musique, littérature et en tout
ce qui tient aux arts. Pour les caractères, différence
notable sur beaucoup de points, pourtant ils se tou-
chent par quelques-uns, mais il faut bien dire que c'est

(1) En même temps, la mère de Musset écrivait à sa gouvernante :
« Je vous remercie, Mademoiselle, de me donner des nouvelles de
mon fils ; vos lettres m'ont fait du bien. J'en avais grand besoin, car
vous savez dans quel état je suis partie ; la santé d'Alfred est loin d'être
bonne, nous savons que presque toujours la grande crise est précédée
par plusieurs jours de souffrance ; je vous prie en conséquence, ma
chère mademoiselle Colin, de vous assurer de l'état dans lequel il est,
même s'il reste chez Mme Allan ; vous pouvez, sous prétexte de lui porter une lettre, s'il en vient pour lui, aller le voir, et, s'il tombe sérieusement malade, vous pouvez offrir vos services à Mme Allan, qui sera
bien heureuse de vous trouver : car personne ne sait le soigner comme
vous quand il a ses crises nerveuses... »
(*Dix ans chez Alfred de Musset*, par Mme veuve Martellet, née Adèle
Colin, p. 120.)

là le côté délicat. Il y a dans cet être deux hommes,
— l'un que j'adorerais s'il était toujours le même,
l'autre que je n'aime guère, je l'ai avoué franchement.
Je remarque déjà quelques modifications, bien légères
il est vrai, mais assez réelles pourtant.

« Il doit travailler. Il a encore bien des idées en
tête et de bonnes et de jolies, mais l'habitude de l'oi-
siveté et la fatigue de sa vie passée lui ôtent l'énergie
nécessaire. Puis c'est une nature fantasque, mobile,
indépendante et qui ne se soucie de travailler que
lorsque l'inspiration lui vient et qui ne va jamais au-
devant. Il a pourtant fait l'autre jour des vers en
m'attendant sur ma terrasse (1). Aujourd'hui nous
avons lu, critiqué, admiré, car il a encore l'enthousiasme et l'émotion. Les larmes lui viennent de beaux
vers ou de belles mélodies, et lorsque son imagination est hantée par le beau, il est l'homme du beau
de ses livres.

« Nous avons chanté, il a dessiné et fait mon portrait. Puis, rentrés du salon à minuit, je vous écris
pendant qu'il dort dans sa chambre auprès de la
mienne.

« Voilà ma vie. Durera-t-elle? Je n'ose pas y penser et je laisse couler les jours, acceptant le chagrin
et la joie, car ils alternent. Je tâche de me résigner à
l'un et de ne pas trop en souffrir, et je jouis de l'autre
autant que je peux... Bonsoir, il est trop tard pour
continuer, et voilà mon inquiet personnage qui se

---

(1) Voici quelques-uns de ces vers que Mᵐᵉ Martellet a recueillis dans
ses *Souvenirs :*

« Puis je viens retrouver la place bien-aimée,
Des fleurs d'or et d'argent la pelouse embaumée,
Et cette vérité qu'on a tant blasphémée
Me vient alors au cœur, que ce monde si beau
Ne peut manquer d'un père, et n'être qu'un tombeau! »

lève pour la seconde fois pour me regarder écrire cette
longue lettre (dont il ne sait pas le contenu). Ne voilà-
t-il pas qu'il se met à faire des vers, en charge il est
vrai : je deviens poète aussi, car je l'aide. Bonsoir, à
demain matin.

« Louise Allan.»

Après avoir lu cette confession, où le cœur de l'a-
mante est mis à nu et comme au vif, le seul mot qui
vienne à l'esprit est celui-ci : « Pauvre femme ! »

J'ai voulu voir la petite maison de campagne où
Mᵐᵉ Allan était allée « s'ensevelir » dans l'espoir sans
doute que la solitude et le voisinage des grands bois
retiendraient, son charme aidant, l'amant fantasque
auquel elle avait associé sa vie. Elle est située tout en
haut de Ville-d'Avray, au bord de la route de Versailles, à deux pas de la vieille église, qu'elle regarde
par deux fenêtres jumelles, ouvertes à la hauteur du
premier étage dans un mur plein, tapissé de lierre. A-
t-elle changé de physionomie depuis 1849? Extérieu-
rement, non. On y entre par une grille en fer qui est
bien du temps, ou encore par une petite porte orne-
mentée dans le goût de l'Empire, au milieu de laquelle
se détachent, sur une sorte de cartouche ajouré, les
initiales « J. P. » du sculpteur Pradier, à qui cette villa
appartenait. Seulement elle ne devait pas avoir de
vis-à-vis sur la route, et du côté du jardin, ombragé
d'arbres magnifiques, on l'a défigurée en la flanquant,
pour l'agrandir, d'un autre bâtiment coiffé comme
elle d'un toit à l'italienne. Quant à la pièce d'eau, elle

n'existe plus : on l'a remplacée par une terrasse d'où la vue s'étend, au midi, sur une colline boisée. — En somme, comme le disait Mme Allan, c'était une gentille maison et dans un cadre de verdure bien fait pour reposer l'esprit.

Cependant je ne pus me défendre d'un sentiment de tristesse en la regardant. Ceux qui l'habitent aujourd'hui ne se doutent pas des scènes de joie et de larmes dont elle retentit tout un été. Savent-ils seulement qu'Alfred de Musset y vécut un de ses derniers caprices ? Les gens de Ville-d'Avray que j'interroge connaissent tous la maison de Balzac,—surtout depuis que Gambetta y rendit l'âme,— mais celle de Pradier ne leur dit rien, et je la chercherais peut-être encore si un naturel du pays n'avait fini par me l'indiquer...

Tout à coup, au moment où je me retournais afin de la contempler une dernière fois, une fenêtre s'entr'ouvre au-dessus du mur tapissé de lierre. Je m'arrête et, dans la clarté mourante du premier crépuscule, j'aperçois une figure de femme qui se penche en avant comme pour voir venir quelqu'un sur la route. C'en est assez pour évoquer à mes yeux la mélancolique image de Mme Allan. Que de fois, elle aussi, elle regarda le soir par la fenêtre de sa chambre, épiant Musset qui était parti le matin irrité ou malade, et qui tardait à revenir ! Il lui arrivait souvent, en effet, de rester trois ou quatre jours à Paris sans donner de ses nouvelles. C'étaient pour elle autant de jours de supplice. Elle se rendait au quai Voltaire, où sa gouvernante lui disait généralement qu'elle ne l'avait pas vu. Elle allait et venait dans Paris comme une âme en peine, cherchant partout le fugitif et ne le trouvant pas. De guerre lasse, elle revenait à Ville-d'Avray, et quelquefois c'était lui qui lui ouvrait la porte. Comme elle était heureuse alors ! et que ses larmes étaient vite essuyées ! Pour fêter le retour de l'enfant prodigue, on faisait de la musique jusqu'à onze heures ou minuit ; elle chantait, il disait des vers, la nuit achevait le raccommodement, et, après quelques jours de calme et de tendresse, la même comédie recommençait. C'était toujours la jalousie qui était cause de leurs brouilles. Jalousie de qui ? Jalousie de quoi ? De tout et de rien, d'une chimère ou d'une ombre. Il était jaloux d'elle, de son frère Paul, de sa mère, de sa sœur qu'il aimait au fond de tout son cœur ulcéré et endolori, mais qu'il accusait à tort et à travers, dans ses moments de folie, de n'avoir jamais su faire son bonheur, quand tous y travaillaient à qui mieux mieux.

Un jour, — c'est Mme Samson-Toussaint qui me lisait ce détail dans une lettre de son amie, — un jour Mme Allan lui ayant demandé gentiment de lui présenter son frère, il lui répondit sur un ton qui n'admettait pas de réplique :

— Ah ! ça, non, par exemple, car je sens que vous l'aimeriez mieux que moi !

Une autre fois, beaucoup plus tard, — je tiens ce fait de Mme Martellet elle-même, — Mme Allan ayant eu besoin, pour ses intérêts, d'aller dans un établissement de crédit quelconque, il fut pris de je ne sais quel soupçon et ne fut rassuré que lorsqu'il l'eut décidée à emmener sa gouvernante avec elle.

Une pareille vie était un véritable purgatoire, pour ne pas dire un enfer, et j'admire que Mme Allan ait pu la supporter si longtemps. Encore n'ai-je pas tout dit. J'ouvre le volume de *Souvenirs* de Mme Martellet et je lis entre les lignes que Mme Allan avait à se

défendre aussi contre les excès de zèle de cette gouvernante qui, sous prétexte que la mère de Musset
lui avait recommandé de ne jamais le quitter, même
à Ville-d'Avray, ne pouvait souffrir, quand il était
malade, que sa maîtresse s'installât au pied de son lit.
Un jour qu'il était rentré chez lui avec la fièvre,
Mlle Colin, avertie par un billet que Mme Allan viendrait le voir vers deux heures, profita de ce qu'il
dormait pour avancer sa montre, de manière à lui
laisser croire, s'il se réveillait, que l'amie avait oublié
l'heure du rendez-vous. Puis elle ferma toutes les
issues afin qu'il n'entendît pas les coups de sonnette.
Mme Allan arrive, se pend au cordon de la porte,
sonne, frappe, et dans son impatience fait claquer ses
doigts (encore un détail qui m'est donné par sa gouvernante). Personne ne répond. Furieuse, elle redescend
sur le quai, regarde les fenêtres de l'appartement de
Musset et, n'y découvrant aucun signe de vie, s'éloi-
gne en maugréant. Le soir, elle envoie prendre des
nouvelles du malade : Mlle Colin répond que monsieur garde le lit et lui a défendu de lui donner aucune
lettre et de recevoir qui ce soit. Enfin, deux ou trois
jours après, quand Mme Allan est admise auprès de
lui, c'est pour s'entendre reprocher de n'être pas
venue à l'heure indiquée par elle — : « Je vous ai
attendue deux heures, — lui dit-il, — vous m'avez
empêché de dormir ! »

Pendant ce temps-là la gouvernante riait tout bas
derrière la porte.

IV

Mais Mme Allan n'était pas si dupe qu'on pourrait le croire. Cette lettre, adressée par elle à Mme Samson-Toussaint en octobre 1849, témoigne, au contraire, que, si l'amour lui avait tourné un moment la tête, il ne lui avait pas pris toute sa raison :

« Je suis aimée et même adorée, plus encore maintenant qu'au commencement; mais il y a des points par lesquels nous nous touchons si rudement qu'il y a douleur pour tous deux, et douleur si insupportable que, dans ces moments-là, ni l'un ni l'autre ne peuvent plier. S'il se montrait toujours du côté que j'aime, il n'y aurait rien de si doux ni de si beau. Mais malheureusement il y a l'*autre lui*, auquel je sens que je ne m'habituerai jamais. Déjà deux fois j'ai brisé ou voulu briser ce lien qui par instants n'est plus possible. Ce sont des désespoirs auxquels je ne sais pas résister, des attaques de nerfs qui amènent des transports au cerveau, des hallucinations et des délires. Ma présence, ma main dans les siennes, un mot d'affection font disparaître tout cela comme par enchantement. Puis ce sont des repentirs tout aussi exaltés, des joies de me recouvrer, des reconnaissances qui m'émeuvent et qui me font de nouveau rentrer dans la joie que j'ai voulu quitter. Quelle tête à l'envers, ma chère amie! L'amour le grise aussi bien qu'autre chose. Par moments, l'ivresse en est sublime, mais que d'autres instants où elle n'est presque pas tenable! C'est un labeur que de se laisser aimer par lui. C'est par l'orgueil immense de son caractère, et la fierté incontestable du mien que nous nous froissons. Cet orgueil n'est pas justement celui devant lequel je plierais avec bonheur, celui du poète, celui du talent et de la renommée; point du tout. Ici, il n'y en a pas. Votre père serait bien étonné d'entendre apprécier ainsi par l'auteur lui-même ces œuvres qu'il n'aime pas. Il est vrai que ces jugements, si modestes et si sincères, je vous le jure, ne sont portés que devant moi. C'est dans l'épanchement de l'intimité qu'ils se font jour; devant le public, il n'est pas si humble.

« Que vous dirai-je encore? Son passé désordonné laisse des traces indélébiles. Avec un caractère ombrageux, la méfiance et le soupçon ne se présentent qu'au milieu d'un cortège de ressouvenirs très amers à entendre et qui, à tout prendre, sont ceux d'un ex-libertin. Je ne les supporte pas, et alors querelles, pardons et réconciliations. Voilà! je n'ai jamais vu de contrastes plus frappants que les deux êtres enfermés dans ce seul individu. L'un, bon, doux, tendre, enthousiaste, plein d'esprit, de bon sens, naïf (chose étonnante), naïf comme un enfant, bonhomme, simple, sans prétention, modeste, sensible, exalté, pleurant d'un rien venu du cœur, artiste exquis en tous genres, sentant et exprimant tout ce qui est beau dans le plus beau langage, musique, peinture, littérature, théâtre.

« Retournez la page et prenez le contre-pied, vous avez affaire à un homme possédé d'une sorte de démon, faible, violent, orgueilleux, despotique, fou, dur, petit, méfiant jusqu'à l'insulte, aveuglément entêté, personnel et égoïste autant que possible, blasphémant tout, et s'exaltant autant dans le mal que dans le bien. Lorsqu'une fois il a enfourché ce cheval du diable, il faut qu'il aille jusqu'à ce qu'il se rompe le cou. L'excès, voilà sa nature, soit en beau, soit en laid. Dans ce dernier cas, cela ne se termine jamais que par une maladie, qui a le privilège de le rendre à la raison, et de lui faire sentir ses torts. Je ne sais comment il a pu y résister jusqu'ici et comment il n'est pas mort cent mille fois... »

La plume qui a signé cette page était, certes, d'une femme qui n'était pas médiocre. En la transcrivant je pensais, malgré moi, à George Sand. Ah! si elle avait pu la lire, quelle joie elle en eût ressentie! « Le voilà, se serait-elle écriée, l'amant de Venise qu'on m'a tant accusé d'avoir lâché, sinon trahi! N'est-il pas vrai que, pour lui demeurer fidèle, il aurait fallu avoir l'âme d'une sainte? » — « Sainte » est peut-être exagéré, mais il est sûr que, pour aimer un homme de ce caractère, il fallait une vocation particulière, un tempérament spécial, une patience à toute épreuve. Du reste, Alfred de Musset se rendait lui-même pleine justice en préférant le commerce des filles à celui des femmes qui pouvaient le comprendre.

Deux mois plus tard, Mme Allan achevait de se peindre au naturel dans la lettre que voici, adressée, comme les précédentes, à Mme Samson-Toussaint :

         « Paris, 28 décembre 1849.

« Lorsque, le mois dernier, j'ai reçu votre lettre, ma chère Adèle, dans quel moment m'est-elle arrivée! Qu'elle m'a fait de mal! Nous étions brouillés (pour la vingtième fois peut-être), et cette fois si sérieusement que depuis un mois je ne l'avais vu et ne savais s'il était mort ou vivant. Les brouilles vinrent de lui, les ruptures de moi; et malgré toutes mes résolutions, après un temps plus ou moins long, il me revient si tendre et si amoureux, que je ne puis lui résister; il ne peut renoncer à moi, et, de mon côté, je lui pardonne tout...

« Je le fuis, lorsqu'il me rend malheureuse, mais

je ne puis m'empêcher de lui revenir quand je le vois triste et malheureux. J'étais restée plus d'un grand mois sans le revoir et je me disais à chaque instant que c'était bien fini. J'étais triste, humiliée à mes yeux, accablée du passé, me jugeant avec cette amertume froide que je vous souhaite, mon amie, de ne jamais connaître. Enfin, un matin, une lettre m'arriva. Elle m'annonçait une maladie terrible où il avait fallu employer le chloroforme; il y avait dans cette lettre un reproche doux qui me perçait le cœur.

« Comme il était à peu près guéri, nous nous sommes revus, et, bien que je n'aie accepté qu'une situation d'amitié qui ne lui manquera jamais, — de ceci j'en puis jurer; — mais, ma chère, vous savez comme on se trompe quand on se rabat sur l'amitié!... De fait, pourtant, je ne sentais plus d'amour pour lui, où je le croyais, — mais le voilà qui se remet à être comme aux premiers jours où je vous en parlais. Le voilà timide, résigné, contenant son amour que le passé et le souvenir de bien des torts allumaient. Je le vois s'efforçant de ne pas me déplaire, voulant n'être qu'un ami, et si malheureux que mon cœur n'y a pu tenir...

« Me voilà reprise de plus belle. Je crois que cela ne finira jamais, et pourtant, au moment où je vous écris, nous sommes encore brouillés, mais cette fois les torts sont à moi. Je l'ai blessé, et il a raison de m'en vouloir. Cependant il ne faut rien exagérer. C'est en raison de son caractère ombrageux, sensible et jaloux que je me donne tort, car, en réalité, je n'ai pas commis un bien grand crime. J'ai voulu être équitable et loyale envers Legouvé dont je vais répéter une pièce où j'ai le plus beau rôle du monde.

« Mais que vais-je vous raconter là? C'est une affaire de théâtre. Laissons cela de côté. J'ai vu Mᵐᵉ de Musset hier, et bien qu'elle m'ait blâmée sur ce point, elle n'a pas envisagé la chose d'une façon aussi tragique que son fils. Il est arrivé pendant que j'étais là, et il est parti quelques instants après, furieux de ce que sa mère n'était pas en colère contre moi. J'attends que ce grand accès soit apaisé et nous verrons...

« Adieu, chère... Ah! que je suis triste en écrivant ces mots-là!

« LOUISE ALLAN (1). »

Il s'agissait probablement de la comédie de M. Legouvé, *Bataille de Dames*, où Mᵐᵉ Allan devait obtenir un si gros succès dans le rôle de la comtesse d'Autreval. Mais je ne vois pas en quoi elle pouvait avoir manqué d'égards à Musset. Il était alors question de monter *le Chandelier* à la Comédie-Française. L'administrateur avait-il songé à donner un tour de faveur à la pièce de M. Legouvé, et Musset, avec son injustice coutumière, s'en prenait-il à Mᵐᵉ Allan? Je manque d'informations sur ce point, mais il devait y avoir sous roche quelque anguille de cette espèce, car Musset était fort jaloux de ses intérêts, et je lis dans *les Confessions* d'Arsène Houssaye que, lorsqu'il n'avait pas été joué seulement d'une semaine, il ne se gênait pas pour rappeler cet administrateur à l'ordre. Quoi qu'il en soit, il est certain que les relations du poète avec la comédienne se refroidirent à la suite de cet incident. *Le Chandelier* fut représenté le 29 juin

(1) Lettre publiée par M. Georges Montorgueil, dans *l'Eclair* du 9 janvier 1906.

1850. Six semaines avant, par conséquent en pleines
repétitions, Mme Allan écrivait à Mme Samson-Toussaint :

« Paris, 16 mai 1850.

« Dans cinq jours il y aura un an que je vous ai
dit adieu au Havre...

«Pour moi je n'ai rien de bien agréable à vous dire
ni rien de trop fâcheux : je suis dans une solitude
complète (d'un côté). Voilà environ un mois que je
n'ai vu Alfred et n'ai eu de ses nouvelles : ce qu'il fait,
Dieu le sait. Est-ce fini ? Je n'en sais rien, car nous ne
sommes point brouillés. L'absence durera-t-elle ? Je
l'ignore. Je ne fais absolument rien pour la faire cesser, et comme je ne m'en trouve pas mal du côté du
calme, cela durera tant qu'il plaira à Dieu. Si ce cœur
volage revient comme il est revenu bien des fois déjà,
ne pouvant pas me voir sans m'aimer, nous verrons
quelle sera l'inspiration qui me guidera. Vous savez
que c'est ainsi que je suis maintenant. Si c'est à jamais
fini entre nous deux (qui peut en jurer ? ce n'est pas
lui, certes, ni moi), si c'est fini, cela aura duré un peu
moins de onze mois : belle durée comme vous voyez ;
il y a de quoi rabattre un peu mon orgueil, si je pouvais en avoir pour des choses de ce genre ; mais loin
de là, je suis humble dans ma conscience, comme il
convient à un cœur qui a de la fierté et point de vanité.
Je tâche de me guérir peu à peu des sentiments et des
passions en voyant ce qu'ils deviennent. Nous ne
sommes tous, hommes et femmes, que des dupes, et
nous avons grand tort de nous jeter à la tête ceci et cela.
Le cœur humain suit sa marche en se moquant de
notre raison, ou plutôt de nos raisons... »

Mais elle n'était pas encore guérie de son attachement pour Musset, malgré toute sa résignation apparente. Elle avait même laissé passer une belle occasion de rompre définitivement avec lui, quelque temps avant la première représentation du *Chandelier*. Musset, qui ne pouvait souffrir Mme Allan dans le rôle de Jacqueline, pour lequel il la trouvait beaucoup trop mûre, s'efforçait de l'en dégoûter, crainte d'un échec, et jetait continuellement des pierres dans son jardin.

Un jour qu'il était un peu plus gai que de coutume, il arriva sur le théâtre au moment où Delaunay déclamait les stances fameuses :

> Si vous croyez que je vais dire
> Qui j'ose aimer,
> Je ne saurais pour un empire
> Vous la nommer.
> Nous allons chanter à la ronde
> Si vous voulez,
> Que je l'adore...

Musset ne le laissa pas finir et dit tout haut dans la coulisse :

> ... et qu'elle est ronde
> Comme un tonneau !

Mme Allan avait parfaitement entendu, mais, en femme d'esprit qu'elle était, elle n'en parut même pas troublée. Elle avait une autre manière de punir le poète, c'était de sauver sa pièce en sauvant le rôle scabreux de Jacqueline à force de talent et de grâce légère. La première représentation, malgré la réserve du public, fut un nouveau succès pour elle, mais au regard de l'amour ce fut son chant du cygne.

Elle écrivait à Mme Samson-Toussaint, le 19 août 1850 :

« ... Je ne sais s'il ne vaut pas mieux vivre dans l'apathie que de ne jamais sentir la vie que dans la douleur. Si vous saviez, chère Adèle, ce que j'ai réfléchi et médité depuis quelques mois. Si vous saviez le profond dédain que je ressens pour tous *sans exception*; à quel point le hideux égoïsme de chacun vient me hanter. Si vous saviez quelle transformation je sens s'opérer en moi ; comme je hausse les épaules sur moi-même, quel mépris de tout, de tous, et de mon pauvre cœur ! j'envie votre mère, qui devient de plus en plus apathique... Je viens d'avoir un superbe succès dans *le Chandelier* et vous seriez contente de moi, j'en suis bien sûre ; malgré des chaleurs de trente-cinq degrés, nous faisons de l'argent avec cette pièce, qui charme les uns, qui scandalise les autres, pour laquelle personne n'est indifférent et qui est jouée (dit-on) avec une perfection rare par votre père, le jeune Delaunay et votre humble correspondante... J'ai fait des progrès depuis que vous ne m'avez vue et j'espère en faire encore... »

Cependant, à partir de la représentation du *Chandelier*, elle prit la résolution de ne plus jouer que des rôles de mères ; et quant à Musset, comme elle avait le droit de penser, après sa sortie, qu'elle avait cessé de lui plaire, en dépit de ses protestations d'amitié, elle profita d'un voyage d'affaires en Algérie pour rompre avec lui sans secousse, sans explications, mais d'une façon définitive.

Ce voyage se fit au commencement de l'année 1851. La date de son retour nous est donnée par la lettre suivante, qu'elle adressait à Philippe Busoni, — rédacteur à *l'Illustration* — et l'un des fidèles d'Alfred de Vigny :

« N'oubliez pas, cher Monsieur, que vous m'avez
promis de dire quelques mots de mon retour ; j'ai
rejoué hier *la Bataille de Dames*, et quoique pris à
l'improviste (car Houssaye ne me gâte pas), le public
a bien voulu se déranger pour venir me voir et me
bien accueillir; nous avions une belle salle argent
comptant, ce qui prouve que je ne suis pas encore...
aussi retirée dans les Vosges qu'on veut bien le dire.

« En attendant la visite que vous me promettez, je
vous envoie mes compliments d'amitié auxquels je
joins mes félicitations pour la beauté de votre fille qui
était vraiment charmante l'autre soir.

« LOUISE ALLAN (1). »
« 29 octobre 1851. »

Trois jours après, elle écrivait à Musset au sujet de
la représentation de *Bettine* au Gymnase :

« Votre pièce est charmante, tout y est vrai ; bien
senti, bien exprimé, plein de grâce et de charme. Bettine est une figure achevée. *On dit* que le premier
jour a été froid et que vous êtes parti découragé. Je
ne vous dirai pas que vous avez tort; mais je puis
bien vous dire ce que je crois fermement : c'est qu'on
en reviendra, et que le succès ne peut manquer à une
chose si délicate et si touchante. Hier on a pleuré;
pourquoi ne pleurerait-on pas encore? Lorsqu'on a
joué *Quitte pour la peur*, de M. Alfred de Vigny, le
premier jour a été beaucoup plus froid que le vôtre;
le succès a grandi peu à peu et si bien que le ministère a défendu la pièce. Le succès de *Bettine* grandira,
c'est moi qui vous le dis. Les raisons de la première

(1) Lettre inédite.

froideur sont connues, mais je ne puis les dire en ce moment.

« Outre que je vous félicite de cette œuvre charmante, je vous félicite du rare talent avec lequel elle a été rendue par Rose Chéri. Elle est parfaite et à la hauteur de ce qu'elle dit — ce qui certes est beaucoup ; mais je la regarde comme bien heureuse que vous ayez écrit cette belle cantate pour elle. Le public si-désagréable des premières représentations a été injuste pour tous deux ; le public de tous les jours sera meilleur, je vous le promets ; je ne suis pas seule de mon avis. Je ne finirais pas si je vous disais tout ce que j'ai trouvé de bon dans cette nouvelle œuvre ; mais, comme il faut finir, je m'arrête pour vous serrer la main de bonne amitié, et aussi pour le franc et vif plaisir que j'ai éprouvé en vous voyant toujours le même talent.

« Louise Allan. »

« 1er novembre 1851. »

Cette lettre affectueuse et réconfortante, la dernière, à ma connaissance, que la comédienne ait écrite au poète, prouve deux choses : d'abord, que tout était fini entre eux, — autrement elle lui aurait dit tout cela de vive voix ; ensuite que l'amitié, survivant chez elle à l'amour, n'était pas encore exempte de regrets. Son petit mot à l'adresse de Rose Chéri et celui de la fin, avec sa pointe légèrement adoucie, laissaient même percer un peu trop, à mon avis, le ressentiment. Il est si difficile à une femme d'oublier celui qu'elle a beaucoup aimé (1) !

Quant à lui, qui, durant cette liaison de deux ans

_____

(1) « Me faites-vous un rôle ? » lui écrivait-elle quelques jours auparavant.

était retourné vingt fois à son vomissement avec la
brune et la blonde — et qui répondait un jour à Marie
Nodier lui reprochant d'avoir désappris le chemin de
l'Arsenal :

> Meure mon triste cœur quand ma pauvre cervelle
> Ne saura plus sentir le charme du passé !

— je ne sais s'il trouvait encore quelque charme au
souvenir des heures qu'il avait passées aux pieds et
dans les bras de Mme Allan ; mais ce que je sais bien,
parce que son frère et Mme Martellet nous l'ont dit et
répété à tour de rôle, c'est qu'il lui en voulut toujours
de lui avoir pris... « son *Lamartine* ». Ce *Lamartine*
a une petite histoire qu'il faut que je raconte. Un jour,
dans ses promenades à travers les vieilles rues de
Paris, Musset aperçut à la vitrine d'un brocanteur une
copie au pastel de la *Poésie* de Carlo Dolci à laquelle
il trouva une certaine ressemblance avec le poète des
Méditations (1). Comme il avait une grande admiration pour Lamartine, il l'acheta et lui fit une place
d'honneur parmi les estampes qui décoraient son cabinet de travail. Mais voilà que, longtemps après, au
cours d'une visite, Mme Allan remarqua ce pastel et
témoigna le désir de le posséder. Comme il n'avait
rien à lui refuser alors, Musset le décrocha et lui en
fit cadeau, mais il ne s'en était pas dessaisi qu'il s'en
montra fort contrarié, et, depuis, il ne cessait de répé-

---

(1) M. A. d'Ancona, le distingué professeur de l'Université de Pise,
m'a procuré une belle épreuve photographique de ce tableau célèbre qui
appartient à la galerie Corsini, de Florence. Une légende veut que ce
soit la fille de Carlo Dolci qui ait « posé » cette *Poésie* raphaélesque au
front ceint de laurier. Ce qu'il y a de sûr, c'est qu'en déformant tant
soit peu l'original — et c'est probablement ce qu'avait fait l'auteur du
pastel acheté par Musset — on obtiendrait un assez bon portrait de
Lamartine.

ter autour de lui : « Quel besoin Mme Allan avait-elle de m'enlever mon *Lamartine* ? »

Le grand poète, qui n'avait pas toujours été juste envers Musset, aurait sans doute été touché de ce trait.

V

— Et l'autre, dira-t-on, le plus heureux ou le plus malheureux des trois, qu'était-il devenu, que faisait-il pendant ce temps ?

Ce qu'il faisait ? — Il chassait les ours et les loups en Russie.

Madame, il fait grand vent, et j'ai tué six loups !

A l'époque où Mme Allan était avec lui à Saint-Pétersbourg, la chasse était déjà son passe-temps favori (1). Il laissait sa femme, des semaines entières, pour aller courir la campagne, la carabine au poing. Et elle s'en désolait dans toutes ses lettres, disant : « N'épousez jamais un chasseur ! » Elle ne savait pas

---

(1) C'est au point que Servais, le violoncelliste, écrivait un jour à Mme Allan :

« Combien j'étais charmé, Madame, de ne pas m'être vu effacé de votre souvenir en recevant votre charmant billet qui me met à même de comprendre les raisons pour lesquelles Allan m'a tout à fait oublié ; mais ce qui est différé n'est pas perdu. Ainsi donc je m'estimerai heureux de passer chez vous dimanche et par là de réitérer pour ainsi dire connaissance avec mes anciens amis et de passer quelques heures avec vous.

« Je ne parle pas d'Allan, vu que la chasse lui aura peut-être ôté le goût de la musique et que les cris des ours qu'il attaque lui auront gâté l'oreille.

« Dites-lui, je vous prie, Madame, qu'il me prépare quelques bécasses, mais qu'il n'aille pas les chercher au marché du gibier, car, quoique je n'aie pas couvert mes trophées de peaux d'ours, je pourrais peut-être discerner le gibier frais du vieux... — (*Inédit.* — *Communiqué par la famille de Mme Allan.*)

si bien dire. Les absents, d'ailleurs, ont toujours tort, au théâtre surtout, lorsque leur absence dure des années.

Quand Allan rentra en France, vers 1853, ce fut pour apprendre de la bouche même de sa femme le malheur qui lui était arrivé. Elle aurait pu le lui cacher, certes, car sa liaison avec Musset n'avait causé aucun scandale. Pour ne pas éveiller les soupçons, elle évitait de le recevoir les jours où elle attendait son frère, et où son fils, le collégien, était de sortie (1). Mais elle était trop honnête pour reprendre avec son mari la vie commune, ayant un tel poids sur la conscience. Elle lui avoua donc sa faute, et, comme il avait beaucoup à se faire pardonner lui aussi, il pardonna. Il avait acheté, à son retour, aux portes de Nancy, une belle propriété pour y prendre sa retraite. C'est sa femme qui présida à son installation, mais elle n'y passa jamais que le temps des vacances : elle ne pouvait se résigner à quitter le théâtre, où sa renommée grandissait de jour en jour (2). Après sa rupture avec Musset, elle avait transporté son domicile au n° 47 de la rue Laffitte. C'est là qu'en plein triomphe et sans que rien fît présager une fin si brusque, la mort la

_____

(1) Elle écrivait à Mᵐᵉ Samson-Toussaint, le 18 juillet 1849 :
« J'ai eu bien des soucis et des travers depuis votre départ : ils m'ont accablée : pertes d'argent sous toutes les formes, vols chez moi par (je crois) votre ouvrière que je tâche de faire poursuivre : — elle m'a volé un mantelet de huit cents francs, de l'argenterie, que sais-je ? Puis voilà mon fils qui m'inquiète ; il est dans l'âge de la puberté et je suis vraiment tourmentée. Je ne sais ensuite ce qu'a mon frère contre moi. Il ne sait pourtant rien, mais on dirait qu'il s'en doute, et alors ce sera une rupture. J'ai reçu la réponse à ma lettre, une lettre qui me fait saigner le cœur quand j'y pense. Ah ! pauvre amie, que la vie est difficile, quel prix nous coûte l'espoir seul du bonheur !... »
(2) Un de ses plus grands succès fut le rôle de « lady Tartufe », dans la pièce de Mᵐᵉ de Girardin, qui fut représentée à la Comédie-Française le 10 février 1853.

prit en quelques heures, au mois de février 1856.
Huit jours auparavant, ayant appris le décès de Henri
Heine, elle avait dit à M. Legouvé : « Cela va bien
frapper M. de Musset! » — Sa mort à elle devait le
frapper bien davantage.

Depuis quelque temps, elle souffrait d'une maladie
pour laquelle elle recevait les soins du docteur Jobert
de Lamballe. Mais elle ne s'affectait pas trop, étant
optimiste de sa nature, et, le 1er février, elle assistait
encore à la première représentation de *Guillery*, dans
une loge de balcon, à côté de sa gracieuse camarade
Mlle Fix. Le mal s'étant subitement aggravé, son médecin jugea qu'une opération chirurgicale était devenue nécessaire : il convoqua ses confrères Andral et
Velpeau. Malheureusement, M. Andral n'était pas
libre. L'opération fut remise au samedi. Cela se passait le jeudi matin. La nuit du jeudi fut assez bonne,
la journée du vendredi aussi. Tout à coup, à la chute
du jour, Mme Allan se plaignit d'un grand froid aux
extrémités inférieures et, graduellement, aux autres
parties du corps. Mandé en toute hâte, le médecin
ordonna de frictionner énergiquement la malade et de
l'envelopper de laine afin de rappeler la chaleur vitale
et de provoquer la transpiration. On s'empressa d'exécuter cette prescription, mais, malgré tous les soins
qui lui furent prodigués, Mme Allan ne tarda pas à
entrer en agonie, et le 22 février, à neuf heures un
quart du soir, elle expirait dans les bras de son mari
qui éclata en sanglots.

Prévenu aussitôt de l'événement, M. Empis, administrateur de la Comédie-Française, se rendit auprès
d'Allan pour lui offrir, en son nom personnel (1)

(1) M. Empis ne pouvait oublier que Mme Allan avait concouru à

et au nom de la Comédie, ses regrets d'une telle
perte. Quand la funèbre nouvelle se répandit au théâtre, tout le monde en fut profondément ému, car
Mme Allan n'y comptait que des amis, mais c'est encore Mme Arnould-Plessy qui en ressentit le plus de
chagrin. Elles s'étaient connues à Saint-Pétersbourg
à la fin du séjour de Mme Allan (1), et tout de suite
elles s'étaient prises l'une pour l'autre d'une amitié
qui ne fit que grandir et ne fut jamais obscurcie d'aucun nuage. En 1853, lors du bénéfice de Samson,
Mme Arnould-Plessy étant venue exprès de Saint-
Pétersbourg pour y prendre part, Mme Allan lui abandonna spontanément son rôle dans *les Fausses confidences*, afin que tous les applaudissements fussent
pour elle, et c'est Mme Allan qui, avec son goût exquis, régla tous les détails de sa toilette. Le lendemain de cette mort, Mme Arnould-Plessy devait jouer
dans *le Misanthrope* et dans *la Gageure imprévue*.
Elle déclara qu'elle n'en aurait pas le courage, et le
spectacle dut être changé. Deux ans après, elle pleurait encore son amie, et elle écrivait à Mme Samson-
Toussaint, revenue trop tard du Brésil pour assister
à ses obsèques : « Quand irons-nous prier sur la tombe
de Mme Allan ? »

Les journaux avaient été unanimes à vanter les
mérites de la défunte (2). La Comédie, dont elle n'é-

l'un des beaux succès de sa carrière dramatique. C'est elle, en effet,
qui avait joué à côté de Mlle Mars le rôle de « la Dame » dans la comédie intitulée *la Dame et la Demoiselle*.

(1) Mme Arnould-Plessy avait quitté la Comédie-Française en 1845,
la veille de son mariage, pour contracter un engagement avec le Théâtre Michel de Saint-Pétersbourg. Elle n'y rentra définitivement que le
17 septembre 1855.

(2) Et non seulement les journaux, mais ses camarades. Bouffé, apprenant sa mort, dit : « Quand on a ce talent, on ne devrait pas mourir ! »

tait que pensionnaire, chargea Samson de prononcer son éloge. Quand le cortège fut arrivé au cimetière, l'illustre comédien s'avança au bord de la tombe et, d'une voix entrecoupée par les larmes, il dit tout ce que l'art et ses amis perdaient en la personne de celle qui leur avait été enlevée si prématurément; Alfred de Musset, qui avait tenu à l'accompagner jusqu'au Père-Lachaise, avait peine à maîtriser son émotion.

La semaine suivante, Tattet mandait à Guttinguer.

. « Alfred est beaucoup plus affecté que je n'aurais cru de la mort de Mᵐᵉ Allan. Il est vrai qu'il lui avait tant d'obligations! ç'a été sa meilleure amie (1)! »

La mort de Tattet lui porta le dernier coup. Six mois après il le rejoignit dans l'autre monde.

Depuis lors, l'auteur du *Caprice* et sa glorieuse interprète reposent assez près l'un de l'autre, au bas de la morne colline, pour que l'ombre de Mᵐᵉ Allan puisse entendre la plainte du vent dans le saule éploré de la tombe de Musset.

Paix à leur mémoire !

(Cf. ses *Souvenirs*.) — Parlant d'elle à ce propos, Delaunay qui avait joué *le Chandelier* à ses côtés, s'exprime ainsi sur son compte :
« Chaque fois que j'en ai trouvé l'occasion, j'ai dit combien j'aimais et admirais cette artiste consciencieuse, émouvante, « comme il faut » et toujours « dans son rôle ». Pas jolie, certes, avec ses gros yeux et sa démarche alourdie par un embonpoint peu ordinaire ; mais quel feu, quelle émotion communicative et quel art d'émouvoir ! On apprit la mort de la pauvre femme pendant une représentation de *Bertrand et Raton*. Ce fut une consternation générale. Elle allait jouer *le Village*, de Feuillet, et on l'y disait merveilleuse. » (*Souvenirs*, p. 123.)
(1) Lettre inédite tirée des papiers de Guttinguer.

CHAPITRE VII

LOUISE COLET

I. — Une femme à scènes. — Sa liaison avec Victor Cousin. —
Ses premiers prix à l'Académie-Française. — Le docteur
Quesneville. — Pour une *Guêpe* d'Alphonse Karr. — Sainte-
Beuve chargé par Cousin de placer la copie de Mme Colet. —
Deux lettres du critique à la poétesse. — Flaubert et « la grande
Sainte-Beuve » ! — Béranger, l'homme de confiance de Cousin.
— Un passage de *Jacqueline Pascal* sur les bas-bleus. —
Désintéressement et fierté de Louise Colet.

II. — Comment elle rencontra Gustave Flaubert. — Une liaison
de huit ans. — Les lettres de Flaubert à Louise Colet. — Que
sont devenues celles de Louise? — Caractère de la passion
qu'ils eurent l'un pour l'autre. — Un « Androgyne de lettres ».
— Ce que Flaubert pensait de Victor Cousin. — Ce qu'il aurait
voulu faire de Louise Colet. — Départ de Flaubert pour la
Grèce. — Influence de ce voyage sur lui. — Son retour en
France.

III. — Intrigue de Louise Colet avec Alfred de Musset. — Correspondance de Flaubert à ce sujet. — Son opinion sur la
poésie de Musset. — Le sentiment et l'esprit dans les œuvres
poétiques. — Louis Bouilhet et *Melœnis*. — Est-il vrai que les
chefs-d'œuvre soient bêtes? — Théorie de Flaubert à ce sujet. — Le discours de Musset à l'Académie Française critiqué
par Flaubert. — Le bout de l'oreille du jaloux. — Le roman
de *Lui*. — Maxime du Camp se fait le vengeur de Flaubert. —
Cause de la brouille de Flaubert avec Louise Colet. — Le rôle
de Musset dans *Lui*. — Mme Colet a-t-elle dit la vérité? — Un
sonnet de Musset sur le lion du Jardin des Plantes. — Le drame
de Venise raconté par Louise Colet. — Son talent d'écrivain
apprécié par Philarète Chasles et Gustave Flaubert.—Comment
se dénoua son intrigue avec Musset. — La dernière scène. —
Après la mort de Musset. — Vers qu'elle lui consacra dans *la
Presse*. — Qu'il y a des degrés dans la gloire et dans l'amour.
— Mme Colet et Hortense Allart de Méritens.

I

Celle-là fut ce qu'on est convenu d'appeler « une femme à scènes ». Elle aurait manqué dans la galerie des amies de Musset.

Louise Colet — j'avais le nom de Louise Labé au bout de ma plume, et le fait est que la première a plus d'une ressemblance avec la seconde (1), — Louise Colet a fait des scènes terribles à tous les malchanceux qui entrèrent dans sa vie par le grand escalier et même à ceux qui, sans y entrer, la côtoyèrent de trop près : à Cousin, à Flaubert, à Musset, qui furent ses amants avérés, comme à Sainte-Beuve, qui ne fut même pas son ami. Je laisse de côté Alphonse Karr, qui reçut d'elle un coup de canif dans le dos, pour une *Guêpe* encore plus vive.

Et cependant, malgré son mauvais caractère, elle inspira aux trois grands écrivains que je viens de nommer une véritable passion. Celle de Victor Cousin dura environ dix ans ; celle de Gustave Flaubert un peu plus d'un lustre, et celle d'Alfred de Musset un peu moins de six mois — sa mesure habituelle (2).

(1) Elle était d'origine lyonnaise, comme elle.

(2) Elle ne se contenta pas d'inspirer de l'amour, elle inspira encore à plus d'un cette admiration « qui tient lieu de bonheur », comme le lui écrivait, en 1842, le « vieillard étranger au monde » qui, cette année-là, fit imprimer ses œuvres poétiques en un magnifique in-folio tiré à 25 exemplaires, qu'on peut consulter à la Bibliothèque nationale.

On attribua longtemps cette édition royale à la galanterie de Victor Cousin, quoiqu'il passât plutôt pour être très près de ses pièces. On sait aujourd'hui de façon certaine que le vieillard en question n'était autre que le docteur Quesneville, pharmacien et directeur du journal *la Revue scientifique*. Voici, en effet, la lettre qu'il adressait, en 1842, à Jules-Joseph Arnoux, ancien rédacteur du *Globe* et de *l'Epoque* :

« J'ai réfléchi qu'attendre au 19 mars (jour de la fête d'Arnoux) pour vous envoyer cela serait profondément absurde, car vous ne devez pas vous dissimuler que vous seriez le dernier auquel je la souhaiterais (*sic*). Je crois que *Mercredi des Cendres* est plus poétique ; j'ai d'ailleurs des remerciements à vous faire, pour votre zèle et votre bonne amitié. Et

Inutile de dire qu'à trente ans c'était une femme
très séduisante. Elle l'était encore à quarante, lorsqu'elle se lia avec Musset. L'amour va généralement aux
beaux yeux. Musset comparait les yeux de Mme Colet à ceux d'une antilope. Ce qu'il y a de sûr, c'est
qu'elle avait des yeux superbes, un front charmant,
une bouche exquise, et que le tout était encadré dans
de très belles boucles de cheveux noirs qui lui tom-
baient jusque sur les épaules.

Cousin, qui semble avoir été son premier locataire,
en dehors, je n'ose dire à l'insu du mari, avait rencontré Louise Colet je ne sais où, sur la fin de l'année
1838. Elle avait alors vingt-huit ans, et lui quarante-
six. La différence d'âge était un peu forte, mais ayant
vécu jusque-là de philosophie, Cousin, qui était solide
et bien bâti, pouvait suffire pendant quelque temps
aux exigences de l'amour. Ce fut moins pour lui,
d'ailleurs, que pour le crédit dont il jouissait que la
belle agréa ses hommages, car elle avait de grandes
prétentions littéraires et elle savait qu'il faisait la
pluie et le beau temps à l'Académie. Au mois de mai
1839, elle remporta le prix du Budget pour une poésie sur *le Musée de Versailles*. Au mois de juin suivant, elle donna au théâtre de la Renaissance une
comédie en un acte, en vers, intitulée *la Jeunesse de*

que ce livre dont il ne me reste plus que quelques exemplaires, les vingt
autres étant dispersés dans des mains royales ou dans de grandes bibliothèques, soit par vous gardé comme un double témoignage d'amitié et
de profonde curiosité. Car c'est on ne peut plus curieux que cette histoire mystérieuse. Vous comprenez combien une odeur de rhubarbe et
de séné dépoétiserait la dédicace, et tout ce qu'il y a de profondément
sensé à garder l'anonymat. Il y a d'ailleurs des chiffres à la fin pour
indiquer le nom. L'auteur, l'imprimeur et l'éditeur sont seuls jusqu'à ce
jour dans la confidence, plus le mari, il a bien fallu. » (Lettre publiée
par M. C. Latreille dans les *Annales romantiques*, n° d'octobre-novem-
bre 1904.)

Gœthe, et un an après, pour remercier son ami de toutes ses complaisances, elle lui donna une petite fille. On voit que notre bas-bleu n'avait pas perdu son temps. D'aucuns même trouvaient qu'elle avait été un peu vite en besogne. Voici, par exemple, ce que Sainte-Beuve écrivait à Juste Olivier, le 9 juin 1840 :

« Cousin s'est fait grand tort sur un point, c'est en ayant Mme Colet (la femme poète) publiquement pour maîtresse : elle est enceinte, il a été à Nanterre pour la nourrice. Ce polisson d'Alphonse Karr a raconté tout cela dans ses *Guêpes.* »

Et le 20 du même mois :

« A propos, savez-vous que Mme Colet, insultée par Karr, est allée chez lui et lui a donné un coup de couteau qui a glissé, bien que, dit-elle, elle ait frappé ferme. Karr était tremblant et l'a priée que cela restât entre eux. On commence pourtant à en parler, mais la justice, je crois, s'abstiendra. Honneur à Mme Colet et aux Charlotte Corday !

« O vertu, le poignard ! »

« Elle a fait ce coup étant enceinte de huit mois et demi. Qu'en dites-vous (1) ? »

Le plus drôle, c'est que, dans le temps même où Sainte-Beuve entretenait ainsi ses amis de Lausanne des amours publiques de Cousin, celui-ci l'employait au service de sa dame. Le poète des *Consolations* a toujours excellé dans le rôle délicat de confident, voire d'entremetteur. Comme il était à ce moment le factotum de la *Revue des Deux Mondes* et la mouche du coche de la *Revue de Paris*, Cousin, qui était ministreet à qui il n'avait rien à refuser, le chargeait de pla-

(1) *Correspondance inédite de Sainte-Beuve avec M. et Mme Juste Olivier.*

cer les vers et la prose de Mme Colet chez Bonnaire ou Buloz, et lui disait en manière de remerciement : « Un lien de plus est entre nous, mon cher Sainte-Beuve (1) ! »

Mais ce lien n'empêchait pas Sainte-Beuve de dire parfois au philosophe de dures vérités, quand, par exemple, il marchait trop lourdement sur ses plates-bandes. Il y a dans sa correspondance, à la date du 12 juillet 1843, une lettre de lui à Victor Cousin, sur Mme de Longueville, Pascal et Domat, que je ne voudrais pas avoir reçue. Aussi bien, Sainte-Beuve n'avait-il qu'un goût médiocre pour la personne et le talent de Mme Colet. Quelques jours après avoir relevé Cousin du péché de paresse, le 28 juillet 1843, il écrivait dans la *Revue Suisse* :

« On a eu à l'Académie française la grande séance annuelle poétique et pathétique, prix de poésie, prix de vertu. On a entendu les vers de Mme Colet sur Molière. Chasles en a dit quelque chose d'assez piquant dans *les Débats* (du samedi 22). La poésie de Mme Colet, c'est, en effet, un je ne sais quoi qui est parfois le simulacre du bien, qui a un faux air du beau. La poésie a un assez beau *busc*, ou buste si vous voulez. C'est comme la dame elle-même. La trouvez-vous belle ? me disait-on un jour. — Oui, ai-je répondu, *elle a l'air* d'être belle. — Voilà ce qu'il faut à l'Académie-Française prise en masse. Oh ! chantons par les bois et pour l'écho, comme La Fontaine ! »

Ce n'était pas très flatteur pour l'Académie ! Mais Sainte-Beuve n'en était pas encore. Dix ans plus tard, il écrivait à Mme Colet elle-même :

(1) Lettre publiée par Félix Chambon dans les *Annales romantiques* de juin-juillet 1904.

« 4 juin ı853.

« Madame,

« Je ne m'explique pas bien la lettre que vous me faites l'honneur de m'écrire. Il semble, en vérité, que j'aie quelque tort envers vous et envers votre talent. Je ne crois pas qu'il y ait eu quelque décret qui m'oblige à parler au public de vos poèmes : et j'ai droit de trouver votre exigence, Madame, des plus étranges. Quoi ! il faut que, sous peine de paraître vous manquer, j'explique au public en quoi je vous admire et en quoi je cesse de vous admirer, là où je vous trouve de la force et de la puissance, là où je souffre de ne pas rencontrer la délicatesse ou la pudeur qui sied dans l'expression des sentiments ! J'ai reçu, en effet, une brochure intitulée *le Poème de la Femme*; j'y ai lu une épigraphe de Gœthe, où il est dit : *Vous, hommes, avec votre force et vos désirs vous secouez l'amour même dans vos embrassements !* J'ignore ce que pensent les amis et les juges sévères du poème, mais je sais ce que je pense de cette affiche du poème. Si, comme femme du monde et de la société, vous me demandez des compliments et des louanges, je suis tout prêt à vous en donner, certain, d'ailleurs, que votre talent en mérite toujours en quelques parties ; si, comme femme de lettres, vous me mettez, comme cette fois le couteau sur la gorge, pour me forcer à dire tout haut ce que je pense, je me révolte, — ou plutôt je demande grâce, et je vous supplie, Madame, de me permettre de rester poli, respectueux et plein d'hommages pour le talent et pour la personne en général, sans que j'aie à entrer dans les explications du critique. »

Nous n'avons pas la réponse de la dame, mais *il*

faut croire que Sainte-Beuve n'en avait pas été satis-
fait, car trois jours après il lui écrivait de nouveau :

« Ce 7 juin 1853.

« Madame,

« Vous penserez de moi tout ce qu'il vous plaira
de penser, et qui plus est, vous direz et imprimerez
tout ce que vous jugerez bon de dire et d'imprimer.
Je n'ai qu'une remarque à vous soumettre. Depuis le
premier jour, il y a déjà bien longtemps, où j'ai eu
l'honneur de vous rencontrer chez le docteur Alibert,
et où vous m'avez demandé une *Préface*, jusqu'à la
dernière fois que j'ai eu l'honneur de vous rencontrer,
où vous m'avez demandé un *article*, ces questions
d'*articles* et de *critique littéraire* ont toujours été les
premières entre nous. Je ne vous demande qu'une
seule chose, de vous admirer en silence sans être
obligé d'expliquer au public le point juste où je cesse
de vous admirer. — Cette demande est modeste, Madame, et je ne puis croire que vous insistiez pour m'en
faire départir. Ce serait d'ailleurs inutilement, car je
suis sans loisir, et déterminé à choisir de moi-même
mes sujets d'étude. Quant à mon ami Lacroix (1), si
vous persistiez à le mêler plus qu'il ne convient dans
une affaire où il n'est intervenu qu'avec bon cœur et
comme ami de tous deux, je serais obligé de l'avouer en
tout ; mais je vous supplie encore une fois, Madame,
de m'accorder la paix que je n'ai jamais violée à votre
égard et de me permettre d'être un critique silencieux
et un admirateur de société pour vos œuvres (2). »

Toute autre, après avoir reçu ce billet poivre et sel,

(1) M. Octave Lacroix, qui était alors secrétaire de Sainte-Beuve.
(2) *Correspondance de Sainte-Beuve*, t. I, p. 187.

se serait tenue tranquille. Mme Colet ne put s'y résigner et se transporta un matin chez Sainte-Beuve avec l'idée bien arrêtée d'obtenir justice (1). Mal lui en prit. A peine avait-elle ouvert la bouche, qu'on lui ferma la porte au nez. Elle était devenue si insupportable qu'elle avait fini par peser à Cousin lui-même. C'est ainsi du moins que j'explique ce passage de *Jacqueline Pascal* à l'adresse des femmes auteurs :

« Les femmes qui se sont distinguées par leurs écrits auraient aussi leur place... mais on y ferait une grande différence de la femme d'esprit et de la femme auteur. Nous honorons infiniment l'une et nous avons peu de goût pour l'autre... Que dirons-nous de la femme auteur? Quoi ! la femme qui, grâce à Dieu, n'a pas de cause publique à défendre s'élance sur la place publique, et sa pudeur ne se révolte point à l'idée de découvrir à tous les yeux, de mettre en vente, au plus offrant, d'exposer à l'examen et comme à la marque du libraire, du lecteur et du journaliste, ses beautés les plus secrètes, ses charmes les plus mystérieux et les plus touchants, son âme, ses sentiments, ses souffrances, ses luttes intérieures ! Voilà ce que nous avons beau voir tous les jours... ce qu'il nous sera éternellement impossible de comprendre. »

Ces lignes sont de 1844. Louise Colet les avait-elles lues? C'est probable, car, dans une lettre que Béranger adressait à Victor Cousin, le 26 novembre

(1) Je dois dire ici qu'elle y était poussée ou encouragée par Gustave Flaubert, qui lui écrivait alors : « Si tu tiens le moins du monde à ce que le vieux Lacroix ou la grande Sainte-Beuve reçoivent quelque chose sur la figure ou autre part, tu n'as qu'à me le dire, c'est une commission dont je m'acquitterais avec empressement à mon prochain voyage à Paris par manière de passe-temps, entre deux courses ; mais ne pouvais-tu, du premier mot, mettre Lacroix à la porte? » (*Corresp. de Gustave Flaubert*, t. II, p. 243.)

de la même année, je relève ces mots écrits en *post-scriptum* : « Quelle bizarre idée vous avez eue de tomber sur les femmes qui écrivent, dans votre *Jacqueline Pascal* (1) ! » — Je pense donc que c'était Mme Colet qui avait signalé la chose à Béranger et s'en était plainte, au cours d'une visite d'affaires qu'il lui avait rendue de la part de Cousin.

Le chansonnier jouissait alors d'un grand crédit auprès de la dame. Il était entré en relations avec elle, à la suite de l'envoi qu'elle lui avait fait du livre du docteur Quesneville (2), et tout de suite il s'était imposé par son air bonhomme — de faux bonhomme, disait Sainte-Beuve :

« Appelez-moi Béranger tout court, lui écrivait-il le 13 mars 1842, comme le font tous mes amis et bien d'autres encore, même parmi les femmes, sans que cela tire à conséquence : j'ai soixante-quatre ans. Ce dont je vous prie aussi, c'est de ne plus m'admirer. Aimez-moi assez pour renoncer à cette petitesse. Vous avez tout ce qu'il faut pour prendre la mesure de vos contemporains et surtout d'un homme comme moi,

---

(1) *Annales romantiques*, n° de juin-juillet 1904.
(2) Il lui écrivait, après avoir reçu un des vingt-cinq exemplaires de cette édition royale : « J'admire ce magnifique volume. Pourtant, Madame, rien ne sied à une jolie femme comme le déshabillé, et rien ne vaut le petit format pour un poète qu'on aime, qu'on lit et relit, qu'on veut feuilleter sans cesse ; et vous êtes de ces poètes-là, Madame. J'aime ce qu'il y a de force, de chaleur, d'abondance dans votre généreux esprit. Vous possédez ce courage de pensée qui a manqué trop souvent aux supériorités poétiques dont s'honore votre sexe. »
Voilà pour les compliments. Puis venait la critique : « Mais à propos de vers, si j'osais, je vous dirais que vous donnez parfois un démenti à ce mot prêté à Buffon : « Le génie n'est que l'aptitude à la patience. » Le vers français exige un travail lent et réfléchi dont peu de femmes ont été capables, et, dois-je le dire ? il m'a semblé que, dans quelques passages de vos œuvres, vous avez manqué un peu de cette patience qui, si elle n'est pas le génie, est au moins un de ses mille instruments. » (*Quarante-cinq lettres de Béranger*, 1857.)

qui n'ai qu'un talent limité au sens commun et peu de chose de plus (1). »

Le moyen, je vous prie, de ne pas admirer un homme qui, avec sa réputation, s'en faisait si peu accroire? Béranger était donc très écouté et très goûté de Mᵐᵉ Louise Colet. Aussi Cousin, qui, dans son commerce avec elle, avait souvent besoin d'un intermédiaire, l'avait-il choisi de préférence à tout autre de ses amis, pour le règlement des affaires délicates. Sainte-Beuve restait chargé du département des manuscrits, mais c'était Béranger qui avait reçu le portefeuille des finances. Il faut dire que Mᵐᵉ Colet était un véritable panier percé et que, de ce chef, elle donnait beaucoup de soucis à Cousin qui, en bon ami et bon père, tenait à assurer l'avenir de sa fille et de sa maîtresse. Malheureusement la dame n'était pas facile à gouverner. Outre son caractère pointu, elle avait l'ambition très louable, j'en conviens, de se suffire à elle-même avec sa plume, et la question d'argent, si bien enveloppée qu'elle fût, ne manquait jamais d'irriter son amour-propre. Cousin avait donc étudié avec Béranger un système qui lui permît de masquer la rente qu'il voulait lui servir, derrière une affaire de librairie. Mais elle avait deviné le stratagème, et Béranger, malgré toute sa finesse et toute sa diplomatie, avait essuyé un échec.

II

Sur ces entrefaites, elle rencontra — dans l'atelier du sculpteur Pradier, qu'elle appelait « mon cher

(1) *Quarante-cinq lettrés de Béranger.*

Phidias » et qui lui rendait ses coups d'encensoir en l'appelant « ma chère Sapho »,— un jeune homme de vingt-cinq ans, taillé en hercule, mais un peu gauche et sentant sa province, qui voulait faire de la littérature. Ce jeune homme était Gustave Flaubert (1).

— Vous devriez lui donner des conseils, dit Phidias à Sapho.

— Je ne demande pas mieux, répondit-elle.

L'apprentissage était tout fait. Sous le rapport du style elle n'avait effectivement rien à lui apprendre, et l'on juge de la surprise de notre bas-bleu en recevant, quelques jours après, de Croisset, en Normandie, les premières lettres de son élève. Je ne crois pas que l'amour en ait inspiré de plus grandiloquentes. Quand on les lit tout haut et qu'on y met le ton, elles vous soulèvent littéralement de terre. Il est même heureux qu'elles aient été conservées et réunies en volumes, car en leur absence on aurait pu croire que *Madame Bovary* avait été écrite sous l'influence indirecte de Victor Cousin qui, lui aussi, avait une âme et une langue de feu, tandis qu'elles nous apprennent que son principal maître en l'art d'écrire fut Chateaubriand et qu'il était formé, comme écrivain, bien avant de se lier avec Louise Colet. Elle n'en fut pas moins l'inspiratrice de ces lettres superbes, et, rien qu'à cause de cela, les amis de Flaubert auraient dû se montrer plus cléments envers elle. Comme il n'avait alors aucun livre en chantier et qu'il se vantait même de ne jamais écrire que pour lui, il a versé dans cette correspon-

(1) Cette rencontre se fit au mois de juin 1846. La date nous en est donnée par une lettre de Flaubert à Louise Colet, du 9 juin 1852. Dans cette lettre relative à la mort de Pradier, arrivée le 4 juin de cette année, Flaubert écrivait : « C'est il y a six ans à cette époque, dans ce mois-ci, que nous nous sommes connus chez lui. » (*Corresp.*, t. II.)

dance d'amour toute la lave bouillante de son âme d'artiste, et c'est elle, encore une fois, qui provoqua, par ses baisers d' « Androgyne » inassouvi, l'éruption de ce foyer incandescent.

« Tu me juges en femme, lui écrivait-il le 9 août . 1846, dois-je m'en plaindre ? Tu m'aimes tant que tu t'abuses sur moi. Tu me trouves du talent, de l'esprit, du style. — Moi! Moi! — Mais tu vas me donner de la vanité, moi qui avais l'orgueil de n'en pas avoir. Regarde comme tu perds déjà à avoir fait ma connaissance. Voilà la critique qui t'échappe et tu prends pour un grand homme le monsieur qui t'aime. Que n'en suis-je un pour te rendre fière de moi, car c'est moi qui suis fier de toi. »

Quand il lui disait cela, il y avait à peine un mois qu'ils s'étaient donnés l'un à l'autre. Elle ne lui avait donc rien appris sous le rapport du style, mais en matière d'amour ce fut une autre chanson. Au moment de leur rencontre il était presque vierge. En tout cas, elle était la seule femme qu'il eût encore aimée, au sens charnel de ce mot.

« J'en ai aimé une depuis quatorze ans jusqu'à vingt sans le lui dire, sans la toucher, et j'ai été près de trois ans ensuite sans sentir mon sexe. J'ai cru un moment que je mourrais ainsi, j'en remerciais le ciel. Tu es la seule, lui disait-il, à qui j'aie osé vouloir plaire et peut-être la seule à qui j'aie plu. Merci, merci! Mais me comprendras-tu jusqu'au bout (1) ? »

Non, car elle ne voyait en lui que le mâle, et je crois bien que, de son côté, c'est la femelle qui l'avait surtout attiré et flatté en elle. Quand un homme doué

---

(1) *Correspondance de Gustave Flaubert*, lettre du 7 août 1846.

d'une force herculéenne a eu assez de caractère pour
se garder des femmes jusqu'à vingt et quelques années,
et que le hasard le met en présence d'une femme dont
le regard seul allume le désir, le réveil des sens est
chez lui d'autant plus terrible que le sommeil ou le
combat a été plus long.

« Quel irrésistible penchant m'a donc poussé vers toi?
J'ai vu le gouffre un instant, j'en ai compris l'abîme,
puis le vertige m'a entraîné, comment ne pas t'aimer,
toi si douce, si bonne, si supérieure, si aimante, si
belle! Je me souviens de ta voix, quand tu me parlais
le soir d'un feu d'artifice. C'était une illumination pour
nous et comme l'inauguration flamboyante de notre
amour. — Un jour, si j'écris mes mémoires, ta place
y sera, et quelle place! car tu as fait dans mon existence une large brèche. Je m'étais entouré d'un mur
stoïque; un de tes regards l'a emporté comme un bou-
let. Oui, souvent il me semble entendre derrière moi le
froufrou de ta robe sur mon tapis. Je tressaille et je
me retourne au bruit de ma portière que le vent remue
comme si tu entrais. Je vois ton beau front blanc;
sais-tu que tu as un front sublime: trop beau même
pour être baisé, un front pur et élevé, tout brillant de
ce qu'il renferme (1)... »

Flaubert s'abusait, ce front-là ne renfermait guère
que des pensées d'amour sensuel.

« Tu donnerais de l'amour à un mort, lui disait-il
encore, comment veux-tu que je ne t'aime pas (2)? »

Elle n'avait qu'une peur, c'était qu'il lui échappât,
une fois sa passion satisfaite, et elle ne savait qu'in-

(1) *Correspondance.* Lettre du 10 août 1846.
(2) *Id.* Lettre du 12 août 1846.

venter pour entretenir dans ses os la flamme qui le dévorait.

Elle s'était dégoûtée de Cousin après l'avoir vidé, mais le philosophe ne pouvait se résigner à n'être plus que son amant platonique, et il lui écrivait des lettres brûlantes qu'elle prenait plaisir à communiquer à Flaubert pour l'exciter davantage encore.

« Merci de l'envoi de la lettre du philosophe. J'ai compris le sens de cet envoi. C'est encore un hommage que tu me rends, un sacrifice que tu veux me faire. C'est me dire : « Encore un que je mets à tes pieds : vois comme je n'en veux pas, car c'est toi que j'adore. » Tu me donnes tout, pauvre ange, ta gloire, ta poésie, ton cœur... l'amour des gens qui te convoitent (1). »

Elle ne lui avait pas dit, naturellement, que Cousin l'entretenait depuis quatre ans, encore moins qu'elle avait eu une fille de lui. Mais il semble bien qu'il ait eu la curiosité de l'interroger à cet égard et qu'elle lui ait fait certains aveux, car il lui écrivait quelque temps après :

« J'ai lu la lettre de Platon avec toute l'intensité dont mon intelligence est susceptible, j'y ai vu beaucoup, énormément ; le fond du cœur de cet homme-là, quoi qu'il fasse pour le montrer calme, est froid et vide, sa vie est triste, et rien n'y rayonne, j'en suis sûr, mais il t'a beaucoup aimée et t'aime encore d'un amour profond et solitaire, cela durera longtemps. Sa lettre m'a fait mal, j'ai découvert jusqu'au fond de l'intérieur de cette existence blafarde, remplie de tra-

---

(1) *Correspondance.* Lettre du 24 août 1846.

vaux conçus sans enthousiasme et exécutés avec un entêtement enragé qui seul le soutient (1). »

Et moi aussi, cette lettre de Flaubert me fait mal, et je ne comprends pas qu'il n'ait pas dit à Louise Colet : « Garde désormais pour toi ces billets d'amour du philosophe. Je souffre de voir souffrir cet homme, mon semblable par le cœur et par toutes les faiblesses de notre pauvre nature humaine. »

Mais les amants sont sans pitié, comme les enfants, et Flaubert, qui admirait le goût et la haute intelligence du père de l'Eclectisme, n'était pas fâché tout de même, tant l'amour est égoïste et vaniteux, de savoir qu'il était le préféré. Sans compter que, de temps en temps, quand il était allé chez sa maîtresse et qu'il rentrait à Croisset la tête basse et comme assommé par une ou deux journées d'ivresses et d'étreintes folles, il devait s'avouer tout bas que l'amour ainsi pratiqué n'a qu'un temps et que son tour viendrait sans doute d'être délaissé pour un plus jeune.

« Depuis que nous nous sommes dit que nous nous aimions, lui écrivait-il un jour, tu me demandes d'où vient ma réserve à ajouter « pour toujours ». Pourquoi ? C'est que je devine l'avenir, moi ; c'est que sans cesse l'antithèse se dresse devant mes yeux. Je n'ai jamais vu un enfant sans penser qu'il deviendrait vieillard, ni un berceau sans songer à une tombe. La contemplation d'une femme me fait rêver à son squelette. C'est ce qui fait que les spectacles tristes m'affectent peu... D'autres seraient fiers de l'amour que tu me prodigues, leur vanité y boirait à l'aise, et leur égoïsme de mâle en serait flatté jusqu'en ses replis les

(1) *Correspondance*, t. I, p. 160.

plus intimes, mais cela me fait défaillir le cœur de
tristesse, quand les moments bouillants sont passés ;
car je me dis : Elle m'aime et moi qui l'aime aussi, je
ne l'aime pas assez. Si elle ne m'avait pas connu, je
lui aurais épargné toutes les larmes qu'elle verse. Tu
crois que tu m'aimeras toujours, enfant; toujours !
Quelle présomption dans une bouche humaine! Tu as
aimé déjà, n'est-ce pas? comme moi ; souviens-toi
qu'autrefois tu as dit toujours (1)!... »

Il était impossible de mieux lui donner à entendre
qu'il se sentait incapable de rassasier sa fringale de
chair.

Et il complétait cet aveu par ce souhait dépouillé,
comme lui, de tout artifice :

« Je voudrais faire de toi quelque chose de tout à fait
à part ; ni ami, ni maîtresse : cela est trop restreint,
trop exclusif ; on n'aime pas assez son ami, on est
trop bête avec sa maîtresse. C'est le terme intermédiaire,
c'est l'essence de ces deux sentiments confondus (2).»

Mais Louise Colet ne l'entendait pas ainsi. Le sentiment qu'elle avait pour Flaubert était inséparable de
l'idée de la possession, et de la jouissance physique.
L'ami, pour elle, était avant tout un homme, et il fallait que cet homme fût à la hauteur de ses devoirs
d'amoureux.

Aussi gémissait-elle des absences prolongées de
Flaubert et prenait-elle du plaisir pour un mois, cha-
que fois qu'il se rendait à ses appels désespérés...
Souvent, pour en jouir plus tôt et plus longtemps,
elle faisait la moitié du chemin entre Paris et Rouen.
Elle lui donnait rendez-vous à Mantes, et j'ai tenu

(1) *Correspondance*, t. I. Lettre du 7 août.
(2) *Id.*

dans mes mains une lettre de Flaubert à Louis Bouilhet où il lui disait « qu'elle réveillait l'auberge de ses
cris ».

Est-ce pour se débarrasser d'elle qu'il partit un beau
jour pour la Grèce ? Je ne le pense pas, car il avait
toujours rêvé du ciel d'Orient et il lui en avait parlé
dès ses premières lettres. Mais il devait être heureux
tout de même de mettre un grand espace de mer entre
elle et lui. L'oublia-t-il durant son absence ? On
serait tenté de le croire, car il n'y a pas dans sa
Correspondance une seule lettre de lui à elle, datée
du temps où il parcourait la Grèce et le pays arabe.
Mais il était à peine de retour qu'ils se reprirent tous
deux de plus belle. Seulement il avait mûri sous le ciel
africain ; l'ambition aussi l'avait pris en route, il
avait conscience de sa force, il sentait qu'avec l'instrument qu'il avait en main il pourrait égaler et même
dépasser, quand il le voudrait, les camarades qui l'a-
vaient précédé dans la carrière des lettres. A preuve
ce billet aigre-doux qu'il adressait à Louise Colet au
mois de janvier 1852 : « Le jeune Du Camp est offi-
cier de la Légion d'honneur. Comme ça doit lui faire
plaisir ! quand il se compare à moi et considère le
chemin qu'il a fait depuis qu'il m'a quitté, il est certain qu'il doit me trouver bien loin de lui en arrière et
qu'il a fait de la route (extérieure) : Tu le verras quelque jour attraper une place et laisser là cette bonne
littérature. Tout se confond dans sa tête : femmes,
croix, art, bottes, tout cela tourbillonne au même
niveau et *pourvu que ça le pousse,* c'est l'important (1). »

(1) *Correspondance,* t. II.

Il ne lui suffisait donc plus d'écrire des lettres. Son horizon ne tenait plus comme autrefois dans les quatre murs de son cabinet de travail, sa pensée n'était plus l'esclave de l'amour. Il avait mis sur le chantier deux ouvrages, *Salammbô* et *Madame Bovary*, dans lesquels il se promettait de peindre l'agonie de l'ancienne Carthage et les mœurs bourgeoises du pays normand. Pour mener ce travail à bien, étant donné qu'il soumettait chaque phrase au travail de la lime, il avait besoin de tout son temps et ne pouvait donner que de rares loisirs à l'amour. Cela ne faisait pas l'affaire de Louise Colet, qui, elle, était plus ardente que jamais. Elle commença par se plaindre de sa froideur, puis elle lui fit des scènes de jalousie terribles. C'est au point que lorsqu'il venait à Paris pour voir ses camarades il ne circulait qu'en fiacre et les stores baissés, tant il avait peur de la rencontrer au détour d'une rue. Elle surveillait ses moindres mouvements, elle rôdait à certaines dates aux abords de la gare Saint-Lazare, et si, par malheur, elle apprenait qu'il dînait en compagnie, au *Café de Paris* ou aux *Frères-Provençaux*, elle envahissait le restaurant comme une furie, au risque de se heurter à des convives du sexe masculin qui lui éclataient de rire au nez.

Dans ces conditions, il semble que la séparation s'imposait comme une nécessité à l'un et à l'autre. Mais Louise Colet appartenait à la catégorie des femmes collantes, elle ne pouvait se résigner à lâcher Flaubert qui d'ailleurs n'était pas encore rassasié d'elle. Cependant, en 1852, elle lui donna la paix pendant quelques mois — le temps de nouer une intrigue avec Alfred de Musset. Comment le poète de *Namouna* fut-il agrippé par cette femme? C'est ce que nous verrons tout à

l'heure, mais il n'était pas homme à se laisser enchaî-
ner longtemps, fût-ce avec des rubans et des roses.
Suivant son habitude, sa liaison avec elle ne fut qu'un
caprice de quelques jours. Quand il en eut assez, il
lui tira cavalièrement sa révérence, et Louise retourna
vers Flaubert qui, comme une bonne bête, la supporta
encore pendant près de deux ans — jusqu'au jour où
il faillit la tuer (1)!

III

Ce fut au printemps de 1852 que Musset se lia avec
elle. Elle a dit qu'elle l'avait rencontré pour la première fois à l'Arsenal. Cela n'aurait rien d'étonnant,
le salon de Nodier était si ouvert! mais elle ne lui
avait jamais adressé la parole avant son élection à l'A-
cadémie, et c'est justement à cette occasion qu'elle lui
fut présentée. Elle concourait, cette année-là, pour le
prix de poésie avec un poème sur *la Colonie de Mettray*,
et bien que Musset n'eût pas encore voix au chapitre
sous la Coupole, elle avait pensé tout de suite à le
faire entrer dans son jeu, Cousin lui ayant laissé
entendre que son crédit à son endroit commençait à
s'épuiser. Un jour donc qu'elle assistait à la représentation d'un de ses proverbes, le hasard l'ayant mise
en sa présence au foyer de la Comédie-Française, elle
pria M. Babinet, auquel elle donnait le bras et qui la
chaperonnait alors dans le monde officiel, de la présenter au nouvel académicien. Naturellement Musset se
montra fort aimable. Comme Mᵐᵉ Collet en le quittant
lui demandait le jour et l'heure où il pourrait la rece-

(1) Cf. à ce sujet le *Journal des Goncourt.*

voir, il lui répondit qu'elle le trouverait chez lui tous
les jours dans la matinée. Mais le lendemain, devan-
çant sa visite, il sonnait à sa porte. Elle habitait à cette
époque au n° 21 de la rue de Sèvres, à deux pas de
l'Abbaye-aux-Bois qu'elle avait fréquentée d'une manière assidue, pendant les dernières années de Chateaubriand. Mme Récamier, qui l'avait prise en affection,
lui avait même confié les lettres d'amour que Benjamin
Constant lui avait écrites, et l'on sait que leur publication (1) donna lieu à un procès retentissant. Bref,
Mme Colet fut si contente de la visite d'Alfred de Musset, qu'elle la raconta le lendemain à Gustave Flaubert
à qui elle disait tout, sauf ce qu'elle ne pouvait lui dire.

Nous n'avons pas sa lettre à Flaubert; on m'assure
qu'elle a été brûlée avec toutes les autres qu'elle lui
adressa durant leur liaison. Ce serait une véritable
perte pour l'histoire littéraire du temps, si j'en juge
par les réponses de l'auteur de *Madame Bovary*, mais
pour le moment ces réponses nous suffisent. Flaubert
écrivait donc à Mme Colet :

« Ton long récit de la visite de Musset m'a fait une
étrange impression : en somme, c'est un malheureux
garçon, *on ne vit pas sans religion;* ces gens-là n'en
ont aucune, pas de boussole, pas de but, on flotte au
jour le jour, tiraillé par toutes les passions et les vani-
tés de la rue. Je trouve l'origine de cette décadence
dans la manie commune qu'il avait de prendre le sentiment pour la poésie.

Le mélodrame est bon où Margot a pleuré,

ce qui est un très joli vers en soi, mais d'une poéti-

(1) 1 vol. chez Dentu, 1864.

que commode : « il suffit de souffrir pour chanter », etc.
Voilà les axiomes de cette école, cela vous mène à tout
comme morale et à rien comme produit artistique.
Musset aura été un charmant jeune homme et puis un
vieillard, mais rien de planté, de rassis, de carré, de
sérieux dans son talent (comme existence j'entends) ;
c'est qu'hélas! le vice n'est pas plus fécondant que la
vertu, il ne faut être ni l'un ni l'autre, ni vicieux, ni
vertueux, mais au-dessus de tout cela. Ce que j'ai
trouvé de plus sot et que l'ivresse même n'excuse
pas, c'est la fureur à propos de la croix. C'est de la
stupidité lyrique en action, et puis, c'est tellement
voulu et si peu senti! je crois bien qu'il a peu écouté
Melœnis, ne vois-tu donc pas qu'il a été jaloux de cet
étranger (Bouilhet) que tu te mettais à lui vanter? après
l'avoir repoussé (lui, Musset), il a saisi le premier prétexte pour rompre les chiens... »

Quand on a lu ce fragment de lettre, la première
pensée qui vous vienne à l'esprit, c'est que Flaubert
ne devait pas aimer Alfred de Musset. Il ne l'aimait
pas, en effet, mais son aversion n'était pas de vieille
date. Il avouait lui-même qu'il l'avait beaucoup
admiré dans sa jeunesse (1). Par malheur il s'était pris
tout à coup d'un véritable engouement pour son camarade Louis Bouilhet qu'il mettait au niveau des plus
grands, et depuis que Sainte-Beuve, parlant de *Melœnis*,
avait engagé son auteur « à ne pas ramasser les bouts de

(1) «... Quel dommage, écrivait-il un jour à Mᵐᵉ Colet, que deux
hommes pareils (Gautier et Musset) soient tombés où ils en sont ! mais
s'ils sont tombés, c'est qu'ils devaient tomber ; quand la voile se déchire, c'est qu'elle n'est pas de trame solide ; quelque admiration que
j'aie pour eux deux (Musset m'a excessivement enthousiasmé autrefois;
il flattait mes vices d'esprit: lyrisme, vagabondage, crânerie de l'idée,
de la tournure) ce sont en somme deux hommes du second rang et qui
ne font pas peur à les prendre en entier. » (*Corresp.*, t. II, p. 137.)

cigares d'Alfred de Musset » Flaubert n'avait que du mépris pour « la grande Sainte-Beuve, et le petit Mussaillon ». Peut-être aussi y avait-il un brin de jalousie dans son affaire, car il savait que Musset était fort entreprenant avec les dames et que le cœur de Louise Colet n'était pas à l'abri de certaines séductions !

Quant au sentiment dont il faisait fi, je ne suis pas étonné qu'il l'appréciât si peu en poésie : la théorie de l'art pour l'art, qui était déjà la sienne, n'est-elle pas basée précisément sur l'impassibilité de l'écrivain ?

Flaubert continuait :

« Voilà enfin la pièce de Pradier ; si tu trouves le moyen de la faire paraître dans *les Débats, la Presse*, ou *le Pays*, jamais on ne se doutera que cette publication vient de toi. Du Camp sera fort perplexe de savoir comment Bouilhet est arrivé à se faire imprimer dans un journal sans sa protection et n'imaginera guère que ce soit l'auteur d'une pièce sur le même sujet ; ces façons sont peu dans les us de la gent de lettres, en effet.

« Je n'en persiste pas moins dans mon dire relativement à *l'Ane d'or*, malgré l'avis du philosophe et celui de Musset ; tant pis pour ces messieurs s'ils ne le comprennent pas et tant mieux pour moi si je me trompe ; mais s'il y a une vérité artistique au monde, c'est que ce livre est un chef-d'œuvre. Il me donne à moi des vertiges et des éblouissements ; la nature pour elle-même, le paysage, le côté purement pittoresque des choses sont traités là à la moderne et avec un souffle antique et chrétien tout ensemble qui passe au milieu. Ça sent l'encens et l'urine, la bestialité s'y marie au mysticisme ; nous sommes très loin encore de cela, nous autres, comme faisandage moral, ce

qui me fait croire que la littérature française est
encore jeune. Musset aime la gaudriole, eh bien,
pour moi, elle sent l'esprit (que j'exècre en art), les
chefs-d'œuvre sont bêtes, ils ont la mine tranquille
comme les productions de la nature, comme les grands
animaux et les montagnes ; j'aime l'ordure, oui, et
quand elle est lyrique comme dans Rabelais, qui n'est
point du tout un homme à gaudriole; mais la gaudriole est française. Pour plaire au goût français il
faut cacher presque la poésie, comme on fait pour les
pilules, dans une poudre incolore, et la lui faire ava-
ler sans qu'il s'en doute. »

Nous voilà aux antipodes de Sainte-Beuve pour qui
« le principal mérite de Musset était d'avoir réintro-
duit dans la poésie française l'esprit que semblaient
en avoir banni l'imagination et le lyrisme (1) ».

Ni esprit, ni sentiment! En vérité, cela nous ferait
une belle littérature! A ce compte il faudrait proscrire
les Méditations et *les Feuilles d'automne*, qui sont la
gloire du romantisme, et les poésies légères qui, de
La Fontaine à Voltaire, ont amusé tant de généra-
tions et nous amusent encore! « Les chefs-d'œuvre
sont bêtes! » où diable Flaubert a-t-il vu cela? Ce
n'est toujours pas dans l'*Iliade* d'Homère ou dans
l'*Enéide* de Virgile. Ces chefs-d'œuvre ont beau avoir
« la mine tranquille », on y trouve tout de même du
rire et des larmes, et c'est parce qu'ils sont humains
qu'ils demeurent immortels. Je ne vois pas non plus
que, « pour plaire au goût français, » les poètes de
1820 et de 1830 aient été forcés de « cacher presque
la poésie ». Jamais, au contraire, elle ne s'afficha

---

(1) *Les Cahiers de Sainte-Beuve*, p. 128.

davantage et jamais non plus elle n'eut autant de lecteurs.

Décidément Flaubert a bien fait de ne cultiver que la prose.

Il disait encore à Louise Colet, qui ne devait rien y comprendre :

« Le sieur de Musset est diablement dans les idées reçues, sa vanité est de sang bourgeois. Je ne crois pas, comme toi, que ce qu'il a senti le plus soient les œuvres d'art; ce qu'il a senti le plus, ce sont ses propres passions. Musset est plus poète qu'artiste, et maintenant beaucoup plus homme que poète, et un pauvre homme.

« Musset n'a jamais séparé la musique des sensations qu'elle complète. La musique selon lui a été faite pour les sérénades, la peinture pour le portrait et la poésie pour la consolation du cœur. Quand on veut mettre ainsi le soleil dans sa culotte, on brûle sa culotte et on pisse sur le soleil. C'est ce qui lui est arrivé. Les nerfs, le magnétisme, voilà la poésie! Non, elle a une base plus sereine; s'il suffisait d'avoir les nerfs sensibles pour être poète, je vaudrais mieux que Shakespeare et qu'Homère, lequel je me figure avoir été un homme peu nerveux. »

Sans doute, mais la poésie, comme l'art, comporte différents genres. Si l'épopée, l'églogue et la pastorale peuvent se passer des nerfs, l'ode, l'élégie et la satire en ont absolument besoin, sous peine d'endormir le lecteur. Il est très vrai que ce que Musset « a senti le plus, ce sont ses propres passions »; il est non moins vrai qu'il était plus poète qu'artiste. N'empêche qu'il a demandé à l'art quelques-unes de ses plus nobles inspirations, et que, s'il aimait passionnément la musique, ce n'était pas celle des romances et des sérénades. Toute cette critique de Flaubert sue le paradoxe et l'injustice. Mais évidemment il était devenu jaloux de Musset. Cette impression se dégage plus nettement encore de la lettre suivante qu'il écrivait à Mme Colet, après avoir lu le discours de réception du poète à l'Académie française (27 mai 1852) :

« *Il faut se méfier de ses meilleures affections !* Telle est la morale que je tire de ta dernière lettre. Si le discours de Musset qui m'horripile t'a paru charmant et que tu trouves également charmant ce que j'ai pu faire ou ferai, qu'en conclure ?

« A l'avenir, et je t'en supplie, ne me parle plus de ce que l'on fait dans le monde, ne m'envoie aucune nouvelle, dispense-moi de tout article, journal, etc., etc. Je peux fort bien me passer de Paris et de tout ce qui s'y brasse ; ces choses me rendent malade, elles me feraient devenir méchant... ; que je me remercie de la bonne idée que j'ai eue de ne pas publier ! Je n'ai encore trempé dans rien ! ma muse (quelque débauchée qu'elle puisse être) ne s'est point encore prostituée, et j'ai bien envie de la laisser crever vierge, à voir toutes ces véroles qui couvrent le monde... Si tu cherches à plaire, te voilà déchu, dit Epictète. Je ne déchoirai pas. Le sieur Musset me paraît avoir peu étudié Epictète, et cependant ce n'est pas l'amour de la vertu qui manque dans son discours.

« Voyons un peu ce fameux discours : le début est des plus mal écrit, il y a une série de *que*, de quoi faire vingt catogans (1). Je trouve ensuite le respect

---

(1) Voici la phrase du début : « J'ai à parler devant vous d'un homme qui fut aimé de tout le monde ; devoir sans doute bien doux à remplir,

qui va l'empêcher de parler (Musset respectait le sieur
Dupaty), la mort prématurée de son père et une jéré-
miade anodine sur les révolutions, lesquelles « inter-
rompent pour un moment les relations de société ».
Quel malheur! cela me rappelle un peu les filles entre-
tenues après 1848, qui étaient désolées : les gens
comme il faut s'en allaient de Paris, tout était perdu !
Il est vrai que comme contre-poids arrive l'éloge indi-
rect de l'abolition de la torture, la grande ombre de
Calas passe escortée d'un vers corsé.

Un beau trait nous honore encor plus qu'un beau livre.

« Idée reçue et généralement admise, quoique l'un
soit plus facile à faire que l'autre. J'ai pris bien des
petits verres dans ma jeunesse avec le sieur Louis
Renard, mon maître de natation, lequel a sauvé quarante à quarante-six personnes d'une mort imminente
et *au péril de ses jours*. Or comme il n'y a pas quarante-six beaux livres dans le monde (1), depuis
qu'on en fait, voilà un drôle qui à lui tout seul en-
fonce dans l'estime d'un poète tous les poètes. Con-
tinuons.

« Eloge des écoliers reconnaissants envers leurs maîtres (flatterie indirecte aux professeurs ci-présents),
et de rechef épigramme sur la liberté : *Utile dulci*,
c'est le genre.

« Enfin une phrase est fort belle : « Le murmure de

et bien facile en apparence, puisque, pour rappeler à votre mémoire
ce que l'esprit a de plus aimable et le cœur de plus délicat, je n'aurais
presque qu'un mot à dire, et que, pour faire ici son éloge, il suffit de
nommer M. Dupaty. » Je ne vois pas que cette phrase soit si mal écrite
et qu'il y ait de quoi faire tant de catogans avec les *que* dont elle est
émaillée.

(1) Peste! Gustave Flaubert était bien difficile. Sa bibliothèque ne
devait pas être nombreuse, si elle ne renfermait que les livres considérés
par lui comme des chefs-d'œuvre.

l'Océan, qui troublait encore cette tête ardente, se confondit dans la musique et un coup d'archet l'emporta. » Mais c'est l'Océan et la musique qui sont cause que la phrase est bonne ; et quelque indifférent que soit le sujet en soi, il faut qu'il existe néanmoins. Or, lorsque, de mauvaise foi, on entonne l'éloge d'un homme médiocre, qu'attendre, sinon une médiocrité ? la forme sort du fond, comme la chaleur du feu.

« Arrive le petit confiteor ; là le poète appelle ses œuvres des *fautes d'enfant*, se blâme des *torts qu'il n'a plus* et traite l'école romantique de n'avoir pas le *sens commun*, quoiqu'il ne renie pas ses maîtres. Il y aurait eu ici de belles choses à dire sur la place d'Hugo, restée vide. Comment se priver de pareilles joies, comment se refuser à soi-même la volupté de scandaliser la compagnie ? Mais les *convenances* s'y opposaient, cela aurait fait de la peine à ce bon gouvernement, et c'eût été de mauvais goût (1) ; mais en revanche, nous avons, immédiatement après, l'éloge inattendu de Casimir Delavigne, *qui savait que l'estime vaut mieux que le bruit*, et qui en conséquence s'est toujours traîné à la remorque de l'opinion, faisant *les Messéniennes*, après 1815, *le Paria* dans le temps du libéralisme, *Marino Faliero*, lors de la vogue de Byron, *les Enfants d'Edouard*, quand on raffolait de ce drame moyen-âge. Delavigne était un médiocre monsieur, mais un Normand rusé qui épiait le goût du jour et s'y conformait, conciliant tous les partis et n'en satisfaisant aucun, un bourgeois s'il en fut, un Louis-

(1) Si Flaubert avait connu l'anecdote que je raconte au tome Ier de cet ouvrage, p. 78, gageons qu'il aurait trouvé le moyen de n'en point complimenter Musset.

Philippe en littérature; Musset n'a pour lui que des douceurs.

« Louer des vers où se trouve celui-ci :

En quittant Raphaël je souris à l'Albane,

et Anacréon à côté d'Homère! L'Albane est le père du rococo en peinture. M. de Voltaire l'aimait beaucoup, Ferney est plein de ses copies. Musset qui a tant injurié Voltaire dans *Rolla*, mais qui devait faire son éloge à l'Académie (car il était académicien), devait bien ce petit hommage à son peintre favori.

« Suit l'éloge de l'opéra-comique comme *genre* : tout est du même tonneau, sans cesse l'exaltation du gentil, du charmant. Musset a été bien funeste à sa génération en ce sens. Lui aussi, morbleu, a chanté la grisette! et d'une façon bien plus embêtante encore que Béranger, qui au moins est en cela dans sa veine propre. Cette manie de l'étriqué (comme idées et comme œuvres) détourne des choses sérieuses, mais ça plaît, il n'y a rien à dire, on donne là-dedans pour le quart d'heure. Nous allons revenir à Florian avant deux ans, Houssaye alors florira, c'est un berger.

« Maintenant, un peu d'outrages aux grandes choses et aux grands hommes, le travail du poète : *un noble exercice de l'esprit*, vraiment! et *quoi qu'on en puisse dire* encore! Quelle audace! mais comme il y a des idées nobles et des idées apparemment qui ne le sont pas, *des routes grandes et sévères* et des routes petites et plaisantes (d'après la classification des genres bien entendu, tragédies, comédies, comédie sérieuse, comédie pour rire, etc.), il s'ensuit que Bossuet et Fénelon sont au-dessus de Molière (non académicien). *Télémaque* vaut mieux que *le Malade imagi-*

naire; pour les hommes graves, en effet, c'est une farce (tel est l'avis entre autres de M. Chincel, professeur à l'Ecole normale); n'importe, la petite route n'en est pas *moins belle*, et *à coup sûr elle doit être honorée; que* de bonté! *quand elle est suivie par un honnête homme* (toujours l'honnête homme), autrement non!

« Ensuite un peu de patriotisme, le drapeau de l'Empire, de beaux faits dans la garde nationale. Ce vers cité comme bon :

> Les doux tributs des champs sur son onde tranquille !

et Tancrède qui *est un type inimitable de poésie chevaleresque!* Enfin pour la conclusion, le bon exemple des gens qui meurent saintement escortés des sœurs de charité, lesquelles nous avons déjà vues plus haut en compagnie de l'idée chrétienne glorifiée.

« Il y en a pour tous les goûts, si ce n'est pour le mien.

« Il faut donc faire de l'art pour soi, *pour soi seul,* comme on joue du violon. Musset restera par ses côtés qu'il renie, il a eu de beaux jets, de beaux cris, voilà tout; mais le *Parisien* chez lui entrave le poète, le dandysme y corrompt l'élégance, ses genoux sont raides de ses sous-pieds, la force lui a manqué pour devenir un maître, il n'a cru ni à lui, ni à son art, ni à ses passions. Il a célébré avec emphase le *cœur,* le *sentiment,* l'amour avec toutes sortes d'*H*, au rabaissement de beautés plus hautes. « Le cœur seul est poète etc. » Ces sortes de choses flattent les dames, maximes commodes qui font que tant de gens se croient poète sans savoir faire un vers. Cette glorification du médiocre m'indigne, c'est nier tout un art,

.toute beauté, c'est insulter l'aristocratie du bon Dieu.»

Je serais curieux de savoir ce que Louise Colet
pensa de cette charge à fond de train contre son poète;
elle a négligé d'y faire allusion dans son roman de
Lui, probablement pour ne pas être obligée de prendre parti contre son cher Léonce (Flaubert); mais
de ce que ce roman, au lieu de s'ouvrir sur l'élection
de Musset à l'Académie, commence ou à peu près par
une promenade sentimentale au Jardin des Plantes,
on aurait tort d'en conclure, avec Maxime du Camp,
que « *Lui* est pis qu'une invention mensongère »,
que « c'est l'altération systématique de la vérité ».
Si l'auteur des *Convulsions de Paris* avait eu connaissance des libres propos que Flaubert tient à différentes reprises sur son compte, dans sa correspondance avec Louise Colet, il aurait mis moins d'empressement à se constituer son défenseur envers et contre
son ancienne maîtresse (1). En tout cas je ne vois pas
en quoi celle-ci a desservi la mémoire de Flaubert et
mérité les foudres de Maxime du Camp. Ce n'est pas,

(1) Voici, en effet, ce que Flaubert écrivait à Louise Colet : « 1852..
J'ai lu *le Livre posthume*, est-il pitoyable, hein, il me semble que *notre
ami* Du Camp se coule. Du Camp ne sera pas le seul sur qui j'aurai
laissé mon empreinte, le tort qu'il a eu, c'est de la recevoir ; en littérature il se souviendra de moi longtemps. » — « C'est comme pour
Jourdan, nous n'avons pas besoin d'aucune relation (indirecte) avec Du
Camp, il irait clabauder ce qui s'est fait et dit chez toi, je peux l'y revoir le lendemain, ce serait des questions. » — «Pour lui, ce bon Maxime, je suis maintenant incapable à son endroit d'un sentiment quelconque, la partie de mon cœur où il était est tombée sous une gangrène
lente, et il n'en reste plus rien ; bons ou mauvais procédés, louanges
ou calomnies, tout m'est égal, et il n'y a pas là dédain, ce n'est point
une affaire d'orgueil, mais j'éprouve une impossibilité radicale de sentir à cause de lui, pour lui, quoi que ce soit, amitié, haine, estime ou
colère, il est parti, comme un mort, et sans même me laisser un regret.
Dieu l'a voulu, Dieu soit béni ! » (*Corresp.*, t. II, pp. 150, 168 et 177.)
Flaubert était dur pour ses amis. Et dire que c'est Maxime Du Camp
qui fut le parrain de *Madame Bovary !*

j'imagine, en sacrifiant Albert de Lincel à l'amour qu'elle avait pour Léonce : sans compter que, lorsque le roman parut, il n'y avait qu'un très petit nombre de personnes à savoir le vrai nom du rival de Musset. M. Maxime du Camp aurait-il préféré que, par respect pour la vérité, Mme Colet nous dît qu'elle avait trompé Léonce avec Albert ?

En se donnant le beau rôle, c'est-à-dire en jouant la comédie de la fidélité, qui ne fut pas sa principale vertu, elle n'a fait en somme que traduire le sentiment sérieux qu'elle avait pour Flaubert. Car il ne servirait à rien de le contester, ce fut la grande passion de sa vie — et une passion qui dura huit ans! Que si elle le trompa, ce fut bien un peu de sa faute. Depuis son retour d'Orient, *Madame Bovary* avait pris le pas sur Louise Colet, et l'absence est mauvaise conseillère. Aussi bien, avec les femmes de cette espèce, les coups de canif dans les contrats passés devant ou derrière monsieur le maire ne tirent pas à conséquence. Ç'est leur façon de témoigner aux galants qui leur font la cour qu'elles ne sont pas insensibles à leurs hommages. Et le mot de caprice qu'on a inventé pour la circonstance définit assez bien la chose, puisque, leur curiosité passée, elles reviennent d'autant plus ardentes à l'ami qu'elles ont trompé. C'est précisément ce qui arriva à Gustave Flaubert. L'intrigue de Louise Colet avec Alfred de Musset dura environ six mois, de mars à juillet ou août 1852. Ce n'est qu'au printemps de 1854 qu'elle se détacha tout à fait de de Flaubert ou que Flaubert rompit délibérément avec elle. A ce moment-là, ils avaient assez l'un de l'autre. Depuis quelque temps elle ne lui écrivait plus avec la même régularité ni sur le même ton qu'autre-

fois. Quand il venait à Paris, au lieu de descendre
près d'elle, à l'hôtel du *Bon La Fontaine*, il descen-
dait rue du Helder, pour être plus libre. Il avait beau
se défendre de ne lui avoir jamais menti, il était forcé
de convenir qu'un homme « abruti d'art comme lui,
continuellement affamé d'un idéal qu'il n'atteint
jamais, dont la sensibilité est plus aiguisée qu'une
lame de rasoir, ne pouvait pas aimer avec un cœur
de vingt ans ». Or ces confidences ne sont point faites
pour rehausser le prestige des amoureux aux yeux de
leurs maîtresses !... Et puis Louise Colet s'était mis en
tête de se faire présenter à la mère de Flaubert — ce
qu'il ne voulait à aucun prix. Enfin la question d'argent — qu'elle n'avait jamais abordée avec lui — sur-
gissant tout à coup, avait achevé de refroidir notre
romancier qui, en vrai Normand, était surtout large
des épaules.

Toutes ces choses que nous a révélées la correspondance de Flaubert, Louise Colet aurait pu les raconter
dans *Lui* pour sa justification personnelle. Elle fut
assez discrète pour les taire. Bien loin d'imiter George
Sand, qui avait accablé Musset dans son roman, elle
exalta plutôt Flaubert sous les traits de Léonce. Et
quant à la partie de son livre qui regarde Musset, il
est incontestable qu'elle est sincère et conforme à la
réalité — sauf sur un point — celui de la faute qui,
dans le roman, n'a pas été commise. L'épisode du Jardin des Plantes — pour ne citer que celui-là — est confirmé par ce beau sonnet du poète qui fut composé le
lendemain même de la promenade des amoureux (1):

(1) Qu'on en juge plutôt. Voici le texte de *Lui* :
Après avoir donné à manger aux ours et visité rapidement les singes
dont les gambades impures répugnaient à la dame, ils passèrent dans

> Sous ces arbres chéris où j'allais à mon tour
> Pour cueillir en passant, seul, un brin de verveine,
> Sous ces arbres charmants où votre fraîche haleine
> Disputait au printemps tous les parfums du jour.

le bâtiment circulaire où s'abritaient les rennes, les antilopes, les girafes et les éléphants.

« Un des gardiens plaça mon fils sur un magnifique renne, à l'allure élégante et rapide, qui s'élança aussitôt autour de l'énorme pilier servant d'appui à l'édifice. L'enfant riait aux éclats, le gardien le tenait d'un bras ferme fixé à l'animal et le suivait au pas de course. Le jeu était sans danger, je rejoignis Albert qui m'appelait pour me montrer une svelte et belle antilope dont les yeux semblaient nous regarder.

— « Voyez, me dit Albert, comme elle s'occupe de nous ! ne dirait-on pas qu'elle pense et qu'elle nous parle à sa manière avec ses ondulations de tête. Que ses yeux sont vifs et pénétrants. Je trouve, marquise, qu'ils ressemblent aux vôtres.

— « Mais ils sont noirs, répliquai-je.

— « Et les vôtres sont d'un bleu sombre, ce qui produit dans le regard la même expression.

« Il se mit à caresser l'antilope, à la baiser au front et sur le cou et il lui disait, tandis que la jolie bête le considérait de ses yeux grands ouverts :

« Tu caches peut-être l'âme d'une femme ; je n'oublierai jamais, ma belle, de quelle façon tu m'as regardé ! »

« Le gardien avait fait descendre mon fils de sa monture et nous avait prévenus que c'était l'heure du repas des animaux féroces. Nous nous rendîmes dans la longue galerie où étaient enfermés les tigres, les lions et les panthères, dont les rugissements terribles se faisaient entendre au dehors ; une odeur âcre et fauve remplissait cette galerie très chaude...

« Je m'étais arrêtée devant la cage d'un colossal lion du Sahara, arrivé depuis peu de nos colonies africaines. La superbe bête reposait majestueusement, la tête appuyée sur ses deux pattes de devant, dont les ongles recourbés se dissimulaient sous de longs poils roux. Ses yeux ronds nous regardaient sans méchanceté, il se leva lentement et comme pour nous faire fête, il secoua contre les barreaux sa vaste crinière dorée, elle était si soyeuse et si brillante qu'elle attirait involontairement le toucher. Quelques touffes passaient en dehors et, oubliant mes recommandations à mon fils, d'un mouvement machinal j'y portai la main. Le lion poussa un rugissement formidable ; l'enfant cria plein de terreur et Albert, qui s'était précipité vers moi, saisit ma main dégantée dans les siennes, la porta à ses lèvres et la couvrit de baisers frénétiques.

— « Malheureuse ! me dit-il avec une exaltation effrayante, vous voulez donc mourir ! vous voulez donc que je vous voie là, sanglante, en lambeaux, la tête ouverte, les cheveux détachés du crâne et n'étant plus qu'une chose sans forme et sans beauté, comme les corps dissous dans un cimetière !

« En parlant ainsi, il m'avait saisie dans ses bras, et malgré sa faiblesse il m'emportait, en courant, hors de la galerie ; mon fils nous sui-

Des enfants étaient là qui jouaient alentour ;
Et moi, pensant à vous, j'allais traînant ma peine ;
Et si de mon chagrin vous êtes incertaine,
Vous ne pouvez pas l'être au moins de mon amour.

Mais qui saura jamais le mal qui me tourmente ?
Les fleurs du bois, dit-on, jadis ont deviné !
Antilope aux yeux noirs, dis quelle est mon amante ?

O lion, tu le sais, toi mon noble enchaîné,
Toi qui m'as vu pâlir lorsque sa main charmante
Se baissa doucement sur ton front incliné.

J'en dirai autant du drame de Venise. La version de Louise Colet donne même par endroits plus que les deux autres l'impression de la vérité. En tous cas elle n'y apporte aucune animosité, aucun parti pris. Elle aurait pu charger Musset pour excuser George Sand ; elle en parle plutôt avec sympathie, bien qu'elle ait souffert de son inconstance.

En ce qui concerne son talent d'écrivain, je ne suis pas de ceux qui le nient. Elle en avait infiniment plus que les bas-bleus de son espèce. Je n'aime pas beaucoup ses vers, mais je suis loin de dédaigner sa prose. Maxime du Camp ne faisait aucun cas de *Lui*. Moi, je suis tout près d'en penser ce qu'en disait Philarète Chasles, lequel avait bien autant de critique que

vait en criant toujours. Les gardiens nous regardaient étonnés et pensaient que j'étais évanouie. Arrivés dans une salle voisine, où étaient enfermés des animaux moins redoutables, je me dégageai des bras d'Albert, et, je m'assis sur un banc ; mon fils se précipita sur mes genoux, et suspendu à mon cou, il m'embrassait en pleurant.

— « Vois donc, je n'ai aucun mal, lui dis-je ; puis, me tournant vers Albert, dont l'angoisse était visible : — Mais qu'avez-vous donc, mon Dieu ! vous m'avez effrayée plus que le lion.

« Il me regardait sans parler et avec une fixité qui me troublait. Tout à coup, il saisit brusquement mon fils par l'épaule et le détacha de moi.

— « Sortons, me dit-il, et, prenant mon bras sous le sien, il ajouta : « Vous voyez bien que ces caresses me font mal. »

l'ami de Flaubert : « Ce livre est le meilleur qu'elle (Mme Colet) ait fait : il y a du sang, des larmes, de la bile et du malheur, je la plains (1) ! »

Voilà, selon moi, la note juste (2). Quelque opinion qu'on ait de cette femme, il est certain qu'elle est encore plus à plaindre qu'à blâmer. En tout cas je le répète, ce n'était pas aux amis de Flaubert à lui jeter la pierre. Qu'elle ait été injuste envers lui, que, lorsqu'il publia *Madame Bovary*, elle ait fait un sonnet pour proclamer que le livre était écrit en style de commis-voyageur, cela ne fait de tort qu'à son goût et ne prouve que son dépit. Mais pour qu'il lui ait adressé, cinq et six ans durant, les lettres admirables qu'on a lues, il faut tout de même qu'elle ait été autre chose que ce que dit Maxime du Camp. Il ne comprenait pas « que Flaubert, un lettré de race,

(1) Philarète Chasles avait écrit ces lignes sur l'exemplaire de *Lui* qui était dans sa bibliothèque. Elles étaient suivies de ce sixain que releva M. Clouard :

> Ici Colet raconte en son style splendide
> Comme quoi le matin elle sentit un vuide,
> Puis, écartant soudain les jambes dans son lit;
> Les seins gonflés, brûlant du désir du c...
> Elle rêva la force et maudit l'impuissance
> De ces hommes chétifs qui pullulent en France.

(2) Il est bon aussi de noter l'opinion de Flaubert sur le talent de Louise Colet. Il lui écrivait un jour: « La nature, va, s'est trompée en faisant de toi une femme, tu es du côté des mâles. » (*Corresp.*, t. II, p. 309.) Et encore : « Tu as le vers souvent philosophique ou vide, coloré à outrance et un peu empêtré ; lis, relis, dissèque, creuse La Fontaine qui n'a aucune de ces qualités ni de ces défauts, je n'ai, par Dieu, pas peur que tu fasses des fables » (t. II, p. 237). — « Ecoute-bien ceci et médite-le: tu as en toi deux cordes, un sentiment dramatique, non de coups de théâtre, mais d'effets, ce qui est supérieur, et une entente instinctive de la couleur, du relief (c'est ce qui ne se donne pas cela) ces deux qualités ont été entravées et le sont encore par deux défauts dont on t'a donné l'un et dont l'autre tient à ton sexe : le premier, c'est ce philosophisme, toute cette bavure qui vient de Voltaire et dont le père Hugo lui-même n'est pas exempt ; la seconde faiblesse, c'est le vague, la tendro-manie féminine. Il ne faut pas, quand on est arrivé à ton degré, que le linge sente le lait » (t. II, p. 203).

un travailleur solitaire, un *chaste*, ne se fût pas détourné de cet Androgyne de lettres ». Il l'aurait peut-être compris s'il était tombé sous sa coupe. Je dis peut-être, parce que tous les instruments à cordes ne résonnent pas de la même façon sous les coups de l'archet.

Mais revenons à Alfred de Musset. Ainsi donc sa liaison avec Louise Colet n'avait été qu'un caprice. Dix ans auparavant elle eût peut-être duré davantage, mais, en 1852, le dandy fringant qu'il avait été, l'homme aux innombrables bonnes fortunes, de la rue Grange-Batelière et du boulevard de Gand, était aux trois quarts fourbu, et je crois que, lorsqu'il eut senti à quelle femme il avait affaire il se replia en bon ordre pour ne pas être obligé d'avouer son impuissance. Toujours est-il qu'au bout de peu de temps il espaça de plus en plus ses visites et qu'un beau jour il les suspendit tout à fait. Mme Martellet a raconté que, pour échapper aux poursuites de la dame, il avait remis son portrait à la concierge en lui disant : « Si cette personne vient me demander, répondez-lui que je suis à la campagne. »

Mais elle se garda bien de demander quoi que ce soit à la concierge. Comme elle connaissait l'escalier et l'étage où il habitait, elle monta un matin jusqu'à sa porte, sonna, entra et ne sortit qu'après avoir secoué, bousculé, injurié le pauvre poète qui, relevant à peine de maladie, était incapable de se défendre.

C'est ainsi qu'elle prit congé de lui. L'adieu, certes, n'était pas tendre, cependant Musset le lui pardonna, d'abord parce qu'il n'était pas méchant, ensuite parce que cet adieu était sans retour. Elle ne revint, en effet, que le lendemain de sa mort, pour offrir ses services à sa gouvernante. Et ce qui prouve que, malgré tout, il lui avait laissé, à elle aussi, un bon souvenir, c'est que cette femme, qui était alors abandonnée de tout le monde, accorda encore une fois sa lyre, pour le pleurer dans un journal où il ne comptait que des amis. Voici, en effet, les vers qu'elle publia dans *la Presse* du 10 mai 1857 :

ALFRED DE MUSSET

Nous faut-il croire, hélas ! ce que disaient nos pères
Que lorsqu'on meurt si jeune on est aimé des dieux ?
. . . .
        Faire une perle d'une larme,
        Du poète ici-bas, c'est là la passion.
                                ALFRED DE MUSSET.

Nos vers sont les pleurs de notre âme,
Grand poète aimé, tu l'as dit !
Les étincelles de la flamme
Qui sur notre front resplendit.

Toi qui, de ces larmes si belles,
Pleuras, vivant, les morts chéris,
Oh ! tu dois être ému par elles
Dans le doux monde des Esprits.

Prières des âmes absentes
Qui protestent contre l'oubli,
Tu dois les sentir, caressantes,
Glisser sur ton beau front pâli.

Au sein des choses éternelles,
Heureux, tu dois te rappeler
Nos chastes heures fraternelles
En voyant ces larmes couler.

Indifférentes et muettes
A ton âme qui vibre en moi,
Si les voix des autres poètes
N'ont ni chants ni sanglots pour toi,

J'élèverai ma voix obscure
Dont ton cœur a gardé l'écho

Parmi les bruits de la nature
Qui s'éveillent sur un tombeau.

Les murmures des monts, les rumeurs de la plaine,
Les souffles odorants dont la campagne est pleine,
Indicible concert qui répand dans les cœurs
Le printemps amoureux de la beauté des fleurs :
Tout ce que tu chantas te salue, ô poète !
En t'ensevelissant la terre te fait fête,
Et pour te recouvrir d'un linceul embaumé,
Te couche dans son sein au premier jour de mai.

Ainsi toutes les voix de l'antique Cybèle,
Qui toujours au printemps redevient jeune et belle,
A ton suave esprit parlent avec amour ;
Et moi qui t'ai connu je te parle à mon tour :
C'était aussi le temps du soleil et des roses,
Quand, courbé sous le poids de tes pensers moroses,
Tu vins à moi cherchant une main pour ta main,
Et sur la terre aride un peu d'ombre au chemin.
Tu croyais au retour des riantes aunées
Et qu'un rêve du cœur mène nos destinées ;
Tu voulus m'entraîner à tes pas hasardeux ;
Un autre avait l'amour : il ne peut être à deux.

Mais tout ce que l'on sent d'émotion aimante,
Tendresse éclose au cœur et que l'esprit augmente,
Du poète à la muse et du frère à la sœur,
Tourments, regrets, espoirs d'art et de renommée,
Avides entretiens où l'heure est consommée,
Nous en avons ensemble épuisé la douceur.

Tantôt tu me contais tes douleurs de Venise,
Et comme un cœur trahi dans l'angoisse se brise ;
Frondeur passionné d'un amour orageux,
Tu disais, raillant tout et te raillant toi-même :
Déjà la haine germe aux heures où l'on aime.
Ainsi le cirque antique ensanglantait ses jeux.

Puis par un choc soudain, ton âme était émue...
Vers l'ombre d'un ami, vers l'image ingénue
De quelque belle enfant que morte tu pleuras ;
Vers tes doux souvenirs d'étude et de collège,
Mirage du matin qui fond comme la neige,
Tu te tournais rêveur et tu tendais les bras.

Tu me montrais partout tes compagnons d'élite,
Le plus noble de tous, que la mort prit si vite !

Sur un cheval fougueux près de lui tu courais...
Tu ranimais pour moi vos jeux, vos gaîtés folles,
Et je voyais passer, à travers tes paroles,
Vos chasses aux flambeaux dans les grandes forêts.

Un autre jour, c'étaient des joutes d'ironie,
La Muse nous soufflait en burlesque harmonie
Ses triolets moqueurs, ses rondeaux familiers;
Courant sus à l'idée, et pourchassant la rime,
Nous luttions de prestesse en cette vive escrime;
Oh! les bons passe-temps que ces jeux d'écoliers!

La mort, qui délia tes douloureuses chaînes,
Eclaire devant moi, plus douces, plus sereines,
Ces heures d'amitié dont le cœur ne perd rien,
Tendre était ta nature et grand fut ton génie,
Et ton âme, en brisant l'enveloppe ternie,
Resplendit dans le beau, rayonne dans le bien.

Mai 1857.

C'était le prélude de *Lui*. Jusque-là, à part quelques
rares initiés, personne ne savait que Mme Colet avait
été l'amie d'Alfred de Musset. Cela aurait manqué à
sa gloire. Aussi, dès que parut *Elle et Lui* s'empres-
sa-t-elle de nous divulguer son secret. Mais il y a des
degrés dans la gloire comme dans l'amour. Entre
George Sand et Louise Colet il y a à peu près la même
distance, au regard de la vie de Musset, qu'entre Pauline de Beaumont et Hortense Allart de Meritens, au
regard de la vie de Chateaubriand. Quoi qu'on dise
et qu'on fasse, le premier amour aura toujours le pas
sur les autres. Il vaut mieux avoir inspiré *les Nuits*
et *le Génie du Christianisme* que d'avoir écrit *Lui* et
les Enchantements de Prudence.

APPENDICE

I

UN SOUPER CHEZ MADEMOISELLE RACHEL

Nous publions ci-contre, en regard du texte imprimé dans les *Œuvres posthumes* d'Alfred de Musset, toutes les variantes que nous avons relevées sur le manuscrit original de ce récit, qui appartient à la famille de Mme Jaubert.

Ces variantes sont intéressantes à plus d'un titre et donnent une idée du travail de retouches auquel se livra Paul de Musset sur les œuvres de son frère qui étaient inédites au moment de sa mort.

TEXTE DU MANUSCRIT

J'avais perdu l'adresse exacte d'Augerville (1). *Je viens de la retrouver trop tard.* — Merci d'abord de la lettre de Paolita (2). Elle est bien gentille, mais moins que vous, qui ne manquez jamais une occasion d'envoyer un moment de joie à ceux qui vous aiment. Vous êtes la seule créature humaine mâle ou femelle, que je connaisse faite ainsi.

Un bienfait n'est jamais perdu : en réponse à votre lettre sur *Desdémone,* je veux vous servir un souper chez Mlle Rachel qui vous amusera peut-être, si nous sommes toujours du même avis. Ma petite scène sera pour vous *seule,* d'abord parce que la *noble enfant* déteste | les indiscrétions et ensuite parce que, depuis que je vais quelquefois chez elle, on a fait tant de cancans et de bavardages niais que j'ai pris le parti de ne pas seulement dire que je l'ai vue aux Français.

On avait joué *Tancrède,* et j'étais allé dans l'entr'acte lui faire compliment sur son costume, qui était charmant.

Au quatrième acte, elle avait lu sa lettre avec un accent plus touchant, plus profond que jamais ; elle-même m'a dit qu'en ce moment elle avait pleuré, et s'était sentie émue à tel point qu'elle avait craint d'être forcée de s'arrêter. Au sortir du théâtre, le hasard m'a fait la rencontrer sous les galeries du Palais-Royal, donnant le bras à Bonnaire et suivie d'un escadron de filles, parmi lesquelles Mlle Rabut, Mlle Dubois, du Conservatoire, etc., etc.

(1) Je suppose qu'Alfred de Musset s'était proposé d'adresser ce récit à Mme Jaubert, qui se trouvait alors chez Berryer, à Augerville, quand il apprit qu'elle était de retour à Paris.
(2) Pauline Garcia.

TEXTE IMPRIMÉ

A MADAME ***

Merci d'abord, madame et chère marraine, pour la lettre que vous me communiquez de l'aimable *Paolita*. Cette lettre est bien remarquable et bien gentille; mais que dirai-je de vous, qui ne manquez jamais une occasion d'envoyer un peu de joie à ceux qui vous aiment? Vous êtes la seule créature humaine que je connaisse faite ainsi.

Un bienfait n'est jamais perdu : en réponse à votre lettre de Desdémone, je veux vous servir un *souper chez mademoiselle Rachel*, qui vous amusera, si nous sommes toujours du même avis, et si vous partagez encore mon admiration pour cette sublime fille. Ma petite scène sera pour vous seule, d'abord parce que la *noble enfant* déteste les indiscrétions, et ensuite parce qu'on a fait, depuis que je vais quelquefois chez elle, tant de sots propos et de bavardages, que j'ai pris le parti de ne pas même dire que je l'ai vue au Théâtre-Français.

On avait joué *Tancrède* ce soir, (1) . . . .

. . . .

Au cinquième acte, ...

. . . .

. . . .

. . . . A dix heures, au sortir du théâtre (2), le hasard m'a fait la rencontrer, sous les galeries du Palais-Royal, donnant le bras à Félix Bonnaire, et suivie d'un escadron de *jeunesses*

---

(1) Je marque par des points les passages qui n'ont subi aucune modification.

(2) La tragédie commençait à huit heures et ne durait guère qu'une heure et demie. (Note de Paul de Musset.)

(Texte du manuscrit :)

Je la salue et elle me répond : « Je vous emmène souper. »

Nous voilà arrivés chez elle. Le triste Bonnaire, désolé de la rencontre, s'éclipse, et va noyer son désappointement dans plusieurs petits verres. A ce piteux départ, Rachel éclate de rire. Nous entrons, nous nous asseyons, les amoureux de ces demoiselles, chacun à côté de sa chacune, moi à côté de la chère fanfan. Après quelques propos insignifiants, Rachel s'aperçoit qu'elle a oublié ses bagues et ses bracelets ; elle envoye la bonne les chercher. Plus de bonne pour faire le souper.

Rachel se lève, va se déshabiller et de là à la cuisine. Un quart d'heure après elle rentre en robe de chambre et en bonnet de nuit, un foulard sur l'oreille, jolie comme un ange, tenant à la main une assiette dans laquelle il y a trois biftecks qu'elle a fait cuire elle-même. Elle pose l'assiette au milieu de la table en nous disant : « Régalez-vous. »

— Elle retourne à la cuisine, revient avec une soupière pleine de bouillon, fumant, et une petite casserole d'épinards. Voilà le souper. Point d'assiettes ni de cuillères, la bonne ayant les clefs sur elle. Rachel ouvre le buffet, trouve un saladier plein de salade, prend la cuillère de bois, déterre une assiette et se met à manger seule. Mais, dit la mère, qui a faim, il y a des couverts d'étain à la cuisine. Rachel va les chercher et les apporte. Ici commence le dialogue suivant.

LA MÈRE

Ma chère, tes biftecks sont trop cuits.

(Texte imprimé :)

parmi lesquelles Mademoiselle Rabut, Mademoiselle Dubois, du Conservatoire, etc. Je la salue, elle me répond : « Je vous emmène souper. »

Nous voilà donc arrivés chez elle (1). Bonnaire s'éclipse, triste et fâché de la rencontre ; Rachel sourit de ce piteux départ. Nous entrons ; nous nous asseyons, les amis de ces demoiselles chacun à côté de sa chacune, et moi à côté de la chère *Fanfan*. Après quelques mots insignifiants, Rachel s'aperçoit qu'elle a oublié au théâtre ses bagues et ses bracelets ; elle envoie sa *bonne* les chercher. — Plus de servante pour faire le souper ! Mais Rachel se lève, va se déshabiller et passe à la cuisine. Un quart d'heure après, elle rentre en robe de chambre et en bonnet de nuit, un foulard sur l'oreille, jolie comme un ange, tenant à la main une assiette dans laquelle sont trois biftecks qu'elle a fait cuire elle-même. Elle pose l'assiette au milieu de la table, en nous disant : « Régalez-vous » ; puis elle retourne à la cuisine, et revient tenant d'une main une soupière pleine de bouillon fumant et de l'autre une casserole où sont des épinards. — Voilà le souper ! — Point d'assiettes ni de cuillers, la *bonne* ayant emporté les clefs. Rachel ouvre le buffet, trouve un saladier plein de salade, prend la fourchette de bois, déterre une assiette, et se met à manger seule.

— Mais, dit la maman, qui a faim, il y a des couverts d'étain à la cuisine.

Rachel va les chercher, les apporte et les distribue aux convives. Ici commence le dialogue suivant, auquel vous allez bien reconnaître que je ne change rien, pas même ce qui pourrait offenser la grammaire.

LA MÈRE

. . . .

(1) Mlle Rachel demeurait alors passage Véro-Dodat. (Note de Paul de Musset.)

(*Texte du manuscrit :*)

RACHEL

C'est vrai, ils sont sont durs comme du bois. Du temps où je faisais notre ménage, j'étais meilleure cuisinière que ça. Tu ne manges donc pas, Sarah ?

SARAH, *jadis comédienne ambulante, et n'ayant plus aujour-d'hui de profession que celle de sœur aînée de Rachel.*

Non, je ne mange pas avec des couverts d'étaim (*sic*).

RACHEL

Tu ne manges plus avec des couverts d'étaim !... c'est donc depuis que j'ai acheté une douzaine de couverts d'argent avec mes économies. Il te faudra bientôt un domestique en livrée derrière toi et un autre par devant. (*Montrant sa fourchette.*) Je ne chasserai jamais ces couverts de la maison. Ils nous ont trop longtems servi, n'est-ce pas maman ?

MAMAN (*la bouche pleine*).

Est-elle enfant !

RACHEL (*s'adressant à moi*).

Figurez-vous que lorsque j'étais au théâtre Molière, je n'avais que deux paires de bas, et tous les matins.....

(Ici la sœur Sarah baragouine une phrase allemande pour empêcher Rachel de continuer.)

RACHEL (*continuant*).

Point d'allemand ici ! il n'y a pas de honte. Je n'avais donc que deux paires de bas, et, pour jouer le soir, j'étais obligée d'en laver une paire tous les matins. Elle était dans ma chambre pendue à une ficelle pendant que je mettais l'autre.

MOI

Et vous faisiez le ménage ?

(Texte imprimé :)

RACHEL

C'est vrai ; ils sont durs comme du bois. Dans le temps où je faisais notre ménage, j'étais meilleure cuisinière que cela. C'est un talent de moins. Que voulez-vous ? J'ai perdu d'un côté, mais j'ai gagné de l'autre. — Tu ne manges pas, Sarah ?

SARAH

. . . .

RACHEL

Oh ! c'est donc depuis que j'ai acheté une douzaine de couverts d'argent avec mes économies que tu ne peux plus toucher à de l'étain ! Si je deviens plus riche, il te faudra bientôt un domestique derrière ta chaise et un autre devant. (*Montrant sa fourchette.*) Je ne chasserai jamais ces vieux couverts-là de notre maison. Ils nous ont trop longtemps servi. N'est-ce pas, maman ?

LA MÈRE, *la bouche pleine.*

. . . .

RACHEL, *s'adressant à moi.*

Figurez-vous que, lorsque je jouais au Théâtre Molière, je n'avais que deux paires de bas, et que tous les matins...

Ici la sœur Sarah se met à baragouiner de l'allemand pour empêcher sa sœur de continuer.

RACHEL, *continuant.*

Pas d'allemand ici ! — Il n'y a point de honte. — Je n'avais donc que deux paires de bas, et, pour jouer le soir, j'étais obligée d'en laver une paire tous les matins. Elle était dans ma chambre, à cheval sur une ficelle, tandis que je portais l'autre.

MOI

. . . .

(*Texte du manuscrit :*)

RACHEL

Je me levais à six heures tous les jours, et à huit heures tous les lits étaient faits. J'allais ensuite à la halle acheter le dîner.

MOI

Faisiez-vous danser l'anse du panier ?

RACHEL

Non, j'étais une très honnête cuisinière, n'est-ce pas, maman ?

MAMAN (*toujours mangeant*).

Oui, ça c'est vrai.

RACHEL

Une fois seulement, pendant un mois, j'ai dit que ce qui coûtait quatre sous en coûtait cinq, et que ce qui coûtait dix en valait douze. Avec cela, au bout du mois, j'ai amassé trois francs.

MOI

Et qu'avez-vous fait de ces trois francs ?

LA MÈRE (*voyant que Rachel se tait*).

Monsieur, elle a acheté avec, les œuvres de Molière.

MOI

Vraiment ?

RACHEL

Ma foi, oui, j'ai acheté Molière avec mes trois francs. — Pourquoi Mlle Rabut s'en va-t-elle ? — Bonsoir, Mademoiselle !

(*Texte imprimé :*)

RACHEL

J'allais ensuite à la halle pour acheter le dîner.

MOI

Et faisiez-vous danser l'anse du panier ?

RACHEL

LA MÈRE, *tout en mangeant.*

Oh ! ça, c'est vrai.

RACHEL

Une fois seulement, j'ai été voleuse pendant un mois. Quand j'avais acheté pour quatre sous, j'en comptais cinq, et, quand j'avais payé dix sous, j'en comptais douze. Au bout du mois, je me suis trouvée à la tête de trois francs.

MOI, *sévèrement.*

Et qu'avez-vous fait de ces trois francs, Mademoiselle ?

LA MÈRE, *voyant que Rachel se tait.*

Monsieur, elle *s'est* acheté les œuvres de Molière *avec*.

MOI

Vraiment !

RACHEL

Ma foi, oui. J'avais déjà un Corneille et un Racine ; il me fallait bien un Molière. Je l'ai acheté avec mes trois francs, et puis j'ai confessé mes crimes. — Pourquoi donc mademoiselle Rabut s'en va-t-elle ? Bonsoir, Mademoiselle.

(Texte du manuscrit :)

(Les trois quarts des ennuyeux s'en vont.)

La bonne revient, apportant les bagues et les bracelets oubliés. On les met sur la table; les deux bracelets sont magnifiques; ils valent bien quatre à cinq mille francs; avec eux arrive une couronne d'or du plus grand prix. Tout cela carambole sur la table avec la salade et les épinards. Pendant ce temps-là, frappé de l'idée du ménage et des lits je regarde les mains de Rachel, craignant quelque peu de les trouver laides. Elle sont mignonnes, blanches et effilées comme des fuseaux, — vraies mains de princesse.

Sarah, qui ne mange pas, continue de grogner en allemand. (Il est bon de savoir que Sarah s'est échappée de l'aile maternelle avec je ne sais qui, est allée on ne sait où, et n'a obtenu son pardon et sa place que sur la prière répétée de Rachel.)

RACHEL (*répondant aux grogneries allemandes*).

Tu m'ennuies, je veux raconter ma jeunesse (à moi). Je me souviens qu'un jour je voulais faire du punch dans une de ces cuillères d'étaim. J'ai mis ma cuillère sur la chandelle pour faire. chauffer mon punch, et la cuillère m'a fondu dans la main. — A propos, Sophie, donnez-moi du kirsch — je veux faire du punch...

(Ici la bonne se trompe et apporte de l'absinthe au lieu de kirsch.)

LA MÈRE

Mais c'est une bouteille d'absinthe.

MOI

Un instant, c'est mon affaire (1), donnez-m'en un peu.

(1) Voilà qui prouve d'une manière irréfutable que Musset avait fait

(Texte imprimé :)

Les trois quarts des ennuyeux, s'ennuyant, font comme Mademoiselle Rabut. La servante revient apportant les bagues et les bracelets oubliés. On les met sur la table; les deux bracelets sont magnifiques : ils valent bien quatre ou cinq mille francs. Ils sont accompagnés d'une couronne en or et du plus grand prix. Tout cela carambole sur la table avec la salade, les épinards et les cuillers d'étain. Pendant ce temps-là, frappé de l'idée du ménage, de la cuisine, des lits à faire et des fatigues de la vie nécessiteuse, je regarde les mains de Rachel, craignant quelque peu de les trouver laides ou gâtées. Elles sont mignonnes, blanches, potelées et effilées comme des fuseaux. Ce sont de vraies mains de princesse.

Sarah qui ne mange pas, continue de gronder en allemand. Il est bon de savoir qu'elle avait fait, le matin, je ne sais quelle escapade, un peu trop loin de l'aile maternelle, et qu'elle n'avait obtenu son pardon et sa place à table qu'à la prière répétée de sa sœur.

RACHEL, *répondant aux grogneries allemandes.*

Tu m'ennuies. Je veux raconter ma jeunesse, moi. Je me souviens qu'un jour je voulais faire du punch dans une de ces cuillers d'étain. J'ai mis ma cuiller sur la chandelle, et elle m'a fondu dans la main. A propos, Sophie! donne-moi du kirsch. Nous allons faire du punch. Ouf ! c'est fini, j'ai soupé.

La cuisinière apporte une bouteille.

LA MÈRE

Sophie s'est trompée. C'est une bouteille d'absinthe.

MOI

Donnez-m'en un peu.

(Texte du manuscrit :)

RACHEL

Je suis bien contente que vous preniez quelque chose ici.

(Elle me prépare un verre d'absinthe que j'avale d'un trait.)

LA MÈRE

On dit que l'absinthe est très saine ?

MOI

Du tout. C'est malsain et détestable ; mais je ne l'en aime pas moins.

SARAH

Pourquoi ?

MOI

Ah ! parce que.

RACHEL

Donnez-m'en. (*Elle en boit un verre.*)

La bonne apporte un bol d'argent dans lequel Rachel met du sucre, du kirsch, après quoi elle allume son punch et le fait flamber.

RACHEL

J'aime cette flamme bleue.

MO

C'est bien plus joli quand on est sans lumière.

connaissance avec l'absinthe longtemps avant 1842 (puisque ce récit est de 1839) contrairement à l'assertion de Paul Mariéton, dans son livre *Une histoire d'amour*.

(Texte imprimé :)

RACHEL

Oh! que je serai contente si vous prenez quelque chose chez nous !

LA MÈRE

On dit que c'est très sain, l'absinthe.

MOI

Pas du tout. C'est malsain et détestable.

SARAH

Alors pourquoi en demandez-vous ?

MOI

Pour pouvoir dire que j'ai pris quelque chose ici.

RACHEL

Je veux en boire.

Elle verse de l'absinthe dans un verre d'eau et boit. On lui apporte un bol d'argent, où elle met du sucre et du kirsch ; après quoi elle allume son punch et le fait flamber.

RACHEL

J'aime cette flamme bleue.

MOI

. . . .

(*Texte du manuscrit :*)

RACHEL

Sophie, emportez les chandelles.

LA MÈRE

Du tout, du tout, par exemple !

RACHEL

Tu m'ennuies !... Pardon, maman, tu es délicieuse, tu es charmante (*elle l'embrasse*), mais je veux que Sophie emporte les chandelles.

Un monsieur quelconque prend les chandelles et les met sous la table. Effet de crépuscule. La mère verte et bleue, à la lueur du punch, toujours la bouche pleine, braque ses yeux sur moi. — Les chandelles reparaissent.

SARAH (*pendant que Rachel fait le punch*).

Mlle Rabut était bien laide ce soir.

MOI

Mais non, elle est assez jolie, il ne lui manque que le bout de son nez.

LA MÈRE

Mlle Rabut est joliment bête.

RACHEL

Pourquoi dis-tu ça? Elle n'est pas plus bête qu'une autre.

LA MÈRE

Je dis qu'elle est bête, parce que c'est une imbécile.

(*Texte imprimé :*)

RACHEL

, . - . . . .

LA MÈRE

Du tout, du tout! quelle idée! par exemple !

RACHEL

C'est insupportable !... Pardon, chère maman ; tu es bonne, tu es charmante (*elle l'embrasse*) : mais je désire que Sophie emporte les chandelles.

Un monsieur quelconque prend les deux chandelles et les met sous la table. Effet de crépuscule. — La maman, tour à tour verte et bleue à la lueur du punch, braque ses yeux sur moi et observe tous mes mouvements. — Les chandelles reparaissent.

UN FLATTEUR

Mlle Rabut n'était pas belle ce soir.

MOI

Vous êtes difficile ; je la trouve assez jolie.

UN FLATTEUR

Elle n'a pas d'intelligence.

(*Texte du manuscrit :*)

RACHEL

Eh bien, au moins si elle est bête, elle n'est pas bête et méchante. C'est une bonne, fille; laissez-la tranquille. Je ne veux pas de ces choses-là ici.

Le punch est fait. Rachel remplit les verres et en donne à tout le monde; elle verse ensuite le reste dans une assiette creuse et se met à boire avec une cuillère ; après quoi elle prend ma canne, tire le poignard et se cure les dents avec.

MOI

Comme vous avez lu cette lettre ce soir ! vous étiez bien émue.

RACHEL

Oui, il m'a semblé sentir en moi quelque chose qui allait se briser. Mais c'est égal ; je n'aime pas cette pièce de *Tancrède ;* c'est faux.

MOI

Qu'aimez-vous mieux de Corneille ou de Racine ?

RACHEL

J'aime bien Corneille, mais c'est quelquefois trivial et quelque-fois ampoulé, tout cela n'est pas vrai.

MOI

Oh ! Oh !

RACHEL

Oui, tenez, lorsque dans *les Horaces,*par exemple, Sabine dit :
   On peut changer d'amant mais non changer d'époux.
Eh ! bien, je n'aime pas ça, c'est grossier.

(Texte imprimé :)

RACHEL

Pourquoi dites-vous cela? Elle n'est pas si sotte que beaucoup d'autres, et de plus, c'est une bonne fille. Laissez-la tranquille. Je ne veux pas qu'on parle ainsi de mes camarades.

Le punch est fait. Rachel remplit les verres et en distribue à tout le monde; elle verse ensuite le reste du punch dans une assiette creuse, et se met à boire avec une cuiller; puis elle prend ma canne, tire le poignard qui est dedans et se cure les dents avec la pointe. — Ici finissent le verbiage vulgaire et les propos d'enfant. Un mot va suffire pour changer tout le caractère de la scène et pour faire paraître dans ce tableau bohême la poésie et l'instinct des arts.

MOI

. . . .

RACHEL

Oui, il m'a semblé sentir en moi comme si quelque chose allait se briser... Mais, c'est égal : Je n'aime pas beaucoup cette pièce-là (*Tancrède*). C'est faux.

MOI

Vous préférez les pièces de Corneille et de Racine ?

RACHEL

J'aime bien Corneille; et cependant il est quelquefois trivial quelquefois ampoulé. — Tout cela n'est pas encore la vérité.

MOI

Oh ! doucement, Mademoiselle.

RACHEL

Voyons : lorsque dans *Horace*, par exemple, Sabine dit:

On peut changer d'amant, mais non changer d'époux,

eh bien, je n'aime pas cela. C'est grossier.

(*Texte du manuscrit :*)

MOI

Vous conviendrez du moins que c'est vrai ?

RACHEL

Oui, mais ce n'est pas digne de Corneille. J'adore Racine ; c'est si beau, si vrai, si noble !

MOI

A propos de Racine vous souvenez-vous d'avoir reçu, il y a quelque tems, une lettre anonyme sur la dernière scène de Mithry-date ?

RACHEL

Oui, et j'ai suivi le conseil qu'on me donnait, et ce n'est que depuis ce tems-là qu'on m'applaudit à cette scène. Est-ce que vous connaissez la personne qui m'a écrit ?

MOI

Beaucoup. C'est la femme de Paris qui a le plus grand esprit et le plus petit pied. Quel rôle étudiez-vous maintenant ?

RACHEL

Nous allons jouer cet été *Marie Stuart* pour le public ambulant. Je n'aime pas tous ces rôles de pleurnicheuses. A l'hiver nous jouerons Polyeucte et peut-être...

MOI

Eh bien ?

RACHEL (*frappant du poing sur la table*).

Je veux jouer Phèdre. On me dit que je suis trop jeune, que je suis trop maigre, ce sont des sottises. C'est le plus beau rôle de Racine, je veux le jouer.

(Texte imprimé :)

MOI

Vous avouerez, du moins, que cela est vrai.

RACHEL

Oui ; mais est-ce digne de Corneille ? Parlez-moi de Racine !
Celui-là, je l'adore. Tout ce qu'il dit est si beau, si vrai, si noble !

MOI

A propos de Racine, vous souvenez-vous d'avoir reçu, il y a
quelque temps, une lettre anonyme qui vous donnait un avis sur
la dernière scène de *Mithridate?*

RACHEL

Parfaitement ; j'ai suivi le conseil qu'on me donnait, et depuis
ce temps-là je suis toujours applaudie à cette scène. Est-ce que
vous connaissez la personne qui m'a écrit ?

MOI

. . . .
. . . .

RACHEL

Nous allons jouer, cet été, *Marie Stuart;* et puis *Polyeucte ;*
et peut-être.

MOI

. . . .

RACHEL, *frappant du poing sur la table.*

Eh bien, je veux jouer *Phèdre.* On me dit que je suis trop
jeune, que je suis trop maigre, et cent autres sottises. Moi, je
réponds: c'est le plus beau rôle de Racine; je prétends le jouer.

(*Texte du manuscrit :*)

SARAH

Ma chère, tu as peut-être tort.

RACHEL

Laisse-moi donc tranquille ! si c'est parce que je suis trop jeune et parce que le rôle n'est pas convenable, parbleu ! J'en dis bien d'autre dans Roxane, et qu'est-ce que ça me fait ? Si c'est parce que je suis trop maigre, je dis que c'est une bêtise. Une femme qui a un amour infâme, mais qui se meurt plutôt que de s'y livrer, une femme qui dit qu'elle a séché dans les feux, dans les larmes, cette femme-là n'a pas une poitrine comme madame Paradol. C'est un contre-sens. J'ai lu le rôle au moins dix fois depuis huit jours ; je ne sais pas comment je le jouerai, mais je te dis que je le sens. Les journalistes me dégoûtent ; ils ne savent qu'inventer pour me nuire ; mais cela m'est égal ; je jouerai s'il le faut pour quatre personnes. (*Se tournant vers moi.*) Oui, quand on fait des articles, francs en conscience, je ne connais rien de plus beau, de meilleur ; mais ceux qui écrivent pour de l'argent, pour calomnier, pour mentir, c'est pis qu'un voleur, pis qu'un assassin ; ce sont des gens qui tuent à coup d'épingle, je les empoisonnerais !

LA MÈRE (*à moitié assoupie, et en train de digérer*).

Ma chère, tu ne fais que parler, tu te fatigues. Tu étais debout ce matin à six heures ; je ne sais pas ce que tu avais dans les jambes : tu as bavardé toute la journée, et encore tu viens de jouer, tu te rendras malade.

RACHEL

Non, laisse-moi, ça me fait vivre. Je te dis que non. Monsieur de Musset, voulez-vous que j'aille chercher le livre ? Nous allons lire la pièce ensemble.

MOI

Ah ! certainement je le veux bien.

(Texte imprimé :)

SARAH

. . . .
.

RACHEL

Laisse-moi donc ! Si on trouve que je suis trop jeune et que le rôle n'est pas convenable, parbleu ! j'en ai dit bien d'autres en jouant Roxane : et qu'est-ce que cela me fait ? Si on trouve que je suis trop maigre, je soutiens que c'est une bêtise. Une femme qui a un amour infâme, mais qui se meurt plutôt que de s'y livrer ; une femme qui a séché dans les feux, dans les larmes, cette femme-là ne peut pas avoir une poitrine comme celle de madame Paradol. Ce serait un contre-sens. J'ai lu le rôle dix fois, depuis huit jours, je ne sais pas comment je le jouerai, mais je vous dis que je le sens. Les journaux ont beau faire ; ils ne m'en dégoûteront pas. Ils ne savent quoi inventer pour me nuire, au lieu de m'aider et de m'encourager ; mais je jouerai, s'il le faut, pour quatre personnes. (*Se tournant vers moi.*) Oui ! j'ai lu certains articles pleins de franchise, de conscience, et je ne connais rien de meilleur, de plus utile ; mais il y a tant de gens qui se servent de leur plume pour mentir, pour détruire ! Ceux-là sont pires que des voleurs ou des assassins. Ils tuent l'esprit à coups d'épingle ! Oh ! il me semble que je les empoisonnerais !

LA MÈRE

. . . .
. . . . je ne sais ce que tu avais dans les jambes. Tu as bavardé toute la journée, et encore, tu viens de jouer ce soir : tu te rendras malade.

RACHEL, *avec vivacité.*

Non : laisse-moi. Je te dis que non ! cela me fait vivre. (*En se tournant de mon côté.*) Voulez-vous que j'aille chercher le livre ? Nous lirons la pièce ensemble.

MOI

Si je le veux !... Vous ne pouvez rien me proposer de plus agréable !

(*Texte du manuscrit :*)

SARAH

Ma chère, il est onze heures et demie.

RACHEL

Eh bien, va te coucher.

Sarah va, en effet, se coucher. Rachel revient avec son Racine, s'asseoit près de moi, mouche la chandelle ; la mère s'assoupit en souriant.

RACHEL (*ouvrant le livre avec un respect singulier, et s'inclinant dessus*).

Comme j'aime cet homme-là ! Si on ne mettrait pas son nez dans ce livre, pour y rester deux jours sans boire ni manger !

LA MÈRE

Oui, surtout quand on a bien soupé.

Rachel et moi, nous commençons à lire, le livre entre nous deux. Tout le monde s'en va ; elle salue d'un signe de tête et continue. — D'abord elle récite d'un ton très monotone, comme une litanie. Peu à peu elle s'anime, nous échangeons nos remarques, nos idées sur chaque passage. Elle arrive à la déclaration ; elle étend alors son bras sur la table, et le front posé sur sa main, appuyée sur son coude, elle s'abandonne entièrement. Cependant elle ne parle presque qu'à demi voix : ses yeux étincellent, elle pâlit, elle rougit ; jamais je n'ai rien vu de si beau et jamais au théâtre elle n'a produit tant d'effet sur moi.

La fatigue, un peu d'enrouement, le punch, l'heure

(Texte imprimé :)

SARAH

Mais, ma chère, il est onze heures et demie.

RACHEL

Eh bien, qui t'empêche d'aller te coucher ?

Sarah va, en effet, se coucher. Rachel se lève et sort ; au bout d'un instant, elle revient tenant dans ses mains le volume de Racine : son air et sa démarche ont je ne sais quoi de solennel et de religieux ; on dirait un officiant qui serait à l'autel, portant les ustensiles sacrés. Elle s'asseoit près de moi, et mouche la chandelle. La maman s'assoupit en souriant.

RACHEL, *ouvrant le livre avec un respect singulier et s'inclinant dessus.*

Comme j'aime cet homme-là. Quand je mets le nez dans ce livre, j'y resterai deux jours, sans boire ni manger.

Rachel et moi, nous commençons à lire *Phèdre*, le livre posé sur la table entre nous deux. Tout le monde s'en va. Rachel salue d'un léger signe de tête chaque personne qui sort, et continue la lecture. D'abord, elle récite d'un ton monotone, comme une litanie. Peu à peu, elle s'anime. Nous échangeons nos remarques, nos idées sur chaque passage. Elle arrive enfin à la déclaration. Elle étend alors son bras sur la table ; le front posé sur la main gauche, appuyée sur son coude, elle s'abandonne entièrement. Cependant elle ne parle encore qu'à demi voix. Tout à coup, ses yeux étincellent ; — le génie de Racine éclaire son visage ; — elle pâlit, elle rougit. — Jamais je ne vis rien de si intéressant ; jamais, au théâtre, elle n'a produit sur moi tant d'effet.

. . . .

(Texte du manuscrit :)

avancée, une animation presque fiévreuse sur ces petites joues entourées d'un bonnet de nuit, je ne sais quel charme inouï répandu dans tout son être, ces yeux brillants qui me consultent, un sourire enfantin qui trouve moyen de se glisser au milieu de tout cela, tout enfin, jusqu'à cette table en désordre, cette chandelle qui tremblote, cette mère assoupie, il y avait là à la fois un tableau digne de Rembrandt, un chapitre de roman digne de Wilhem Meister, et un souvenir qui pour moi ne s'effacera jamais.

Il est minuit et demie, le père rentre de l'Opéra où il vient de voir Mlle Nathan débuter dans *la Juive*. A peine assis, il adresse à sa fille deux ou trois paroles des plus brutales pour lui enjoindre de cesser sa lecture. Rachel ferme le livre en disant : « C'est révoltant, j'achèterai un briquet et je lirai seule dans mon lit. »

En disant cela elle avait les larmes aux yeux.

C'était révoltant, en effet, de voir traiter ainsi une pareille créature. Je me suis levé et je suis parti, plein d'admiration, de respect et d'attendrissement. Et en rentrant chez moi, je vous fais à la hâte ce récit, tout chaud, avec la fidélité d'un sténographe, et je vous l'envoie en vous priant de ne le communiquer à personne ; mais persuadé que vous en sentirez tout le prix, qu'il sera en sûreté chez vous, et qu'un jour on le retrouvera.

Agréez, Madame, etc...

A. DE M^t.

(Texte imprimé :)

. . . .
. . . .
. . . .
. . . . .enfin, jusqu'à cette table en désordre, cette chandelle dont la flamme tremblote, cette mère assoupie près de nous, tout cela compose à la fois un tableau digne de Rembrandt, un chapitre de roman digne de Wilhem Meister, et un souvenir de la vie d'artiste qui ne s'effacera jamais de ma mémoire.

Nous arrivons ainsi à minuit et demie. Le père rentre de l'Opéra, où il vient de voir Mlle Nathan débuter dans *la Juive*. A peine assis, il adresse à sa fille deux ou trois paroles des plus brutales, pour lui ordonner de cesser sa lecture. Rachel ferme le livre, en disant : — « C'est révoltant ! j'achèterai un briquet et je lirai seule dans mon lit. » — Je la regardai : de grosses larmes roulaient dans ses yeux.

C'était une chose révoltante, en effet, que de voir traiter ainsi une pareille créature ! Je me suis levé, et je suis parti plein d'admiration, de respect et d'attendrissement.

Et, en rentrant chez moi, je m'empresse de vous écrire, avec la fidélité d'un sténographe, tous les détails de cette étrange soirée, pensant que vous les conserverez, et qu'un jour on les retrouvera.

II

LES STANCES A LA MALIBRAN

Le manuscrit original de cette pièce célèbre est à la Bibliothèque publique de Nantes (collection Labouchère, n⁰ 674, 69). Il renferme les variantes ci-dessous que M. Marcel Giraud-Mangin, conservateur-adjoint de cette bibliothèque, a relevées à mon intention — ce dont je le remercie.

STROPHE II

Et, frappés dans la lutte, ils tombent en guerriers.

Le manuscrit porte :

Et, *vaincus* dans la lutte,

STROPHE II

Dans un rythme doré l'autre l'a cadencée.
Du moment qu'on l'écoute, on lui devient ami.
Sur sa toile, en mourant, Raphaël l'a laissée.

Musset avait écrit :

En vers harmonieux l'autre l'a cadencée,
Et sitôt qu'on l'écoute, on lui devient ami.
Aux fresques d'un palais, Raphaël l'a laissée.

STROPHE IV

Sourit encor, debout dans sa divinité,
Aux siècles impuissants qu'a vaincus sa beauté.

Il y a dans le manuscrit :

Sourit encor, debout dans sa *virginité*
A la mort qui l'envie, et qui l'a respecté

Et :

A l'impuissante mort dont il fut respecté.

STROPHE V

Ainsi s'en vont à Dieu les gloires d'autrefois ;
Ainsi le vaste écho de la voix du génie
. . . .
Au fond d'une chapelle il nous reste une croix !

Le manuscrit porte :

Ainsi s'en vont à Dieu les *grands noms* d'autrefois ;
Ainsi l'*immense* écho. . . . .
. . . .
Au fond *d'un cimetière.* . . . .

STROPHE XI

N'était-ce pas hier qu'enivrée et bénie

Il y a dans le manuscrit :

N'était-ce pas hier qu'*enviée* et bénie.

STROPHE XXI

Quel rêve as-tu donc fait de te tuer pour eux ?

Musset avait écrit :

Quel rêve *avais*-tu fait ?

STROPHE XXII

Au lieu de :

Hélas! on t'aimait tant, qu'on n'en aurait rien vu.

Le manuscrit porte, *sans correction :*

Quand le démon venait, que ne le fuyais-tu ?

STROPHE XXIV

De tes yeux fatigués s'écoulait en ruisseaux

A remplacé :

De *ton sein fatigué s'exhalait* en ruisseaux.

INDEX ALPHABÉTIQUE

DES NOMS PROPRES CITÉS DANS CET OUVRAGE

—

TABLE DES MATIÈRES

—

IV

V

VI

Cause de la brouille de Flaubert avec Louise Colet. — Le rôle de Musset dans *Lui*. — Mme Colet a-t-elle dit la vérité ? — Un sonnet de Musset sur le lion du Jardin des Plantes. — Le drame de Venise raconté par Louise Colet. — Son talent d'écrivain apprécié par Philarète Chasles et Gustave Flaubert. — Comment se dénoua son intrigue avec Musset. — La dernière scène. — Après la mort de Musset. — Vers qu'elle lui consacra dans *la Presse*. — Qu'il y a des degrés dans la gloire et dans l'amour. — Mme Colet et Hortense Allart de Méritens.

APPENDICE

---

www.ingramcontent.com/pod-product-compliance
Lightning Source LLC
Chambersburg PA
CBHW051637050726
47502CB00011B/995